你好，神枪手

莲沐初光 著

江苏凤凰文艺出版社
JIANGSU PHOENIX LITERATURE AND ART PUBLISHING LTD

图书在版编目（CIP）数据

你好，神枪手 / 莲沐初光著 . -- 南京 : 江苏凤凰文艺出版社 , 2018.6（2022.1 重印）
ISBN 978-7-5594-1563-9

Ⅰ . ①你…　Ⅱ . ①莲…　Ⅲ . ①长篇小说 – 中国 – 当代
Ⅳ . ① I247.5

中国版本图书馆 CIP 数据核字（2018）第 015423 号

书　　名　你好，神枪手

作　　者　莲沐初光著
策划出品　惊池文化
策 划 人　王肃超　李　格
责任编辑　姚　丽
责任监制　刘　巍　江伟明
出版发行　江苏凤凰文艺出版社
出版社地址　南京市中央路 165 号，邮编：210009
出版社网址　http://www.jswenyi.com
印　　刷　三河市金泰源印务有限公司
开　　本　880 毫米 *1230 毫米 1/32
字　　数　280 千字
印　　张　10.5
版　　次　2018 年 6 月第 1 版　2022 年 1 月第 2 次印刷
标准书号　ISBN 978-7-5594-1563-9
定　　价　42.00 元

目录 CONTENTS

CHAPTER ONE

01

久别重逢

——对你而言，两个小时意味着什么？

——意味着从选手变成冠军。

“实习生，来这边儿。”

唐心走进导播室的时候，正听见这么一句。她愣了愣，仔细打量这么喊她的男人。

那是台里的名嘴周祖光，皮相良好，气质上乘，毒舌功力十分了得。此刻，他正蹙着一双浓黑的眉，不耐烦地向她招手。两只话筒在他身前静静伫立，似乎在随时等待接收信号，向观众输送一场精彩的体育讲解。

唐心不卑不亢地走过去。天生的美人，即便穿着肥大的运动服也比一般人要瞩目得多。落肩的长发清爽，衬得她的脖颈更是雪白如玉，配上淡淡眼神，显得她整个人有些清傲。

“周前辈，我叫唐心，不叫实习生。”她补充了一句，“明天我就转正了。”

唐心从来没当自己是实习生，尽管她是。论素养论形象，她早已当自己是电视台正式员工了。

唐心在大学期间是公认的女神，美人在骨不在皮，唐心的五官只能算是秀美，但气质却很清高，不是枝头娇花随风摇曳的那种美，而是如皑皑白雪般高远。正因为有距离感，所以才会被冠以女神之名。

因为一路跳级，加上大三就修满了学分，所以她二十岁就大学毕业，进入 H 省电视台的体育频道工作，从来没想过自己会实习不过关。除了个把竞争对手，唐心和同事已经混熟。唯独眼前的周祖光，从来不喊她的名字，而是用“实习生”这个颇有距离感的称呼。唐心忍这个，已经忍很久了。

导播在旁边一直挤眼睛，周祖光就装作没看见，冷笑着说：“有什么关系，如果实习生在最后一天搞砸了任务，也是不能转正的。任何一个可能离开电视台的人，都没有资格让我记住名字。”

“我不会搞砸。”

“希望是。”周祖光毫不客气地说：“要不是我的搭档临时生病，也不会调你过来。”

唐心被激怒了。

“H省电视台，观众朋友们好，这里全运会男子50米手枪慢射的资格赛现场。选手们已经在射台上各就各位，来自H省体校的齐广言、周越两名选手分别排在二号和六号射台。手枪慢射项目采用的是国家慢射靶，规则和国际比赛一样，都是60发记分射，分6组，每组10分……”唐心对着话筒口若悬河地说起来，简单介绍了手枪慢射的规则和特征，接着才回头看了导播一眼，“这段试音可以吗？”

导播十分狗腿地竖了一个大拇指，一推周祖光，“就你事儿多！我看小唐可以，你就别质疑人家能力了。”

“我不需要他的肯定，我只要他能正确喊出我的名字。”唐心淡扫周祖光一眼，“我叫唐心。”

周祖光撇了撇嘴，没再说话。

唐心静了静神，望向导播室外的赛场。

这是全运会的射击赛场，260米的无柱大厅，一眼望去毫无障碍。观众席上人山海，突然爆发出一阵小小的欢呼声。

这要是在2012年之前，为了保证比赛质量，比赛现场是不允许观众高声喧哗的，甚至体育讲解员也不能用太高分贝的声音说话。但是随着射击纪录不断被打破，国际射联修改了比赛规则，现场播放流行音乐，也不再限制观众发出声音，给运动员们增加了不少难度。

导播往场上看了一眼，忽然说：“注意，选手有变动。”

“替补队员？”周祖光问。

“对，四号沈清源，Q大射击队的，作为替补上场。刚才观众欢呼就是因为他，有颜值就是受欢迎。”导播语速飞快，“你们等会儿介绍选手的时候，根据资料来。”

唐心一怔。沈清源三个字，不轻不重地撞入耳膜，却让她有些发懵。

没等她反应过来，倒计时已经数到了 1，转播开始，周祖光首先发声，开始了体育讲解。

资格赛开始，唐心配合周祖光进行讲解，面前的转播画面时不时地切换。她根据切换的画面，不断地调整讲解的思路。

试射很快结束，裁判长下达了“放”的口令，第一名选手开始举枪瞄准。一声枪响后，电子靶上显示了 7.9 环。

第二名选手开始射击，读数为 9.4 环。

第三名选手，8.5 环。

“手枪和其他项目不同，因为 50 米的距离比较长，枪管比较短，又是单臂持枪，7、8 环的概率会有很多。”唐心说出一句。

画面很快就切到了四号选手。那人戴着战术帽和护目镜，缓缓抬起手枪。

他长得很好看，身材清俊修长，就是表情有些冷峻，黄色护目镜后面是一双凌厉的眼睛。如果要用词来形容他的目光，刀尖这个词汇恰如其当。总之就是锐利，非同寻常的冷静和锐利。

唐心在看到他的那一瞬间，整个大脑猛然空白。

四号选手沈清源的据枪动作很标准，平正准星之后，他扣下了扳机，收回视线，垂下手臂。整个过程中枪管极稳，几乎没有晃动。

仿佛是故意让唐心的预测落空，读数后，屏幕上显示他的成绩是，10.9 环。

观众席上顿时掀起了一阵掌声和欢呼，其中有不少女生喊出了他的名字。于是，沈清源三个字，不断地在唐心耳边回旋。

唐心脸色发白，低头看导播递过来的资料。四号选手，沈清源，二十岁，三年前斩获亚洲射击锦标赛的金牌。

她原本以为是重名，可是在看到他的面容之后，彻底绝望。他居然回国了，什么时候的事？

坐在一旁的周祖光见唐心不说话，将资料一把抢过去，开始介绍沈清源。导播也奇怪地看向唐心。

第一组比赛很快结束，第二组紧接着开始。唐心定了定神，继续播报成绩，声音流畅自然，金句不断。

可是一旦画面切换到沈清源的正面特写，唐心就将目光转移开来。接下来的播报非常顺利，没有出现任何失误。

因为奥运会比赛规则修改之后，资格赛的成绩是不计入决赛的，全运会也沿用了这一规则。所以，资格赛结束，短暂的休息之后就是决赛。

导播将信号暂时关闭之后，周祖光似笑非笑地看她，“实习生，你是不是背书忘词了，所以懵了一下？”

唐心知道什么解释都没用，一声不吭，直接从运动服口袋里掏出一样东西拍到周祖光面前。

周祖光低眼一看，微微睁大眼睛。那是一张国家射击二级运动员证。

“没背书，也没忘词，我保证下次不会再出现这种情况。”唐心说，“但是别用‘你不懂体育’这种眼神看我。”

当年唐心为了高考加分，铆足了劲练习十米气步枪射击，考到了国家二级运动员证。今天被台里临时派来当体育讲解员，她为了应景，穿了一身干练的运动服。刚才一摸兜，正好摸到这张证书。以为她是个不懂体育的小丫头？笑话。

周祖光尴尬，将证书推过来，“对不起啊。”

唐心没理他，将证书收好，目光追到场上的沈清源，所有的注意力全部都往他倾泻而去。

没错，就是他。足足五年未见，他除了个子高了一些，并没有其他变化。气质还是那样清冽，显得他整个人高高在上。

唐心忽然有些渴望和沈清源重逢的时刻了。分手之后，这五年的时间她拼了命地读书，考试，练习射击，泡图书馆……

她一步步地从傻白甜变成了女神，就是为了重逢的这一天，她能够居高临下地看他，云淡风轻地说一句，没有你，我过得更好。

休息时间过去，决赛开始。

决赛采用的是淘汰赛制，每轮都要淘汰一名选手，最后剩下两名选手，将通过两两 PK 的方式来分出冠亚军。这种赛制的偶然性增加了很多，很可能你刚才还在领先，某一枪失误，名次就会跌落谷底。而且决赛成绩精确到了 0.1 环，竞争难度加大。

唐心一边解说，一边暗暗捏了一把汗，也不知道是为了自己，还是为了沈清源。

射手们轮次击发，轮到沈清源的时候，他依旧眼神冷淡，缓缓举枪。唐心屏了一口气，几乎能够感受到他脖颈上微跳的动脉，还有他凝聚了沉静力量的右臂。

可是沈清源扣下扳机之后，枪却没有响。

唐心霍然起立！她紧紧地盯着射台，看到地段裁判员走到沈清源面前，正在询问着什么。沈清源将手枪交给裁判员。

“这一枪发生了故障，地段裁判员正在检查原因。如果是运动员造成的不允许故障，这一枪不计成绩。赛场上，真是一枪决定胜负。有时候，真的是很遗憾……”周祖光播讲分析。

唐心忽然坐下，飞快地接过话头，“从沈清源的表现来看，他是非常专业的射击选手，允许故障可能性很大。观众朋友们不要担心，枪械会出现故障也是常有的，比如激发机关失灵，弹壳卡住之类的情况。如果不是选手自身的原因，沈清源就还有一次射击的机会。加油！加油！加油！”

周祖光默默地看唐心。

唐心知道自己犯了大忌，作为体育讲解员，在原因没有查明之前就断言这是允许故障，没有保持态度的中立。可是她就是想安慰自己，这一枪一定是允许故障，沈清源不会输。

终于，裁判员做出了“重新射击”的决定，唐心才长长松了一口气。

决赛继续进行。

沈清源的状态可能受到了影响，瞄靶的状态不好，打出了一个 7.8 环的成绩。有时候，瞄靶的时间拖得过长，反而影响准确率。

唐心看了眼电子屏，无奈地播报沈清源的名次。他从第一名立即落后到第三名。

不过好在沈清源调整了下状态，后面几枪的成绩都不错，名次又升到了第二名。

随着时间的流逝，赛场上不断有选手被淘汰离开，到最后，只剩下沈清源和 H 省的周越。

周祖光生怕唐心再喊加油，每到沈清源射击的时候，就抢先进行解说。不过唐心也没有工夫配合了，她的全部注意力都集中在沈清源身上。

周越据枪，瞄准，扣扳机。枪响之后，电子靶报数系统显示，9.8。很稳定的成绩，几乎能让他摸到金牌了。

沈清源面无表情，在听到裁判员的提示后，才举枪瞄准。只是这一次，他瞄准的时间有点长。

唐心似乎有些理解沈清源的心情。他目前落后周越 0.2 环，所以这最后一枪必须要在 10 环以上才能赢。几乎是不可能。比赛进行到后期，运动员们的体力和心理都面临着巨大的压力。而且沈清源瞄准的时间有些长了，根据人体的生理特点，瞄准时间过长，眼睛的焦距就会被远处的目标所吸引。

他快没有时间了。

唐心咬紧下唇，心脏都要蹦出胸腔。终于，一声枪响，电子靶报数系统上显示出了成绩。

她低下头，不敢看，只听到周祖光在旁边激动地说："……10.3环！漂亮！这一枪破了全国手枪慢射的纪录！恭喜沈清源，恭喜Q大射击队！"

赢了！唐心从座位上一跃而起，惊喜地看着沈清源走下射台，和教练员相拥。观众席们欢呼起来，全场的少女心都在沸腾。

导播结束转播信号之后，周祖光才摘下耳机，问："唐心，我可看出来了，你是沈清源的迷妹吧？"他终于没再用"实习生"来称呼她。

唐心点头，又很快摇头。

"如果你不粉他，今天将是一次合格的讲解播报。不过根据你其他方面的表现，勉强算你合格了。"周祖光说。

"别要求那么高，小唐表现可以了。"导播递给唐心一只带有H省电视台logo的话筒，"小唐，现在你不是讲解员，而是一名体育记者，快去采访下第一名。"

"好。"唐心迅速收拾了下发型，拿着话筒向运动员休息区走过去。摄像大哥跟在唐心后面。

沈清源远远地站着，正在和教练员讨论着什么。他明明是背对着她，却让唐心既紧张，又兴奋。

唐心现在格外好奇沈清源的态度，看到她站在眼前，是惊讶多一些，还是后悔多一些？他可能会惊讶她从丑小鸭变成了白天鹅，也许还会后悔，当年那样草率地分手。

"你好，我是H省电视台的体育记者，方便让我采访一下吗？"唐心走到沈清源面前，将话筒递送到他面前。

沈清源回头，和唐心四目相接。唐心的心剧烈地跳了起来。

“不方便。”他目光里无波无澜，好像在看一名陌生人。

唐心有些发懵，“为什么？”

“每一位体育记者都会采访第一名，忽略其他运动员。但事实是，亚军季军，包括运动员也同样付出了努力。冠军的感受并不是那样重要，而其他竞技者还需要你们为之加油。”沈清源说完，拍了拍教练员的肩膀，转身向另外一个方向走过去。

他没有认出她。

唐心站在原地发怔，摄像大哥已经扛着摄像机追了上去，“那你就当一名普通的竞技者，和我们谈谈这一刻的感受吧！”

沈清源不理。

唐心忽然追了上去，执拗地将话筒递到他面前，“我叫唐心。”

他全无反应，看也不看她。

“请问，对于你来说，这两个小时意味着什么？”唐心脱口而出，眼眶已经微微发热。

唐心还记得五年前的那天，沈清源扒着车窗，冲她笑得像个孩子。尽管脸上、头发上都是汗水和尘土，却遮盖不掉少年意气。

当时，她还在高一暑假，为了考上国家射击二级运动员，被老爸送到集训营。沈清源在另一处基地练习射击，两人无法见面。

训练的日子很苦，可是相思的滋味更苦。唐心偷偷从集训营逃出来，坐车去了沈清源所在的基地。在看到沈清源之后，唐心确信自己的出现对于他来说，是一个惊喜。

可是，她和他只待了两个小时就被抓了回去。两个小时，他们只来得及羞涩、默默地看着彼此，旁顾而言他。空气里流动着暧昧的情愫，可是谁都没有戳破那层窗户纸。

临走时，唐心眼泪吧唧地往车窗外看。她后悔死啦，早知道就应该跟沈清源说，她想他。

结果，她看到沈清源在追汽车。

沈清源追上汽车，像猴子一般敏捷矫健，跃身扒上车窗，对她飞快地说——唐心，和你在一起的这两个小时，是我十五年来最幸福的两个小时！这是他唯一说过的情话，她足足记了五年。

五年过去了，他还记得自己说过的话吗？

沈清源忽然站住，摄像大哥赶紧绕到他前方，将镜头对准他。

“请问，对于你来说，这两个小时意味着什么？你还记得‘两个小时’对于你的意义吗？”唐心将问题重复了一遍。

手枪慢射所需要的时间，也同样是两个小时。唐心巧妙地钻了个空子，一边试探他，一边维持着自己的职责。

观众的欢呼声瞬间变得很远，一切喧嚣都恍若隔世。偌大的射击馆里，仿佛只剩下她和他。唐心看着他的眼睛，固执地将话筒举向他。她不信他想不起来“两个小时”这个关键词。

“两个小时啊，意味着从选手到冠军。”沈清源淡声回答。

说完，他又要走，唐心再也忍不住，“沈清源，我是唐心，你的高中同学，想起来了吗？”

沈清源再次站住，缓缓回身。他的目光始终冷淡，几乎都没有将焦点落在唐心身上，“你认错了人了。”

唐心怔怔地看着沈清源离开，几乎要握不住手中话筒。

摄像大哥在一旁咕哝：“这两个小时意味着拼搏，意味着奋斗，意味着荣誉！他要是这样回答该多好啊？不过好歹让他回答了一个问题，也算完成采访任务了……哎，你怎么了？”

唐心望着沈清源的背影，眼中沁出了晶莹的泪水。多年前的那种挫败感，又回来了。

“说吧，到底谁欺负你了？”梨子将一杯热水递给唐心。

这是一家名气不错的烤鱼店，因为饭点已过，店里的客人不是很多。唐心将杯子拿起来，看坐在对面的梨子一脸八卦的表情。

梨子是电视台体育频道的小编导，和唐心关系不错。两个女孩子可谓一见如故，关系立即升级为闺密。

她喝了口水，摇了摇头。

“又是周祖光是吧？离异的老男人心里都有些变态。你别跟他一般见识，睁只眼闭只眼得了。”

两人说着，服务生走过来摆上两斤烤鱼。热腾腾的香气充斥四周，气氛更加适合八卦了。唐心犹豫了一下，“不是他，是我碰见前男友了。”

“你说什么？”梨子刚听了个起头，就差点跳起来，“你也有搞不定的男人？”

唐心一把将梨子的嘴捂上，冷冷地说：“再高声喧哗，我就不讲给你听了。”

梨子呜呜地喊，大意是烤鱼好了，她还要吃肉。

唐心将手放开，梨子这才小心翼翼地问：“继续说，前男友是怎么回事？是你提的分手，还是他眼睛瞎？”

“算是前男友吧。”

“是就是，不是就不是，什么叫作‘算是’？”

唐心仔细回想了一下，并不确定她和沈清源究竟有没有谈过恋爱。

记得高一入学那会儿，沈清源是男神级别的人物，校草，学霸，射击天才，这人设特别拉风。唐心崇拜沈清源崇拜到极点，脑子一热，天天往他跟前蹭。

现在想起来，这个故事从开始就错了。是她仰望着他，并不知道心里除了喜欢，还生出了自卑和惶恐。

就连告白也是她主动。五年前的那个大夏天，唐心紧张得满头大汗，说，沈清源，我喜欢你。

沈清源笑了笑说，走，我请你吃冰淇淋。

唐心“哇”的一声哭了，呜咽着说，我我我现在紧张得要得心脏病了，再吃冰淇淋会死死死死掉！还有得不到你的确定回答，也会死死死死掉！

啊，这样严重啊？那，那我也喜欢你吧。沈清源摸了摸后脑勺说，脸红了。

唐心破涕而笑。

他们就这样成了一对秘密的小情侣。现在想起来，唐心并没有觉得自己像个女朋友。她小心翼翼地维护着两人的关系，每天都在担心自己的皮肤粗糙了，衣服过时了，小测验考差了，沈清源会不喜欢。

到后来甚至发展成，只要和沈清源在同一个射击场，唐心就经常脱靶。她的精力无法集中在靶心，大部分都被他吸引了过去。脱靶的情况越来越多，沈清源的眉头也越皱越紧。终于有一天，沈清源对她说，唐心，射击的时候要卸下心理包袱，不要太关注成绩。

唐心表面上答应，心里却在想，我不是太关注成绩，我是太关注你。她非常非常没有安全感。

没过几天，暑假到了，唐心和沈清源因为都要练习射击，被分往不同的基地进行训练。训练的日子很苦，可是唐心觉得，思念的滋味更苦。

后来，她实在按捺不住思念，逃出了集训营去找沈清源。其实也没做什么，两个人像傻瓜一样，面红耳赤地两两相对，漫无目的地聊天。他们最终只相聚了短短两个小时，把教练员气得暴跳如雷。可是这又怎样呢？就算天塌下来，她也觉得值。

少年时候的情愫，总是这样天不怕地不怕。唐心完全没有想到，她和沈清源感情是那样不堪一击。

暑假结束，沈清源并没有来上课，而是缺席了整整一个星期。在这一个星期里，唐心每天坐立不安，生怕沈清源是一场梦，梦醒之后就消失了。

终于，他来学校了，并打听唐心在哪儿。

闺蜜兴冲冲地将这个消息告诉唐心，唐心却不高兴了。恋爱中的小女生总是气性大，于是，她决定吓唬吓唬沈清源。

唐心早就想改变这样的自己——没出息、唯唯诺诺，每时每刻都赔着小心，被他牵着鼻子走。她决定逆袭，享受一次被关怀的感觉。

于是，唐心让闺蜜去告诉沈清源，她在射击馆。就在沈清源推开馆门之前，唐心躺到了地上，右手捂住胸口。唐心原本是想吓唬沈清源，可是却被沈清源接下来的反应吓到了——

别死，别死！他疯了一般地喊着，吼叫着喊救命，同时将她从地上抱起来就往外面冲。

唐心怕事情兜不住，赶紧睁开眼睛，笑着告诉他，她是故意装作被射中的样子的，其实她一点事也没有。

从那一刻，全都变了。

沈清源一把将她放开，脸色很吓人。他死死瞪着她，说，唐心，这样很好玩吗?

唐心不明白，她只是想玩个恶作剧，沈清源为什么这样生气?她道歉，哀求，可是沈清源扔下了一句话，让她整个人都懵掉了。

他说，唐心，我马上就退学了，再见。

唐心不懂他在说什么，他是那样优秀，明明有最好的前程，为什么突然要退学。她问他原因，可是他没有给她答案。

他转身离开，走得决绝。唐心在他身后大喊，沈清源你就是个疯子，就是个神经病！可是没用，他连头也没回。唐心全身心都充满着挫败感。

她想，如果自己是个美人，或者优秀到万众瞩目，沈清源会不会留下？至少不会这样义无反顾地离开她的生命吧。

沈清源就这样消失了。

唐心从一个小太阳变成了一个疯子。她疯狂地学习、刷题，想以此忘掉沈清源。到了大学，她依然将全部心思都用在学习上，在大学三年级就修满了全部学分，并且办好了出国留学的全部手续。

在出国的前两天，她接到了电视台的实习通知。唐心决定留下，留学意味着从事不爱的专业，她觉得自己更适合体育事业。

兜兜转转，她在全运会这天遇到了沈清源。

她设想过无数次，沈清源再次看到如此优秀的她，会不会懊悔当年的无情？可是万万想不到，他记不得她了。

简直，过分。

唐心断断续续地说完整个故事，梨子已经将烤鱼吃得剩下一根鱼骨架。

她用纸巾抹了抹油光发亮的嘴，“小心心，你要这样想啊，你装死，差点把他给吓死。他无情，差点把你给气死。你们两清，谁都不欠谁。”

唐心有一种往梨子脸上泼水的冲动。

“你也别怨他不记得你。五年了，一千五百多个日夜，谁能记住谁呀？”梨子继续聒噪。

“是一千八百多个日夜。你的数学是体育老师教的吗？”

“你别说，还真的是体育老师教的。我上过体校。”梨子掏出手机，“你等会儿，我告诉你一个摆脱失恋的终极大法。”

唐心翻了个白眼，并不信。

梨子百度到一张沈清源的照片，举到唐心面前，“现在你对着他说，老娘从来不爱你，你算哪根葱！保证你走出失恋阴影！来，说！”

“老……”

“连贯点。”

“娘……”

“别这样。”

“从从从来，不不爱……”唐心结巴起来。

梨子直瞪眼，“你快点说呀！”

唐心忽然捂住脸，肩膀微微颤抖。梨子有些害怕，赶紧将手机收起来，“没事吧你？唐心，我说话就这样不着调，你别往心里去。”

唐心没回答。

“不就是失恋吗？算什么！凭借你在咱们台里的人气，追你的人还不得排到意大利去？”梨子意识到了事情的严重性，赶紧坐到唐心身边。唐心慢慢地将头抬起来。

“梨子，全运会结束后，回到电视台我就申请调离体育频道。”唐心下定了决心。

梨子愣了愣，“不会是因为……沈清源！”

“不是因为他，是我自己觉得不适合，当初我就应该选其他频道。”唐心重重地放下水杯。

“我是说这个！沈清源！是他！”梨子指着落地玻璃窗。

唐心抬起眼皮，正好看到一道穿着帽 T 的身影从玻璃窗前经过。从侧脸看，冷峻的线条，眼睫垂下也带着一丝肃杀，是沈清源无疑。他穿着战术裤和战术靴，光是身影就已经帅气十足，吸引了许多路过女生的目光。

全运会期间，领队是不会让运动员离开宾馆或者训练场地的，更何况明天还有其他的射击项目。唐心恍惚着想，他怎么擅自离队了？

没等她想完，梨子就不由分说地将她拉出烤鱼店，“唐心，听我的没错！只要让他记起来你是谁，保证能旧情重燃。”梨子推搡着唐心往前走。

沈清源走得很快，从马路一旁拐进了一条小胡同。梨子拉着唐心快步追上，也跟着进了小胡同。

“你你你要干什么？小声点啊。”唐心心里发毛。这条路上人不多，还挺清冷的，说话声音稍微高一些，整条街的人都能听到。

“怕什么？有我梨子呢！”梨子拍拍胸脯，“我敢保证，沈清源还记得你这个大美女。”

唐心无语，记得怎样，不记得又怎样？她和他都回不去了。

“梨子，沈清源已经把过去全忘了。我今天看他的反应，是一点印象也没有。”唐心冷冷地说，转身就要往回走。

然而就在这时，有人接去话头，“他不可能记不住。”

唐心循声望去，只见拐弯的一条小胡同里走出了一名身穿黑色皮衣的青年。他明明是气定神闲的姿态，却让人觉得是暗夜里游荡的罗刹，杀气腾腾。

梨子后退了一步。

唐心很相信梨子的直觉。这厮曾经在没有依赖电子地图的前提下，靠直觉从七拐八弯的旮旯里找出了美食小店。同理，她也能在看对方一眼的前提下，感受到危险。

“沈清源不可能记不住你，他头脑可好着呢。”青年抬起手，点了点自己的太阳穴，“我两年前跟他交过手，全盲射击，他赢了。”

唐心暗暗吃惊。

全盲射击，顾名思义，蒙上眼睛进行射击。一般流程是，射击手先进行试射，打出一枪十环之后，要记住这一枪的所有动作、姿势、呼吸频率等各种细节，随后射击手才蒙上眼睛，进行射击。所以，全盲射击考验的是射击手的敏感度和记忆力。

“别误会，沈清源比你想象的更变态。”青年仿佛知道唐心在说什么，耸了耸肩膀，“他当时根本没有进行试射，就蒙上了眼睛，打出了十环。”

梨子立即忘掉了身处的环境，激动地小声说：“唐心，你前男友简直厉害到变态！”

唐心不得不承认，从她认识沈清源那天起，就知道他是个狠角色，但没有想到会这样厉害。

每一次射击都受到天气、风速、空气湿度、机械状态、靶场环境以及自身心理因素的影响。所以，射击手才要进行试射，以求快速进入状态。而沈清源居然在没有试射的情况下直接蒙眼射击，还打出了十环，这简直反人类！

“你想干什么？”唐心紧紧盯着青年。

青年哈哈一笑，“不想干什么，想找沈清源聊聊，没想到有意外的收获。沈清源，艳福不浅啊。”

唐心一把将梨子拉到自己身后，侧脸回头，发现沈清源在远处站住了。在他面前，三个小地痞正慢慢向他靠近。看来，他们被堵了。

青年往唐心走去，唐心立即感受到一股迎面而来的压力。她一步步后退，同时搂住快要哭出来的梨子。很快，唐心和梨子便被逼到胡同中央。青年和另外三个小地痞将他们一起围了起来。

沈清源没有脱掉风帽，唐心看不清楚他的表情，他却能就着月光将她看个清楚。月光下，女子精致的面庞上镇静自若，尽管她的手在微微发抖，却仍然在安慰同伴，和印象中那个莽撞毛糙的小女孩不一样了。

“杜凌枫，你这就没意思了，有事冲我来，别带着其他人。”沈清源将目光移到黑衣青年身上。

杜凌枫轻笑一声，看好戏地抱起胳膊，“没意思的人是你！你两年前赢了我，得给个机会让我赢回来，对吧？结果你跟个怂货一样避而不见！我倒是要问问，没意思的人到底是谁？”

“你要我拿那块金牌做赌注，我不愿意。”

“那块金牌，我还真是要定了。”杜凌枫的表情更加桀骜，“我放弃了射击竞技运动，只想要那块金牌，听明白了吗？”

“不给。”

“你……”杜凌枫怒极反笑，“我看你是不敢和我比赛吧？我要和你比赛实战射击，你敢吗？我知道了，你一定是站射台站久了，血性都没了！”

唐心听不下去了，发火，“你别这样污蔑射击运动！”

“我没污蔑，事实就是这样，多少射击冠军到了实战里根本就是弱鸡，一点战术都没有！沈清源不应战，特么就是个怂包！”杜凌枫咬牙切齿地吼道。

唐心气得肺都要炸了，“在我看来，输了就堵人泄私愤，还非要别人拿出金牌做赌注，你才是弱鸡！还有，根据刑法第二百三十四条，故意伤害罪要处三年以下刑罚！你可想好了，别触犯底线……”

“跟一群狼讲仁义道德，只能让他们觉得你是猎物。”沈清源突然打断了唐心的话。

唐心无语。讲这些空话是没用，但她此时手无缚鸡之力，也只能讲讲仁义道德好不好！

“杜疯子，你想玩刺激的就找别人，我不奉陪。”沈清源面无表情，一把揪起唐心的衣领，用肩膀猛然撞开杜凌枫。唐心只觉得一股力道从后背冲过来，竟然往前踉跄了几步。

“想走？”杜凌枫厉喝一声，抬腿追了过来。地痞们一拥而上，将沈清源围了起来。

“今天你不答应，我就废了你的手！”杜凌枫面目狰狞。

唐心听到这句话，大脑中一片空白。谁都知道对于射击运动员来说，手有多重要。她想也不想，转身就往回冲，抬脚就踢到一个小地痞腰上。

小地痞打了个踉跄，就要往唐心扑去。

沈清源一个转身，战术靴踏上小地痞，小地痞便扑倒在唐心脚边。他力道用得很妙，将小地痞踢开，却没有任何杀伤力，显然不想在全运会期间搞出事情。

“给我走啊！”沈清源向唐心吼出一声。

梨子拉住唐心的手就往外跑，“你，你不要命啦？”

唐心一边跑，一边掏出手机，想打 110，却因为抖得太厉害，怎么都按不下去绿键。正懊恼，旁边伸来一只手，一把将手机屏幕关掉，“不能打！”

唐心抬头，看到一名少年正看着他。他大概有十八九岁，穿着运动服，笑起来露出两排雪白的牙齿。

“嫂子吧？”少年笑嘻嘻地抬起两根手指，放在额头上跟她打了个招呼，“我这就去帮大哥，等着啊！”

嫂子……唐心的面部肌肉抽搐了一下。

少年没察觉有什么不妥，敏捷地冲上前去，几下就将小地痞踢倒在地。他挥着拳头想冲上去，被沈清源一把拉住，“江一天！住手！”

叫作江一天的少年侧脸，勾唇一笑，“沈哥，没事，我全运会没参赛，就是来观战的。射击队要是处分我，影响不到 Q 大的奖牌。”

“我叫你住手。”

江一天怏怏地松开拳头。几个小地痞还是畏畏缩缩，不敢上前。

梨子目睹这场面，终于回过神了，哆哆嗦嗦地想打 110。唐心忙按住她的手腕，“不能打。”

“为什么？”

“打了就要去做笔录，沈清源明天还有比赛。万一杜凌枫反咬一口说沈清源滋事闹事，沈清源被取消比赛资格怎么办？”

梨子赶紧把手机收起来，低声说：“不打就不打，反正我现在觉得你男朋友输不了。”

“前男友。”

梨子翻了个白眼。

那边，杜凌枫正在冲小地痞们发火，“不上道的东西，饭桶！都给我滚！”

小地痞们麻溜地滚开。

杜凌枫回过身，皮衣敞开，脖颈挂着的一条骷髅项链在月光下折射出冷锐的微光。他玩世不恭地瞅了少年一眼，“怎么着，沈清源，你还请帮手了？”

沈清源冷冷地说：“我郑重其事地告诉你，别缠着我。我就玩那一次实战射击，从那以后碰都不碰的。我赢过你是不错，你要是真觉得心里不舒服，我可以输给你一次。”

杜凌枫一怔，仰头大笑几声，忽然收笑，恶狠狠地说：“你可怜我，故意输给我，是不是？我告诉你没门！你必须拿出所有的能力跟我比！”

沈清源不再理他，转身往胡同口走去。

杜凌枫两手握拳，冲着他大喊：“沈清源，等你退出Q大射击队，我看你跟不跟我比！”

唐心打了个哆嗦。她回过头，看到杜凌枫站在原地，一半身子浸在阴影里，双眼阴沉，透着一股令人不适的偏执。他到底在执着什么？

江一天气得又要冲上去，沈清源一把抓住他的胳膊，“算了，归队。”

“要不是有嫂子在，我一定要帮你狠狠教训他。”江一天挥了挥拳头。

沈清源诧异：“嫂子？”

“就她！”江一天一指唐心。

唐心尴尬万分，扭头对梨子说：“那个，要不咱们也回去吧。我，我还有些事情要规整一下。”

她忽然觉得说话有些艰难，今天上午在比赛现场讲解时出现的那种感受又出现了。她没办法直视他，说一个字都觉得困难。

“嫂子，我送你回去。”江一天说。

唐心真是恨透了这个毛头小子，没眼力见儿，脑子一根筋。她轻咳两声，“你还要训练，我和朋友一起回去就……行了。”

她其实有点期待沈清源有所反应的，可是他就那样静静地站着，手插在口袋里，眼神孤绝，仿佛什么都和他无关。

“我叫江一天，名副其实，只有一天的热情，所以训练这种事跟我不搭边。嫂子……哎哟！”江一天忽然痛呼出声。

沈清源揪着江一天的耳朵，淡淡地说：“在队长面前说这种话合适吗？”

“不合适不合适！哥你放了我吧！嫂子你替我说句话啊！”

沈清源揪得更狠了，“以后少管陌生人喊嫂子，你这机灵劲用在射击上，打多少个十环都不成问题。”

“记住了记住了！”

沈清源松手，江一天揉了揉被揪红的耳朵，小心翼翼地瞅了瞅唐心。唐心心情更加糟糕，转身快步往胡同外走去。

她听到身后沈清源对江一天说：“你认识我这几年，有没有见过我交女朋友？别逮着陌生人乱喊。”

江一天的语气很小心，“沈哥，这样一个大美人站在眼前，我觉得她和你特般配。”

沈清源的声音沉闷又生硬，“不需要，没兴趣。”

唐心咬上下唇，加快脚步，最后干脆跑起来，高跟鞋砸在水泥地面上，发出笃笃的响声。

梨子满头大汗地跟在后面，“小心心，你等等我。不就是一个沈清源吗，你还有更好的一整片森林……”

话音刚落，唐心猛然站住，梨子一下子撞到她的后背。

"小心心，你干吗……"

唐心表情古怪，看了梨子一眼，转身向宾馆的方向走去。梨子赶紧跟上，千方百计地想要她说话，可唐心一直沉默。

回了宾馆，唐心快步走到穿衣镜前，直直地看着镜中的自己。

她从来都是目光坦然，嘴角微微上扬，自信满满。因为她知道，无论是什么样的目标，她都做得到。可如今的她，目光却闪烁迟疑。

梨子吓得都要哭了，"小心心，你揍我吧，今天这事赖我！要不我请你再吃顿烤鱼，你可得给我恢复正……"

"梨子，主任平时爱说的最难顺口溜是什么？"

"红鲤鱼与绿鲤鱼啊。"

唐心看向镜子，镜中的她自信美丽。她一口气将绕口令说了一遍，中间没有任何停顿和打结。

梨子鼓掌。

"你把沈清源的照片搜出来。"唐心说。

梨子赶紧将沈清源的照片搜索出来。那是今天刚上的新闻稿，配了沈清源的高清照片。

唐心只看了一眼，就将目光移向别处。梨子将手机收起来，"你没事吧？要不要休息一下。"

"梨子，我可能完了。"唐心勉强抬起目光，尽量不去看沈清源的照片。那个人让她心慌意乱，自卑怯懦。

"我不明白，什么完了？"梨子忽然有了不好的联想。

她记起刚才在烤鱼店里，唐心看着沈清源的照片，简直是口不能言。在小胡同里也是支支吾吾的。一向口齿伶俐的唐心居然会结巴！当时梨子还以为她是被吓的，现在想起来，这情况极大地不正常！

果然，唐心印证了她的猜想，“我一看到他，就会说话不顺溜。”

“别胡说，怎么可能？你刚才绕口令都能不岔气，对着他的脸怎么了？”梨子重新将手机举到唐心眼前。

这一次，唐心深呼吸两口，欲言又止。她直接闭上了眼睛，表情绝望又悲壮。

梨子也懵了。这叫什么事啊？一个女主播得了口吃，这等于全、完、了。

CHAPTER TWO

02

网络疑云

——你可能不太了解我这个人。我疯起来，谁也拦不住。

全运会的射击项目结束，作为替补运动员的沈清源再也没有上场。但是，他彻底火了。

有人将沈清源射击的照片P成了表情包，把他的上半身和射手星座合二为一，配以文字“我也是射手座，小哥认识一下？”并发到社交媒体上，转发直接过十万。

另一波P图高手不甘示弱，也甩出了自己P的表情包。那是沈清源和丘比特的结合体，配的文字是“求爱心射手大大帮我早日脱单”。

网络上此类话题顿时炸了。

有人转发赞叹沈清源的颜值，说这简直是360度无死角的小鲜肉一枚。有人直接创造了“丘比特小天使沈清源”。也有不少网友怼回去，说这是对运动员的不尊重。不管怎么样，拿了全运会金牌的沈清源一跃成微博TOP1的话题人物，热度不减。

对此，射击队队员们都十分愤慨。

“太过分了，居然把沈哥好好的比赛照片P成这样。沈哥，教练，咱们又不是娱乐明星，不能这样被人挤兑！”江一天拿着手机冲进宾馆房间。

沈清源冷扫了他一眼，没有说话。他正在房间里做哑铃运动，上身只穿着一件白色运动背心，露出了饱满有力的胸肌。

张教练四十岁上下，在Q大的射击队待了十多个年头，手底下培养出了好几个金牌射手。他身体微微发福，只有一双眼睛还犀利如故。他看了沈清源一眼，迅速拿过江一天的手机，“现在的网友，脸即正义，看到长得帅的运动员就这样，正常。”

“那也不行，这是侮辱沈哥的人格。挑几个蹦跶最欢快的网友，发封律师函吧！”江一天气不打一处来。

“什么律师函！你还嫌弃不够火，要加把柴是吧？江一天，你小子没事多干正事，别一天到晚盯手机。”张教练往江一天头上砸了个爆栗，“让你来干吗的？你别以为没参赛就和自己没关系，直观运动员的瞄、扣动作也是一种学习！”

沈清源放下哑铃，突然说：“江一天，直观射击动作能够帮助你尽快适应专用枪无依托训练，你别不当回事。”

江一天咕哝：“知道了。”

“大声点。”

“知道了！队长！”

沈清源将一条毛巾扔到肩膀上，往浴室走去，“我先洗澡了。”

浴室的门被关上之后，水声很快响起。

江一天贼兮兮地坐到张教练身边，低声道：“张教，你说这事不会是杜疯子干的吧？”

张教练看了他一眼，“怎么说？”

“我沈哥以前就有人气基础，但都是死忠粉。可是这次不一样，这是黑他，不是捧他。”江一天愤愤不平。

张教练哑然失笑。

“你笑什么？”

“黑他还是踩他，得沈清源自己说了算。”张教练话中有深意，“他要是为此情绪低落，那人家就黑成功了，也踩成功了。他要是不在意，人家爱说什么说什么。”

江一天若有所思地点点头。

“一天，你记住，一名优秀的射击手就应该做到‘人枪合一’。沈清源这性子我欣赏，什么都不放在心上，才能保持心境平和。如果你在乎观众是给你掌声和嘘声，在乎对手有没有比你打得好，或者质疑自己是不是做错了，那你就打不准靶子了。”张教练说到这里，微微有些叹息，“你看看你，我就恨你这毛糙冲动的性子。”

江一天说：“可是我觉得沈哥其实很在乎。”

“嗯？”

“他虽然不吭声，但是肌肉绷紧，这是沈哥焦虑情绪的表现之一。”江一天说，“而且我发现，无论是对你，还是对队里的心理专家，沈哥从来没有报告过这个问题。”

射击是一项静力性运动。在比赛中，运动员的心理稳定性对成绩占据了80% ~ 90%的比重。所以这几年，国家对射击运动员的心理训练逐步重视。

“张教，我是真的担心沈哥……”江一天小声地说。

就在这时，浴室里的水声戛然而止。张教练一拍江一天的后背，呵斥，“别整天弄这些没用的，给我练100个俯卧撑，再把三姿练两个小时去。”

江一天还想说什么，仔细看张教练真的动了怒，才灰溜溜地离开了。张教练走出房门，却在关门的瞬间顿了顿，担忧地望向浴室一眼。

静水流深，平静的海面底下是巨大的暗涌。以前，谁都不知道沈清源承受了多大的压力。可是现在，连江一天这种毛头小子都看出来了。张教练微微叹气，将房门关上。

全运会结束的那天，唐心松了一口气。

她终于不用担心再见到沈清源，也不必担心自己看到他就口吃的毛病被人发现了，这次的相遇只是一个小小的意外。可是那句话怎么说来着？冤家路窄。哪怕是航线这样宽敞的路，两个冤家都能碰到一起。

机场等候大厅里，唐心十分无语地望着前方。登机口处，一群身穿运动服的少年在等待，而沈清源的身影格外显眼。

"我们居然和他们一个航班哎……"梨子小声地说。

和她们同行的还有体育频道的女主播徐典。她赶紧将唐心脖子里挂着的相机拿下来，"快借我用用。"

徐典啪啪拍了两张照片，一边拍一边说："太巧了，等会儿飞机上可以做个采访稿。"

"你们先回，我改签。"唐心拖着皮箱，转身就走。她尽量让自己不看沈清源，以免说话结巴。

梨子瞪圆眼睛，伸手拉住她，"还有二十分钟起飞，你现在改签也来不及了吧？"

"唐心，实习期刚结束，你就玩旷工？"徐典勾了勾姨妈红的嘴唇。

徐典稍微年长几岁，气质成熟犀利，话中常带机锋。唐心也不知道是不是自己多心，总觉得她说话的风格有意无意地针对自己。

唐心只好妥协。

"走吧，登机手续都办了。"梨子拽了拽唐心的衣袖。唐心从随身小包里掏出雷朋眼镜戴上，不远处的沈清源顿时蒙上了一层暗灰色。

黑历史重新出现在自己面前，是一种怎样的体验？生不如死。沈清源就是唐心的黑历史。如果上天能够赐给她一块神奇的橡皮擦，唐心一定会把所有和沈清源相关的事情全部抹去，片甲不留。因为他见证了她最稚嫩蠢萌的一段时光。

唐心推了推眼镜，低着头往登机口走去，不想和沈清源发生任何视线接触。

就在这时，几声尖叫突然此起彼伏地响起。

"沈清源！他在那里！"

"小天使沈清源！"

唐心有些吃惊地循声望去，只见一群女生拉着横幅往这边跑来。横幅上写着："小天使沈清源，我们爱你么么哒！"

现在的孩子是不是眼神都不怎么好？沈清源这种人，能跟"小天使"靠上边？恶魔还差不多。唐心直撇嘴。

沈清源听到喧闹声，立即皱起眉头。

江一天望见唐心站在几步开外，忙用胳膊肘捅了捅沈清源，"沈哥，嫂子跟咱们一趟飞机。"

沈清源迅速瞥了唐心一眼，随即扭转视线，什么也没说。张教练在旁边直皱眉头，"江一天，别乱说话，这边可以登机就赶紧进去。"

他伸开双臂，拦住涌过来的小姑娘，"对不起，我们要登机了。"

小姑娘们热情不减，踮着脚尖往沈清源那边张望。其中一个扎双马尾的小姑娘一猫腰，就从张教练胳膊底下钻了过去。她抱着一束鲜花跑到沈清源跟前，眨巴着一双大眼睛，"沈清源，我们是你的粉丝，能跟我们合影吗？"

沈清源摇了摇头，"不行。"

江一天笑嘻嘻地说："小妹妹，沈哥有闪光灯过敏症，不如我跟你合影吧？说到底我比他更帅一点。"

"胡说，哪有闪光灯过敏症……"

"有！沈哥比赛的时候，教练都要交代记者们拍照不要开闪光。"江一天把双马尾小姑娘唬得一愣一愣的。

这番举动立即引来了其他队员的嘲笑。一名叫陈海的射击队员拍了拍江一天的肩膀，"一天，你就别忽悠人家十几岁的小姑娘了。"

双马尾小姑娘都快哭了，抓住沈清源的胳膊来回摇晃，"大哥哥，求你了，跟我合个影吧！"

沈清源下意识地甩开她的手。与此同时，又有两三个小姑娘冲了过来。因为跑得太快，地面光滑，小姑娘们一下子重心不稳，跌倒在地。

射击队员们赶紧将小姑娘们扶了起来。张教练走过来说："孩子们，回去吧，好好学习。”

小姑娘们眼里含泪，看到沈清源的脸色还是那样冰冷，将鲜花塞到沈清源手里，就默默地回去了。

唐心在旁边看着，忍不住摇头。心疼啊。

然而就在这时，沈清源忽然将目光转向唐心这边，走了过来。唐心立即觉得呼吸有些紧张。他终于打算和她打个招呼了？

唐心一边维持高冷姿态，一边在脑海里构思接下来该说的台词。不料，沈清源却在徐典面前停了下来，“你刚才拍了什么？”

“没拍什么啊。”徐典装糊涂。

沈清源二话没说，劈手将相机夺了过来。徐典赶紧去夺，“哎你别乱弄相机，这里面都是新闻素材。”

“把照片删了。”

“凭什么？”徐典拔高了声音。唐心看不下去了，也伸手去夺相机。两人手背相擦，那台相机便掉在地上。

咔擦！一声碎裂的声音，估计是哪个零部件坏了。

唐心赶紧蹲下来捡起相机，果然，镜头裂了。

她心里顿生怒意，抬头狠狠盯着他。沈清源有些过意不去，“多少钱我赔，但是把照片删了。”

“你不用赔，我们就不删。”徐典冷笑。

张教练匆匆跑过来，将沈清源往后一拉，赶紧向唐心赔礼道歉，“媒体同志，对不住，我们队里赔。”

唐心摇头，“不用。”

张教练还想说什么，唐心已经抱着相机，径直往登机口走去。她满腔怒火和委屈无处发泄，可是为避免暴露口吃，也只能说了两个字。

经过沈清源的时候，她故意用肩膀狠狠撞了他一下，以此报复他的眼拙和无情。相机是她的，可他居然绕过她和徐典交涉。他就那样讨厌她？

不久，唐心转正，正式办理入职手续。

转正后的唐心比实习生时期还要努力，只要有体育赛事，闷头跟队跑一线。在镜头前，她语速流畅，用词精准，受到了很多同事的称赞。

唐心想，那个让她紧张得结结巴巴的人，应该再也不会见了。

她拼了命地工作，想要把生活都塞满。所以很多时候，唐心写稿到半夜，肚子饿得咕噜噜响起，才记起来自己还没有吃晚饭。

唐心起身，打算去撕包泡面，正好瞥见桌上的手机亮起了屏幕。因为工作的关系，手机也被她开了振动，经常错过电话。来电显示是梨子。

唐心还以为又是约饭，接通后“喂”了一声，就听到梨子急吼吼地喊：“唐心，出事了出事了！”

“你每天都操心世界和平，能出什么事？”唐心一边接电话，一边往泡面碗里倒热水。

“不是我，是沈清源！有人爆料沈清源耍大牌推粉丝，现在网上黑成一片呀！”梨子扼腕叹息。

唐心手一抖，热水瓶晃了一下，一股热水立即从桌上滴落到腿上。她顾不得查看，赶紧挂掉电话，上网搜索了下新闻。

几个营销号联合发帖，谴责走红的运动员也学着大明星耍大牌。虽然全文都没有指名道姓，但是配图却是沈清源。唐心点开图片，看到正是徐典当时拍下的照片。照片上，那三个小姑娘跌倒在地，沈清源插着兜站在一旁，表情严肃冷漠。如果不是亲眼所见是怎么回事，唐心也以为沈清源推了小姑娘。

看到沈清源的照片，唐心又觉得心头涌上一股异样。她不自在地抠了抠喉咙，继续看评论。

营销号底下的网友们议论纷纷，“拽什么拽，不就是一块全运会金牌吗？有本事去拿奥运金牌！”

“这是沈清源自己炒作的吧？看来他想红想疯了，给他几个头条让他火吧！”

“用我们纳税人的钱，就养出这样差素质的运动员？”

阴阳怪气的各种论调，诸如此类。

唐心顿时火冒三丈，在营销号的微博下回复，“沈清源根本没想红，是你们几个营销号为了引流量，各类花式地发他照片！现在又抱团黑他！当一名运动员也太难了吧！”

“除了比赛规则，运动员也有说‘no’的权利！他拒绝合影可能是因为疲劳，可能是不想太高调，粉丝们又何必强求？希望我们别用恶意去揣测别人，这个世界会更加阳光！”

“只贴这一两张照片未免太断章取义了。本人是目击证人，亲眼看到沈清源扶起小姑娘，还向小姑娘挥手道别！”

“谁说射击运动员伤病就少了？腰肌劳损、风湿关节炎是常发伤病好不好！他已经很努力了，我相信我家爱豆的人品！”

唐心一个个地回复过去，回复提示音不断响起。她返回，点开评论，本以为会看到营销号的骂战，不料却看到有人给她回复，“哎呀，逮住一条活的官博！”

还有人居然嚣张地说：“大家都淡定，估计是这位官博小编明天就辞职了，所以临走前打算放飞自我了！”

官博？唐心愣了三秒钟，赶紧点开首页，顿时吓了一跳。她居然误用了H省电视台体育频道的官方账号回复了网友！

梨子的电话又打了进来，唐心赶紧接听。

“唐心，又出事啦！有人用我们体育频道的官方账号和网友互怼哎！

你说这事会不会上体育新闻啊？”手机里，梨子的笑声十分放肆。

唐心欲哭无泪，“那个人是我。”

梨子顿时无语。

“我以为这是我的账号，我忘记切换了。”

梨子弱弱地问：“唐心，你不是说你恨死沈清源了吗？怎么还在网上帮他说话？”

唐心拍了拍额头，叹气，“可能我疯了吧。”

“我说真的，你赶紧删评论去，就跟领导说官博被盗号，明天解释说是临时工干的……”梨子出谋划策。

“梨子，你可能不太了解我这个人。”唐心淡淡地说，“我一旦疯起来，谁都拦不住。”

说完，唐心就将电话挂了。

唐心翻箱倒柜地找出徐典借过的那台相机。镜头碎了她也懒得修，往角落里一扔就没再用。这台相机只有徐典拿去过一次，她当时将里面的照片都拷贝了一份。看来，营销号集体黑沈清源这事，是徐典策划的。

唐心将相机连接到电脑上，把沈清源的所有照片都拷贝了出来。她从网页登录了体育频道的微博账号，发现评论里画风清奇，网友们都在猜测账号马甲下的男女性别。不用说，腐女猜唐心是男人，直女在脑补言情小说的桥段。

唐心直接上传了一张照片，附上了一段文字：跌倒是意外，请不要恶意揣测。运动员再红，他也不是公众人物，无脑的诋毁和过分赞誉，都会影响他的发挥。写完，她点了发送。那张照片里，沈清源弯腰将小姑娘们扶起，眼神里有关怀的情绪。

舆论风向经常一秒就变。

唐心用体育频道的微博账号发了那张照片之后，转发量很快过万，话题直接冲上了第一名。刚才还在质疑沈清源人品有问题的网友，后来纷纷删微博，道歉。

一场风波就此过去。但是唐心知道，她还有一场暴风骤雨要面对。擅自用体育频道的账号发个人言论，她的下场估计很悲惨。

扣工资？辞退？唐心在心里预想了这两个结局之后，深呼吸一口气，踏进了周祖光的办公室。让她意外的是，徐典也在。

徐典坐在靠椅上，一身干净利落的白色长衣长裤，显出她优美的身姿。她瞟了唐心一眼，轻蔑地“哼”了一声。

“唐心，你怎么能用官方微博发个人言论？”周祖光指了指电脑屏幕，“微博已经删了，你给我写检查，不然这事我给你兜不住。”

唐心掏出手机刷新，果然看到那张辟谣的照片不见了。

“周主任，我可以写检查，但是为什么删微博？”唐心豁出去了，“本来那几个营销号就是造谣，我只是阐述事实。”

周祖光说：“你做得对，但是内容没有经过台里领导同意，你不应该擅自发出来。”

“如果等到领导审核同意，沈清源的黑料都要飞到外太空了。”唐心示威地看了一眼徐典，“有人泼脏水，不及时澄清的话，会影响到运动员的心态。”

徐典不甘示弱地回视唐心。这是个精明干练的女人，眼神透着刀一般的犀利，能把任何气焰削弱三分。

她慢悠悠地问：“唐心，你到底写不写检查？”

唐心倔强地看着徐典，无声地对峙。她想不通，徐典做了这样的亏心事，怎么还能气定神闲地坐在这里指责她呢？

周祖光察觉到一丝异样，也往徐典看过去。

徐典轻笑，“唐心，别以为你转正了，让你走就没那么容易。发微博这件事可大可小，全看你的态度了。”

唐心正想回答，周祖光却抢过话头，对徐典说：“徐主播，既然你说这件事可大可小，那你就尽量把这件事变成小事吧。”

徐典吃惊地看着周祖光。

“弄成大事，我相信对谁都不好。”周祖光意有所指地说，“唐心说得对，确实有人在泼脏水。要是有人不顾媒体人的职业素养，随意扭曲事实，进行不良炒作，我想这就是大事了。”

徐典有些心虚，但还是要端着架子，“那行吧，反正我们是一个团队，我在领导那边压一压这件事得了。”说完，她踩着高跟鞋离开了。

唐心没想到周祖光会帮自己说话，鞠了个躬，“谢谢周主任。”

“检查不得少于1000字，手写。”周祖光将手头一本书重重地扔在桌上，一脸嫌弃。

网络上永远不缺新鲜话题。不到一天时间，网友们就转向其他话题，关于沈清源的黑料消失得无影无踪。

只是唐心还是有些奇怪。从机场里两个人的反应来看，徐典和沈清源应该是毫不相识。徐典为什么要黑沈清源？唐心决定问个清楚，藏着掖着反而会纵容徐典。

中午下班之后，唐心特意在食堂门口等徐典。没想到，徐典从办公室里出来，直接按了电梯。

唐心赶紧跟上，却被好几名同事挤到了轿厢边上。到了二楼，徐典下了电梯，唐心费了好大工夫才从轿厢最里面挤到外面。她跟上去，正想将徐典喊住，却见徐典扭着妖娆的身姿，搂上一名男子的脖子。看这亲密程度，那名男子应该是她的男朋友，或者未婚夫。

唐心顿时有些尴尬，转身想离开，忽然想起一张张狂肆意的脸庞，正和徐典搂住的那名男子重合。

杜凌枫？

唐心猛然回身，正看到杜凌枫的目光越过徐典的肩膀，遥遥地往自己这边看来，一瞬间，唐心全都明白了。

杜凌枫穿着一身休闲西装，领带打得很高，全无那天二世祖的形象，有了几分精英气质。他若有所思地盯着唐心，自言自语地说："小辞？"

徐典回头看到是唐心，赶紧说："凌枫，她是我同事。"

杜凌枫怎么都无法将视线从唐心身上挪开。他大致认出，这就是那天晚上和沈清源在一起的女孩子。可是当时光线太昏暗，他现在才真正看清楚她的五官，竟然和那个人神似。

"唐心，找我有事？"徐典挎住了杜凌枫的胳膊，"可惜我中午约了人，回头再说吧。"

唐心走上前去，直截了当地问："你们在网络上黑沈清源，就是为了让他退出射击队，是吧？"

杜凌枫低头看徐典，徐典顿时有些惊慌，"我不知道你在说什么。"

"他——"唐心一指杜凌枫，眼神犀利得如同一只小老虎，"他之前要废掉沈清源的手，结果没废成！现在又想用这种方法控制舆论，目的是让沈清源无法安心训练。我说的对吧？"

徐典慌乱地低下眼睛。

杜凌枫看徐典，"你去网络上黑沈清源了？"

"我只是想帮你……"

"呵呵，沈清源要是不上网，你做这些有个毛用。"杜凌枫讥讽道，"徐典，你能不能换个正确的方式帮我？"

唐心眨了眨眼。徐典做这些事情，居然不是杜凌枫指使的？

“不管怎么说，请你以后不要再做类似的事情。”唐心发出了警告。

徐典不耐烦地点了点头。

杜凌枫一直看着唐心，笑容里有几分玩味，“我现在特别好奇，你和沈清源是什么关系？”

“粉丝和偶像。”

杜凌枫弯唇一笑，“那是因为你没看过我的射击比赛，否则你就不会是沈清源的粉丝。”

真是自大狂妄。唐心冷笑，“杜凌枫，我知道你输给他心里很不舒服，但这就是竞技！你要是个男人，就应该输得起。”

杜凌枫的脸色瞬间变冷。徐典气得浑身打哆嗦，“唐心，你说话别这样绝！这里面有我的责任，你不能全针对他！”

这两个人的反应太激烈，唐心忍不住后退一步。杜凌枫忽然抓起唐心的手，就将她往外拖。唐心急了，“你干吗？”

杜凌枫一句话也不说，拉着唐心快步走下楼梯。二楼的会客厅下面就是宽敞的电视台大厅，说一句话，回声都能长达一分钟。唐心不想把事情惹大，使劲挣扎，想抽出自己的手。

徐典也匆匆赶了过来，“凌枫，杜凌枫！”

杜凌枫拉着她走到大楼外面，一抬手解锁了自己的车。唐心想起杜凌枫那晚阴枭的模样，更加毛骨悚然，“你再不松手，我就报警了！”

“下午几点上班？”杜凌枫忽然回头问她。

唐心还以为他悬崖勒马，“两点半。”

“很好，来得及。”杜凌枫打开副驾驶的车门，就将她塞了进去。他旋风一般地坐进驾驶座，飞快地将车门上锁。唐心气急败坏地去打车门，车门纹丝不动。

他却一声轻笑，“小辞，把安全带系上。”

"你神经病啊？"唐心气得回头骂他。

杜凌枫的笑意却更开，"对，我就是神经病。忘了告诉你，你生气的样子更像小辞。"

徐典踩着高跟鞋跑过来，扑到车窗上，哀求着说："凌枫，不是说好了中午一起去挑钻戒的吗？再不买就赶不及去给爷爷过目了。"

杜凌枫从钱包里掏出一张黑卡，甩给徐典，"密码我的生日，自己拿去买。"

"凌枫，凌枫！"徐典大喊，可是杜凌枫已经发动车，扬长而去。

唐心靠在副驾驶座上，脑中在飞速轮转，无数闪念嗖然而过。等到了一个红绿灯路口，她才开口问："你要带我去哪儿？"

"源水公墓。"

唐心忽然觉得很好笑，"你不会是因为我得罪了你，想把我活埋了吧？"

他看了她一眼，目光沉静如水，"言重，我舍不得。"说完，他补充了两句，"我只是想解释一下我和沈清源的渊源。"

听到这里，唐心立即坐直了身体，乖乖地将安全带扣上了。她现在已经向真实的自己屈服——她就是没出息，就是脑子发热。明明对沈清源又恨又怨，可一听到和他有关的事情，前方就算是刀山火海，她也满不在乎。

半个小时后，车子抵达源水公墓。

这是郊外的一座小山坡，坡下有一块平地，无数黑色墓碑静静地伫立。唐心下了车，观察了下四周，"好风水。"

杜凌枫打开后备箱，拿出了一罐花雕酒，"再好的风水，也没人想占。"

"这倒是。"唐心耸耸肩膀。

他锁了车，自顾自地往公墓走去。唐心忙跟了上去。

山风有些大，唐心的衣服又是那种轻薄丝缎面料，被吹得飒飒作响。

她有些凉意，忍不住抱住双臂。好在杜凌枫很快就停住脚步，走到一座墓碑前蹲了下来。

唐心看了一眼墓碑上的照片，是一个二十多岁的女孩子，短发柔顺，笑得俏皮伶俐，眉眼是和她有些相似。再看墓碑上所刻的名字，石小辞。

“你想说什么？”唐心开门见山。

杜凌枫打开花雕酒，将酒水倒在墓碑前。一边倒，他一边说：“这是陪了我二十年的哥们儿。”

鉴于对方说话不正不经，唐心自动将石小辞理解成他的青梅竹马，“节哀。”

杜凌枫继续说：“三年前，小辞告诉我，她特别想看我得射击金牌。就为了这句话，我放下实战射击，铆着劲参加了射击比赛，并没日没夜地投入训练。在这之前，我已经练了十年射击。”

唐心震惊，慢慢蹲下来，看着杜凌枫。

杜凌枫仰头，狠狠灌了一口酒，“是亚锦赛。我原本有希望赢的，可是半路杀出个程咬金，就是沈清源。”

唐心点头，“猜到了。”

“等我回家，小辞已经病死了。”杜凌枫扭头看唐心，眼眶发红，“我没有完成她的遗愿，把金牌给她，这都是因为沈清源。”

“可是竞技就是这样残酷，总是有金牌银牌之分。其实我觉得，就算你得了银牌，小辞也一样会为你开心。”唐心说。

杜凌枫摇头，“我连小辞的最后一面都没有见到，我不知道她见到我的银牌会不会高兴！所以，我就要把那块金牌从沈清源那里赢过来，给小辞看！”

唐心想了想，“后来，你又和沈清源比了一次？”

杜凌枫长舒一口气，“对，我找到沈清源，和他玩了次全盲打。结果你知道了。呵，是个男人都会不服气！”

“那你打算怎么办？”

“很简单，一直和他比下去，直到我赢。我觉得只有这样才对得起小辞，才咽得下这口气。”杜凌枫狠狠按着自己心口，“可是你知道沈清源有多过分吗？他不肯拿那块金牌做赌注。”

唐心无语。男人的逻辑，有时候就是容易拐进死胡同啊。

“小辞喜欢你吧？”她打算用女人的逻辑来开解杜凌枫。

“不知道，应该吧。”

“那你喜欢小辞吗？”

杜凌枫的脸微微发红，“你想说什么？”

“我觉得和银牌比起来，你的所作所为更加伤她的心。”唐心忙抬手，以制止杜凌枫发怒，“我还没说完。”

“你说。”杜凌枫冷若冰霜。

唐心顿了顿，“你在她墓前喊她‘哥们儿’，想必她生前你也没少这样喊她。可是杜凌枫，一个女孩子就算太粗大条，也不愿意自己被喜欢的人喊作‘哥们儿’的。你们从小一起长大，相伴二十年，但你未必明白她想要的是什么，需要怎样的对待。”

杜凌枫眼神复杂，静静地看着她。

“所以，你因为小辞而记恨上沈清源完全没道理。说不定小辞根本不希望你和他较劲。”唐心淡淡地说。

杜凌枫霍然起身，唐心也赶紧站起来。这个男人，时不时地让她感觉到危险重重。

他慢慢靠近她，“你说的话，冒犯到小辞了。”

唐心不甘示弱，“可能我说的恰恰是小辞的心里话，只是冒犯到你而已。”

杜凌枫一笑，别开脸。唐心暗自松了口气，直觉告诉她，这是一种安全的信号。

“看在小辞的面子上，我不和你计较。”杜凌枫走了几步，回头戏看她，笑意森然，“沈清源的，前女友。”

他居然看出自己和沈清源的关系了？唐心后背一阵发凉。

在那之后，唐心和徐典彻底结下了梁子。

起初，徐典只是暗中给唐心下绊子，后来就发展成了公然挑衅。徐典仗着自己资历比唐心老了几年，经常给唐心上眼药。唐心为此十分郁闷。

“你说，明明做错事的人是她，她凭什么针对我？”食堂里，唐心用筷子捣着托盘里的一只煎鸡蛋。

梨子坐在旁边，一边大快朵颐，一边说：“小心心，你也太迟钝了吧？完全没有 get 到徐典生气的点啊。”

“那是什么？”唐心将前前后后都回忆了一下。她和徐典发生冲突的地方，也就是她当着杜凌枫的面，揭发徐典买营销号黑沈清源这件事。

梨子擦了擦嘴，恨铁不成钢地点了点唐心的太阳穴，“你啊你，她到处传你和她男朋友搞暧昧，你不知道啊？”

唐心摇了摇头。

“听说她男朋友叫杜凌枫，是那个创造运动服国民品牌的杜家！”梨子小心地观察着唐心的脸色，有些难以启齿，“听说，我只是听说哈，徐典的男朋友那天来咱们台里，是不是……和你出去了两个小时？”

所谓三人成虎，就是这种情形。唐心怒极反笑，“是出去了两个小时，不过不是喝咖啡，而是去了公墓。你见过有人在墓地里约会的吗？”

“杜少爷口味好重……”

“反正我和他没关系！梨子，食不言，吃饭的时候不说话。”唐心低头开始吃饭。梨子小声咕哝：“明明是你先说话的，我好好吃饭呢……”她忽然想起了什么，伸出一根手指头，“唐心，我就说一句，一句。”

唐心不理她。

“台里定了个策划，要做几期体育专访，其中一期是采访Q大射击队，定的你和周祖光去……”

唐心差点噎着。

梨子小声地说：“那个，你做好心理准备，少看沈清源，到时候别结巴……”

唐心顿时欲哭无泪。

一想到要再次见到沈清源，唐心就说不上来心里什么滋味。她现在最担忧的问题，是在众人面前露短。

一个媒体工作者患上了结巴，简直是奇耻大辱！唐心坚决要克服这个软肋，一回到家就把自己关进房间里，点开所有关于沈清源的比赛视频。可是一看到那张脸，她就心跳加快，心头涌上一股羞愧、难堪的情绪。

“各位观众朋友们，大家好，这里是，H省电视台体育频道，正在为您转、播……”唐心试着说了一段话，发现自己再也无法保持声音流畅自然。

她崩溃地往床上一倒，用枕头捂住了脸。她要怎么办？放弃了留学的机会，还要从电视台失业吗？以唐心的自尊，她不允许自己的人生出现这样的失误。

房门被人轻轻地打开，有人走了进来。唐心听到动静，猛然拉开枕头，却看到眼前是沈清源！

“啊——！”唐心尖叫出声，对方也吓得大喊大叫起来。

房门外立即传来了唐妈妈的怒吼：“你们姐弟两个，鬼叫什么！都二十的人了，一点矜持样子也没有！”

唐心下了床把门踢上，转身怒瞪，“唐立奇！你没事来我房间干什么？”

唐立奇是唐心的弟弟，比她小两岁，刚上大二。他笑嘻嘻地说：“姐，你是不是要去采访Q大射击队？”

“你怎么知道？”

“梨子姐告诉我的。”唐立奇晃了晃手里的一把明信片，“姐，你帮我要个签名呗，我是小天使的粉丝。”

唐心夺过他手里的明信片，好家伙，全都是沈清源。这些应该是沈清源所有比赛的照片了，因为几乎每一张的衣着都不同。大部分时候他都戴着一顶鸭舌帽，将目光压得很低。只有在射击的时候，凌厉的目光才从帽檐下射出。除了全运会的手枪项目，还有几张是沈清源的气步枪项目。

唐心将明信片反过来，强行收回自己的目光，“梨子还对你说什么了？”

“她还让我多逗你开心。姐，这还用交代吗？你看我都没逗你，你看到我就开心得不行！”唐立奇笑得眼睛都眯成了一条缝。

唐心呵呵笑了两声。能把沈清源认同为小天使的人，果然眼神都不好。她哪里开心了？

“你能不能表现得像个正常的直男？”唐心将明信片扔给他，“身为一名正处青春期的大学男生，你应该迷点当红的小鲜花。”

唐立奇赶紧将明信片小心地捡起来，心疼极了，“姐，我崇拜沈清源不行啊？他射击动作特精准，简直像被电脑程序控制的！你就给我要个签名呗！”他举起一张照片，凑到唐心面前，“你看，多帅！”

唐心立即结巴起来，“哪、哪里好看……你你你眼神不好吧？”

“姐，你也会结巴啊？”唐立奇像发现了新大陆。

唐心气急，使劲将唐立奇推了出去，“快走，我这儿正烦着呢。”

唐立奇不死心，被推到门口，顺手将明信片塞到她大衣口袋里，“姐，你可得帮我这回啊！”

砰——唐心一个回旋踢，狠狠将门踢上。

CHAPTER THREE

03

从来不爱

——可是，爱情里也充满了变数，那你也排斥爱情吗？

三天后，唐心跟随摄制组赶往Q大。

这期节目的采访目的是为了让观众了解射击队的日常训练。还没出发的时候，唐心将写好的采访台本给周祖光看，周祖光扫了一眼，“怎么沈清源的内容这样少？”

“这是采访射击队，又不是采访他。”

周祖光不以为然，“他不是红嘛，还拿了全运会的金牌，当然要多采访采访他。把台本稍微再调整一下，增加点内容。”

半个小时后，看着上面增加的台本内容，唐心有些无语。她无法想象，在采访沈清源的时候，万一她结巴再犯，周祖光会是什么表情？就这样一路担忧着，唐心一行人进入Q大，来到了操场上。操场的塑胶跑道上，一队年轻人骑着功率自行车呼啸而过。

唐心站在跑道旁边，感受到迎面而来的一股清风，风里散发着青春激情的气息。年轻真好。

唐心对着摄像机介绍了张教练，将话筒递给他。张教练笑呵呵地介绍，“这些都是今年新招的特优生，正在进行有氧能力的训练。这块内容主要包括跑步、功率自行车等。”

“那咱们的老将在哪里训练呢？”唐心笑着问。

“走，我带你们去看看。”张教练一指不远处的场馆。

一行人走向那座银白色的场馆，唐心从口袋里掏出口齿清新剂，往嘴巴里喷了一下。从来都没有这样一个时刻，让她觉得自己是在上战场。

让唐心意外的是，这里居然是一处25米池的游泳馆。碧蓝的池水中有十来个泳道，每条泳道里都有一条白色激浪。同时，岸上有队医在计时。

水声在宽敞的大厅里激荡。

“射击属于心技能主导项目，比赛时长一般都是几个小时，对运动员体能的要求太高了。”张教练指着游泳池里白色的水花，“所以我们对体能的训练一般是将有氧练习和混氧练习，游泳是训练项目之一。”说着，张教练将手中哨子放在嘴里吹了一下，水中的泳者慢慢停了下来。

“哗啦”一声，一个身姿冲出水面，带起无数晶莹的水滴。健硕的胸肌就这样猛然出现在唐心面前，无数水花顺着肌肉的线条滑落池中，犹如碎玉。沈清源甩了甩头发上的水，将泳镜摘下，有些意外地看着岸上的唐心。

唐心的脸唰的一下红了。她赶紧将目光移往别处，心脏剧烈地跳起来。这不是射击队吗？为什么还要练习游泳啊！她当年考二级运动员的时候，体能训练里也没有游泳这一项啊。

张教练仿佛看出了唐心的困惑，“以前对运动员的体能训练都太传统了，主要是跑步和哑铃，结果出现很多慢性、劳损性的伤病。现在我们引进了国外最新的训练方法体系，有游泳、自行车、间歇跑、变速跑这些项目，还有专项力量训练。小沈，你过来接受一下采访。”

沈清源胡乱用毛巾擦了一下，从泳池边上走过来。

“你好，我们是H省电视台的，来到这里是想做一期节目，耽误你们训练的时间了。”周祖光将台本交给沈清源一份。

沈清源低头扫了一眼台本，又抬头看唐心。

就在这时，江一天也从泳池里浮出水面。他看到唐心，热情地招手，“小姐姐，你来啦！是来找沈哥的吗？”

唐心的脸更红了。她在心里命令自己赶紧冷静下来，可是耳根偏偏也不争气地红了起来。

沈清源回过身，将毛巾一把砸在江一天脸上。江一天哈哈一笑，“好，我闭嘴！”

他夸张地往后仰，年轻矫健的身姿没入水中，卷起一股碧浪。

“行，没问题了。”沈清源转过身，扫了一眼上面的问题，将台本递还给周祖光。

“既然没问题，那我们开始摄像了。主持人准备……主持人准备。”周祖光喊了两遍都没听到回答。一回头，他发现唐心变成了一座小火山。

张教练咳了两声。

周祖光恨铁不成钢，用胳膊肘狠狠捅了捅唐心。唐心总算将身子转过来，将话筒握在手里。可是那脸——红得要滴出血来了。

“你好，能给我们电视机前的观众……打个招呼吗？”唐心努力克制自己不要结巴。

沈清源面对摄像头，露出一个淡淡的笑容，“大家好，我是沈清源。”

唐心硬着头皮，问：“我们运动员训练特别辛苦！呃，你们每天训练大概，大概多少个小时呢？”

“停！”周祖光先让摄像暂停，不悦地问唐心，“你今天状态怎么回事？说话有停顿。”

唐心更加羞愧，瞪了沈清源上半身一眼，将目光别向一旁。场面立即陷入一片死寂，气氛更加尴尬了。

“这样吧，我去穿衣服。”沈清源似乎意识到了什么，脸也有些发烫。他不等众人回答，就转身往更衣室走去。

“我去补妆。”唐心逃也似的往洗手间走去。

洗手间里，唐心补了粉妆，脸颊看上去总算不那么红了。她对着镜子，深呼吸一口气，“唐心，镇定，你可以的。”

她掏出台本，将接下来要问的问题念了三遍，才走出洗手间。让她意外的是，沈清源已经穿戴整齐，站在泳池边上了。

他穿的是一身长款运动衣，拉链拉到锁骨上面，从头到脚密不透风。

无论从天气还是室温来看，这套衣服都有些不合时宜。

江一天又从水中伸出脑袋，笑着问："沈哥，穿成这样你不热吗？是不是怕小姐姐害羞啊？"

这次，两条毛巾一齐甩向江一天的脸。一条来自张教练，一条来自沈清源。张教练扔完毛巾，低声咕哝了一句，"就你会说大实话，把你能的。"

唐心深呼吸一口气，走到周祖光面前，迎着他的目光点了点头。

采访摄制开始。

没有六块腹肌在眼前晃悠，唐心淡定了不少，这部分的采访顺利完成。只是她故意将目光落在沈清源背后的窗户上，刻意不去看他。

沈清源倒是毫不避讳地看她，眼神坦然。他的目光十分清亮，没有射击时那样凌厉，可还是没有一丝暖意。

录制完泳池这块内容，队员们也都完成了游泳变速的 40 分钟训练。接下来的一个采访环节是射击现场。

射击靶场里，练习气步枪的队员们都换上了射击用的皮服，戴上了防护镜。这种皮衣质地很厚，能够给身体很大的支撑力，保持身体的稳定性。

张教练在旁边看着，时不时地给队员们纠正动作。

"射击的姿势很重要的，有的训练时姿势不正确，养成习惯可就麻烦了，会影响这个运动员的发展。所以从训练初期，就要让队员保持正确的姿势。"张教练在采访中说。

唐心在旁边看着，心里感慨万千。她看着这些年轻的脸庞，仿佛看到了自己的过去。

不知道是不是回避，沈清源站在距离唐心最远的一个靶位。唐心说不上来心里是失落还是庆幸，在不需要自己主持的时间段里，百无聊赖地望着自己的脚尖，只是偶尔抬眼瞥一眼沈清源。

江一天是个唯恐天下不乱的家伙，凑到唐心跟前，"小姐姐，我刚才拉我沈哥过来，好说歹说他都不愿意，我真尽力了。”

唐心咳了两声，“不需要他过来，我不想看到他。”

“小姐姐，你可别相信网上那些黑料，我沈哥本质上是很正派的。”江一天强调。

唐心默默地看他，心里想，网上那些黑料其实还是我给洗白的。

“我沈哥多才多艺，射击水平一流，素描也是棒棒的。”江一天翻了翻手里的素描本，“这些都是我沈哥画的。”

唐心拿过素材本，看到上面用圆珠笔画了各种式样的手枪、气步枪，空白处还写满了看不懂的公式和数字。

“这是什么？”

“对于沈哥来说，射击等于做一道物理题。子弹重量，射程，地心引力都会对最后成绩造成影响。他没事的时候就爱琢磨这些，张教练也不管他，说随他去。”江一天语气里充满了崇拜之情，俨然一个小粉丝。

唐心觉得这倒是一个可采访的地方，翻了翻笔记本，合上之后，整个人怔住了。这个笔记本的封面是牛皮纸材质，右下角印着一只凹下去的小熊。

时光一下子回到了五年前。她塞给沈清源一个笔记本，自己抱着另一个笔记本傻笑。

沈清源问，给我笔记本干吗？

她开心地说，这个牌子的笔记本有情侣套装哦，你用大熊，我用小熊，一辈子都用这个牌子的笔记本写作业好不好？

沈清源当时笑她傻，说，还说用一辈子的熊熊笔记本，你上学能上一辈子吗？

唐心嘟着嘴巴，很不开心。她想说，她自然是不可能一辈子上学，可是她会爱他一辈子呀。

时光一眨眼过去了那么久，她以为他早已忘了一切。可直到这一刻，她才知道，他根本就没有忘记。

唐心正看着笔记本发愣，忽然一只手伸过来，一把将笔记本夺走。她抬起头，看到沈清源站在面前，满脸蕴怒。

“沈哥。”江一天嗫嚅。

“请不要乱动我私人物品。”沈清源说。

“我，我就是觉得小姐姐会对这个有兴趣……”江一天说到一半，看了看沈清源的脸色，害怕地低下了头。

唐心冷笑，“沈清源，你明明知道我是谁，为什么装作都不记得？”她真的很想知道，他为什么对她冷漠以对，避之不及。他明明都记得那些往事，却要装作忘掉！

沈清源面上覆霜，“我就是不记得了。”

“那这是什么？”唐心指了指他手里的大熊笔记本，“沈清源，别狡辩了，你知道我说的是什么意思！你这种人，无论在小说还是影视剧里，都是注孤生的类型！”

沈清源皱起眉头，挥手将笔记本扔进了垃圾桶。

江一天赶紧心疼地将笔记本捡回来，“沈哥，你干什么？”

“丢垃圾。”

气氛顿时跌到冰点。

唐心感觉自己的心被割了一刀。仿佛那些她珍藏了许久的往事，也被沈清源当作垃圾丢掉了。她努力将心头的愤怒压下，那怒火快要将她整个人都燃烧成一座小火山。

就在火山即将爆发的时候，周祖光走过来，将她拉到一边，低声问：“你今天怎么回事？”

唐心不自然地说：“身体不太舒服。”

“我看不是吧，沈清源是你前男友，所以你才会屡次失误。现在又跟他杠上了。”周祖光一针见血。

“梨子告诉你的？”唐心吃惊。

周祖光撇了撇嘴，“用眼睛看都看出来了，还用梨子告诉我吗？”

唐心沉默。

“我给你一条忠告，做媒体这行的就要心态稳，脸皮厚，别说初恋黑历史，就是明知对方是个杀人犯也得镇定采访，这才是一个媒体人的素养。”周祖光谆谆教诲。

一席话把唐心说得无言以对。就在这时，张教练领着一名女子走过来，“周主任，射击队的丁医生过来了，是不是还有她的采访内容？”

丁医生面容姣好，戴着时兴的银框眼镜，上身小西装，下身工装裤，显得整个人精神又干练。

唐心在看到她的第一眼就怔住了，总觉得哪里见过她。

周祖光在看到丁医生之后，足足停顿了三秒钟才伸出手，“你好，我们是 H 省电视台的。”

“你好。”丁医生伸出手，但手指擦了擦周祖光的手，就快速收回。唐心注意到，周祖光的神色尴尬到了极点。

难道他们认识？唐心正在遐想，忽然注意到丁医生在看自己。她微微一笑，“唐心，是你吗？”

“丁学姐！”唐心终于记起来了，对方叫丁芳，是大自己三个年级的校友，她们曾经在学生会里共事。后来丁学姐毕业，她们就失去了联络。

“没想到能在这里遇到学妹，真是有缘。”

“学姐，我们开始采访吧，台本你已经都拿到了吗？”唐心将话筒递给她。丁芳点头。

接下来的环节是以丁芳为主角，沈清源等人作为配合的采访，主题是运动员如何调节心理状态。丁芳侃侃而谈，对答如流。

这一次，唐心总算没有出现口吃的现象，采访进行得非常顺利。只是每当她需要将话筒递给沈清源的时候，眼神都会变得凌厉。

周祖光为此提醒了她好几回，“微笑，记得微笑。”

唐心试了试，没办法，以她现在的心情，她只能对沈清源露出冷笑。

“请问精准射击的秘诀在哪里，能给我们透露一下吗？”唐心提问。

沈清源没介意唐心的表情，淡定地回答：“当我打出一个比较好的成绩时，我会记住打出这个成绩的所有细节，比如说姿势动作、肌肉的状态、神经绷住的松紧程度、甚至眼球肌肉的状态。再次射击的时候，我会把所有细节都重复一遍，以免出现任何变数。”

唐心直接问：“你讨厌变数？”

“变数出现，意味着会出现多种可能，可能下一枪是10环，也可能是7环。在射击运动的领域，超常发挥反而没有正常发挥要来得稳定。你还有什么问题吗？”显然，沈清源想要结束这次采访。

唐心追问：“有，那请问射击会给你的生活带来什么影响呢？在生活中，你也会排斥变数的出现吗？”她的语气在此刻咄咄逼人起来。

沈清源犹豫了一下，“对，在生活中我也是一个排斥变数的人。”

“可是，爱情里也充满了变数，那你也排斥爱情吗？”唐心说完，将话筒递给沈清源。

沈清源一怔，没有回答。

丁芳接过话茬，半开玩笑地说：“这个不是运动范畴，而是哲学范畴了，我们可以私下讨论。”

“把这段掐掉。”周祖光对摄像说，随后喊了一声唐心，“说结束语，结束采访。”

唐心机械地说出结束语，和丁芳等人握手。丁芳带着一种洞察所有的笑容，握手的时候，稍微用力了一些。

“学姐，谢谢你配合我工作，再见。”唐心心情低落，勉强一笑。

“不客气，也欢迎你再来。”丁芳十分有礼貌。

周祖光在旁边跟张教练等人告别，唐心简单打了几个招呼，就匆匆跟着摄像往外走。她已经迫不及待要离开这里，和沈清源彻底拜拜了。

不料，沈清源跟了上来，“等一等。”

不过是三个字，唐心只觉得周围顿时安静下来，所有人都在注意着他们。她愕然地看着沈清源走过来。

他要说什么？唐心忍不住就生出一丝希冀，猜测沈清源可能突然良心发现，打算化干戈为玉帛，两人好歹能做个普通朋友。

没想到，沈清源走到跟前，淡淡地说：“上次摔坏了你的单反相机镜头，真对不起。我在网上查了一下型号，要八千块钱。我暂时拿不出，只能分期赔给你了，银行账号给我一下。”沈清源掏出手机。

唐心被弄了个透心凉，看他一副公事公办的表情就来气，“你打算分期多久？”

“三个月吧。”

“可是那个镜头八万块钱。”

沈清源顿时一副“你坑谁呢”的表情。

眼看两人一言不合就要吵架，周祖光忙上前解围，“唐心，镜头让台里报销算了。”他使劲将唐心和沈清源的手往一块拉，“我来爆个料吧，其实小唐是你的粉丝，她逗你玩呢，你别介意。”

“周主任，我不是他的粉丝。”唐心猛地抽回手。

哗啦——因为动作幅度太大，一叠明信片从唐心外衣口袋里掉落出来，瞬间撒了一地。唐心低头一看，发现每一张都是沈清源。她居然忘记了，这是唐立奇昨天晚上塞到她口袋里的。

周祖光低头捏眉心，丁芳笑得更神秘了。唐心则目瞪口呆，太惨了，这简直是实力打脸。

沈清源弯下腰，捡起一张。那张明信片印的是他两年前参加比赛的照片，少年眼神淡定，表情镇静。

他掏出笔，在上面签下自己的名字，递给唐心，“太多了，要不我只签一张。”

唐心尴尬万分地接过明信片，头脑里只剩一个念头：回家一定要把唐立奇那个小子，五！马！分！尸！

“谢谢你的签名。另外镜头不需要你赔，再见。”唐心转身就往外走。浑身散发的低气压，让周祖光和摄像一个字也没敢吭。

唐心走到射击馆外，丁芳追了上来，“唐心，干吗走那么急呢？咱们还没有留电话号码呢！”

“对不起学姐，台里还有事，我给忙忘了。”唐心有些不好意思，“回头我约你出来。”

丁芳掏出一只精致的名片盒，抽出一张递给唐心。周祖光伸手等接名片，丁芳却已经将名片盒放回口袋了。

周祖光怏怏地收回手。

“那就说定了，回头打电话。”丁芳洒脱一笑，转身走回射击馆。

唐心望着那个纤纤背影消失在走廊拐角处，问：“周主任，你说实话，你和她到底是什么关系？”

周祖光咳嗽了两声，“她是我前妻。”

唐心受到了惊吓。

回到家，已经是万家灯火。

唐心打开门，唐妈妈正在往餐桌上端汤，见了她顿时笑逐颜开，“下班啦？快洗手吃饭。”

唐心一边换鞋，一边疲惫地点点头，“爸呢？做的糖醋排骨吧？闻着好香。”

“你爸加班，没回家。”

“姐，你有没有要到沈清源的签名？”唐立奇激动地从餐桌前站了起来，椅子后仰，咚的一声跌倒在地。

唐心从口袋里掏出那张签名照，往餐桌上狠狠一拍，“给你！从此以后别再给我提，提他！”真衰，她又结巴了。

唐立奇将明信片拿在手里，笑得很猥琐，“姐，到底是提沈清源，还是不提沈清源啊？”

唐妈妈正在解围裙，闻言立即停住动作，“沈清源是谁？”

没等唐心回答，唐立奇已经回答：“我姐梦中情人。”

“整天说梦话。”唐心砸过去一个抱枕，“他谁也不是，吃饭！”

看唐心认真起来，唐立奇才乖乖住嘴。不过他吃了几口，就忍不住话匣子了，“姐，我今天总算是申请到冬训志愿者了。”

唐心给自己盛了一碗汤，没说话。

唐立奇自顾自地说：“听说咱们省队和Q大射击队都会去冬训呢，到时候我就能看看他们是怎么训练射击的了。”他用手臂做出枪械的姿势，眯起一只眼睛，嘴里还发出“biu”的拟声词。

唐妈妈拍了他一个爆栗，“男孩子就知道暴力，没个正形，学射击还不越学越坏？”

唐心看着弟弟，无奈地摇了摇头。

想当年，她是个性格有些内向的孩子，爸妈就决定让她学射击，加强一下她的稳劲。唐立奇呢，就没那么好运了，唐家爸妈生怕挑起他以暴制暴的劲头，说什么也不让他摸那些枪械。这不，唐立奇就被憋坏了，上了大学之后一个劲地说要练习射击。

“我不会学坏的。”唐立奇委屈极了，“妈，这次全运会射击项目的一个冠军叫沈清源，人挺好的。不信你问我姐，他们以前一个班呢。”

唐心顿时无语。她敢打一毛钱的赌，唐立奇这是变着法地给唐妈妈讲八卦。果然唐妈妈凑过来，“真的？你真的跟那个沈清源，是同学？”

“其其实，也没没那么熟。”唐心心跳加快，说话又磕磕巴巴。

这次，唐立奇总算意识到了问题的严重性，“姐，你结巴了！你不是立志要当主持人的吗？结巴了还怎么做？”

“吃饭！”唐心气呼呼地将碗筷一放，眼角居然泛起了泪花。唐立奇和唐妈妈立即闭嘴，沉默地吃起饭来。

吃完饭，唐心将自己关进房间，望着天花板发呆。其实，目前为止，她的口吃症状只有在面对沈清源的时候才会发作。只要不再面对他，就不会再影响到她的主持事业。可是她估计要做很长一段时间体育记者，在这之前，沈清源如果再拿金牌呢？这次的冬训就是为了亚洲射击锦标赛和世界射击锦标赛准备的。以唐心对沈清源的判断，稳定发挥，拿到奖牌的可能性还是蛮大的。

唐心苦恼极了，手无意中伸进口袋，摸到了丁芳的名片。名片上丁芳的姓名下面有“心理咨询师”几个字。

要不要咨询她？唐心正拿着名片犹豫，没想到丁芳倒打来了电话。她忙按下绿键接听，“学姐，你好。”

丁芳倒是开门见山，“唐心，几年不见，你好像没以前自信了。今天在射击馆是怎么回事？”

“没，没怎么回事……”

“说话吞吞吐吐，还没事？”丁芳说话十分利索，“我查了下沈清源的资料，你们是同一所中学毕业的。早恋过吧？”

唐心脸红了，“学姐，让你见笑了。我现在碰上了点麻烦事……”

她一五一十地将口吃症状说了出来，丁芳在手机那端问："那你打算怎么办？"

"这件事就当翻篇，我不打算见沈……不见他了。"唐心说。

丁芳冷静地分析起来，"唐心，你今天面对沈清源的时候，双肩抖动，说明你内心不自信。我分析，你在中学时期对沈清源的感情，更多的是崇拜，而不是爱慕，对吗？"

唐心仔细回想了一下，还真的是。

"不仅如此，你们还同时练习射击。他当时被人称为射击天才，你不过是刚刚练习的小菜鸟。在这种情况下，他在你心里的意义就是——图腾。他肯定你，你就会觉得自己有价值。他否定你，你也会跟着否定自己的价值。"

唐心愣住了，"可是，我现在已经不是当年那个菜鸟了。"

"是的，五年后的你很努力也很优秀，但是他否定你的时间点发生在五年前。这就是问题所在。"丁芳一口气说了出来，"在你的潜意识里，沈清源当时和你决裂给你造成了极大的伤害。你的图腾倒了，你无法真正自信起来。更严重的是，你们重逢之后，他居然还不认得你，更是让你自尊和颜面扫地。严重自卑的你在面对他的时候，就犯了口吃的毛病。"

唐心捂住胸口。刚才丁芳一提起沈清源，她的心又怦怦乱跳。

"那我现在是不是该避开有关沈清源的所有事情？"唐心弱弱地问。

"恰恰相反。"

"不会让我在沈清源面前晃吧？"

"唐心，你会对牙刷、茶杯、被子这些物品有感觉吗？没有！因为你对它们已经习以为常。同理，当你对沈清源习以为常，你也不会有那种不自在的感觉了。等你真正了解沈清源，你会发现，他并不是你的图腾。"

唐心觉得自己仿佛变身为中世纪的黑女巫，在崇拜着一种邪恶的图腾。她扑哧一声笑了出来。

“你笑了，说明认同我的建议了，对吗？”丁芳很敏感。

“学姐，你放心吧，我一定会和他多见面的。等到……我麻木的那一天，我就痊愈了，对吗？”唐心问。

丁芳接话，“你理解正确。对了，我周末会去中南医院的心理科坐诊，你回头也可以去那里找我。”

唐心答应了，随即想到另一个人，周祖光。她开始在脑中措辞，应该怎么向丁芳询问两人的过往。

丁芳倒是先说了出来，“周祖光是我的前夫。”

唐心差点把手机扔了，“学姐，你说话来个铺垫行不行？我一颗心都要被你吓出来了。”

“我习惯直来直去了。是这样，我在昆士兰读研的时候，和他同租一套房子。日久生情，我们就结婚了。可是婚后半年，他就和我提了离婚。”丁芳的语调里不带一丝情感，“没出轨，没初恋，没生病，没经济危机，没有生育、家庭等世俗观念的矛盾。”

唐心干笑两声，“总有原因吧？”

“就是没有原因，周祖光这个人才进入了我的案例视野。我真的很想分析出来，一个男人在不是骗婚骗炮的情况下，到底为什么离婚。”丁芳说，“唐心，拜托你帮我观察留意一下。”

唐心答应之后，丁芳没说几句就挂断了电话。她不由得感慨，学姐风范不减当年，犀利尖锐，不拖泥带水。至于她的其他建议……要不还是当作没听到吧。“毕竟我连沈清源的手机号都不知道呢，呵呵。”唐心心生一丝侥幸。

然而，手机短信音在此时响了起来。唐心抓过来一看，果然是丁芳的短信：“唐心，千万别退缩，这是沈清源的手机号码：1360366XXXX。”唐心哀号一声，不愧是昆士兰大学毕业的高才生，已经算到她开始打退堂鼓了。

她苦着脸将那个号码添加为联系人，发了一条短信："关于单反镜头的赔偿问题，周末聊下吧——唐心。"

一分钟后，短信音再次响起。是沈清源的回复："好，几点，在哪里见面？"

唐心咬了咬牙，回复："中午十一点，光复路111号。今天很累，我休息了，勿回。"发完短信，她将手机往旁边一扔，将头埋进了被子里，就像是一只插进沙土里的鸵鸟。

光复路111号，百育中学，是她和他的学校。

自从和沈清源约定了见面，唐心总觉得自己哪里有些奇怪。以前她喜欢化裸妆，这几天的妆色却越来越浓艳。唐心很不愿意承认，她这是女为悦己者容。

为了把周末一整天的时间空出来，唐心还推掉了一个同事聚会，只说自己周末有私人安排。

梨子好奇心最重，"唐心，你周末要去相亲？"

"我还没惨到相亲的地步。"唐心耸了耸肩膀。

徐典恰好端着咖啡杯路过，闻言立即飘来嘲讽的一句，"那是，追你唐心的公子哥大有人在，你根本不用相亲。"她还是对唐心和杜凌枫的事耿耿于怀。

旁边有不明真相的同事凑过来，"唐心，有富二代追求你啊？长得怎么样，帅吗？"

"哪有啊，徐姐就知道开玩笑。"唐心将"姐"这个字咬得很重。

徐典立即拉长了脸，踩着高跟鞋转身离开，恨天高的鞋跟恨不得将地面踩出几个洞。

周末很快就到了。

唐心一大早就起床，将衣帽间里的衣服试了个遍，最后还是穿了件夹克衫和牛仔裤。化妆也是，化好了又洗掉，然后再化，再洗，这样来来回回三四遍，反而没有了手感，最后不慎折断了一根无辜的眉笔。坐地铁也是，唐心一路上磨磨蹭蹭，结果到了百育中学门口，还是早了十五分钟。这让她很沮丧，觉得自己输定了。

十步开外的公交站牌，一辆公交车到站。沈清源从车上走下来，一身蓝白相间的运动衣洋溢着青春气息。他向唐心挥了挥手，快步走了过来。

一瞬间，唐心有一种时光倒流的错觉。仿佛他们还是在高中，每天踩着晨辉迎着朝阳，走进琅琅读书声里。

“单反镜头的事我很抱歉，不知道你打算让我怎么赔偿？”沈清源倒是开门见山。

“都来到这里了，不进去吗？”唐心转身往校门里走去。

沈清源追上几步，“我是请了文化课的假出来的，不能在外面耽搁太久。”

“故地重游，也用不了你多少时间。”唐心头也不回。

沈清源犹豫了一下，还是跟着唐心走进了学校大门口。刚一进去，一股陌生又熟悉的气息扑面而来，他怔了一怔，这可能是他人生中最重要的一段时光了。

他不知道的是，唐心此时正低着头，尽量不让自己看他，牙齿几乎把嘴唇咬破了皮。为了让自己顺畅地说话，她铆足了劲。

周末的教学楼静悄悄的，只有射击馆还有人进进出出。唐心和沈清源都有一张青春的脸，加上两人穿衣打扮特别清新，所以没有什么阻碍就进入了馆内。

这是气枪射击的区域，观众席上只坐着几名稀稀落落的学生，射位上的人居然比观众还多。

沈清源下意识地将鸭舌帽压低，以防有人认出自己。唐心挑了一个比较偏僻的位置，“过来坐吧。”

重回故地，她感慨万千。五年前，他们就在这里决裂分别。五年后，他们重新回到这里，已成陌路人。

“到这个地方来，你想说什么？”沈清源在唐心身边坐下。

“我只想问，你为什么装作不认识我，当年的恶作剧就给你那样大的伤害吗？”唐心没去看他，凉凉地问出一句。

沈清源沉默，望向依次排开的射位。

当年他来找唐心，一进入这个场地，就看到唐心倒在三号射位旁边。他当时六神无主，抱起她就往外冲，脑海里不断地重复着一个画面——

他举着手枪，一颗子弹从枪膛里迸出，冲进了一个人的身体里。一只手倒在血泊里，最先流淌出来的血已经发紫，可是刚刚流出的血还是灼红灼红的，像夜色里盛开的杜鹃花。

他几乎崩溃，可是她却只是在玩恶作剧。

“不是因为恶作剧。”沈清源回答。

“那是为什么？”唐心扭过头，盯着他的眼睛。沈清源的眼睛很清澈，馆顶灯光映照在瞳仁里，像是撒下一把星彩。

他少年英才，纵横射场，可唐心总是隐隐觉得，那双眼睛背后有不可告人的故事。阳光有多灿烂，阴影就有多黑暗。

沈清源垂下眼睫，“不想说。”

唐心气笑，还想再问，他已经站起身，往射位走过去。几名练习射击的学生刚结束一轮训练，正垂枪休息。沈清源到了跟前，直接问：“你们的教练呢？”

“上个月刚辞职，新教练还没到。”一名男生回答。

沈清源直接抬起他的胳膊，“你的站位和举枪姿势都有点问题。刚开始训练，一定要姿势正确，因为这个时候是形成肌肉记忆的好时间，养成正确举枪姿势对成绩提高有很大作用。”

男生的眼神立即亮了起来，“老师，你能帮我看看枪口指向准确吗？”

“我也是，成绩总是提高不了，老师你能帮我纠正一下吗？”站在旁边的一名短发女生也开始央求沈清源。

那名女生留着清爽的短发，眉眼清秀，鼻梁小巧而秀挺，不过看上去比其他学生要大上几岁。沈清源乍一看到她，忽然觉得眼熟，仿佛在哪里见过。

沈清源略加思索，身后的男生就以为他要指导那女生，赶紧说：“老师，她不是学校里的学生，你应该优先考虑我。”

女生脸一下子涨得通红，“谁说我不是？”

“你进来的时候没掏学生证，混进来的，我都看见了。”男生说，“这是全市唯一一家拥有射击馆的高中，你肯定是外面的人，蹭这里的免费场馆。”

女生无言以对，尴尬得恨不得找个地缝钻进去。

唐心正好跟过来，听到这番对话，赶紧为短发女生解围，“算了，你就别说她了。我们也是混进来的，要不要把我们赶出去？”

男生挠了挠后脑勺，“我不是那个意思。”他不好意思地看了沈清源一眼，“你是全运会冠军，我认出你了。”

沈清源倒是乐了，“你都认出来了？”

男生往墙上一指，“看，你的照片都在那挂着呢。你也是这个学校毕业的，对吧？”

果然，墙上除了几幅历年射击冠军的照片，还有沈清源的比赛照片。沈清源扫了一眼，立即收回目光，“我是肄业，没毕业就退学了。”

“啊？那我更佩服你了，这样都能进入Q大射击队！厉害！”男生更加敬佩了。沈清源没说话，当年要不是张教练帮他处理了学籍、射击训练等一系列问题，他今天估计也就是个工地的搬砖人员。

“老师，别说了，你快告诉我怎样枪口指向准确吗？”男生催促。

准确射击的关键，是枪的缺口、准星和靶心，而最重要的是缺口和准星成一条线。缺口和准星偏一毫米，靶上就会差几十毫米，所以枪口指向准确，直接影响着环数。

沈清源打量眼前的男生，对方不过是十二三岁的年纪。他摇摇头，“你别急，你现在的目标是力量的持久性和耐力训练。”

“那我呢？”短发女生问。

沈清源让短发女生举枪一次，点了点头，“你的基本功不错，可以进行靶环精度射击训练。”

短发女生笑起来，“谢谢老师。”

沈清源继续指导他们，唐心却注意到观众席上有一个穿西装的中年胖子一直看向这边。她警惕起来，“我们该走了。”

“好。”沈清源也不想有太多人认出自己，快步往外走。走到射击馆外，沈清源还在思考着刚才那个女生，他问唐心，“你有没有觉得那个短发女生很面熟？”

“是看着熟悉，但是我确定不认识她。”唐心皱了皱眉头，忽然问，“你说，她不是这里的学生，没有学生证，那她怎么申请的运动枪支啊？”

射击馆里的枪支管理很严格，需要用学生证申请。离馆之前，每一名学生都要上缴运动枪支。毕竟，运动枪支具有危险性。

“要不回去问问？”沈清源转过身，想要再次进入射击馆。不料刚才那个西装胖子迎了上来，“你们好，请问你就是沈清源吧？”

唐心赶紧挡在他面前，“你有什么事？”

西装胖子递上一张名片，“我是泰清药业的宣传主管，想要和你合作，拍摄一部广告片。你看……”

沈清源顿时冷下脸色。自从他一战成名，来合作的广告商络绎不绝，均被Q大拒绝了。射击队有规定，不能因为拍摄广告而耽误学业和训练。

“抱歉，我不合适，你们找其他人吧。”沈清源将名片还了回去。

胖子追着说：“合适合适，我们的产品是眼药水，保护眼睛和视力的。你是射击冠军，再合适不过了。”

唐心伸手一挡，“射击和视力无关，恐怕他真的帮不上你。”

很多人都会误解射击运动员的视力也一定很好。其实并不是这样。就算视力再好，能达到2.0的，放在50米的射击项目里也照样看不清楚靶心，一切都凭借着感觉。

胖子却喋喋不休起来，“你考虑一下嘛，报酬方面好说，我们可以坐下来谈……”

前方就是一个四面环网的篮球场，因为是周末，里面一个人影都没有。沈清源看了唐心一眼，唐心立即心领神会，停住脚步，在球场外面站定。

沈清源走进篮球场，胖子也跟着进去，还在试图说服他，“沈先生，你不能一点余地都不给，我们企业是当地的纳税大户，你给我们做广告也同样是在帮家乡做好事。要不然你有什么要求，趁这个机会说一下？”胖子一副不达目的不罢休的架势。

沈清源冷冷地看他一眼，“我凭什么给你余地？”

“你不答应，我今天还真的就跟你到Q大了。”胖子开始耍赖。

“恐怕你想跟也跟不去。”

“你什么意思？”胖子开始警惕了。

唐心站在球场外面，微微一笑，抬手就把篮球场的门关上，咔擦一声落了锁。胖子指着她惊叫，“你干什么？快把门打开！沈先生也在这里面呢。”

话音未落，他就觉得眼前飞过一道光。沈清源如同一只敏捷的猴子，几步就爬上了篮球场的铁网，身姿优雅地跳到场外。胖子目瞪口呆，也想效仿着爬上铁网，无奈肥重的身躯带来的地心引力太过强大。

唐心走过去，抱着胳膊说：“胖子先生，你不用急，坚持喊人的话，总有人来给你开锁。”

“你，你快把我放出来。沈先生，你让你女朋友这样做，也太不礼貌了吧！”胖子气急败坏。他将脚尖插进铁丝网的窟窿里，可刚用了一下力气，脚底就开始打滑，他根本无法离开地面超过一厘米的距离。

沈清源睨他一眼，“尊重是相互的，我说了‘不’，你就应该闭嘴。”说完，他也不看胖子的脸色，扭头就走。

唐心快步追了上去，身后传来胖子恼火的嚎叫。她扑哧一声笑了出来，心情变得很好。五年前的沈清源，就是这样冷冷的，酷酷的，让她入迷。

“笑什么？”沈清源淡看她一眼。

唐心努力压抑住狂热的心跳，将他的手一把拉起，“走，我请你吃东西去。”

沈清源想要挣脱，手心里却传来一股沁凉润滑的触感。他脸上一红，目光稍稍柔和了许多。

周末，食堂还在开张。唐心走到一个窗口前，对里面的厨师说：“要两份螺蛳粉。”

“一份就可以了。”沈清源补充了一句，“我不吃。”

“别帮我省钱。”

“不是省钱，”沈清源说，“队里有规定，我不能吃。”

专业射击手在比赛前期都要进行兴奋剂检测，而食物中容易含有各类激素。比如火腿肠里的猪肉有瘦肉精，运动员如果食用，容易造成检测超标，葬送自己的运动生涯。

唐心明白过来，失望地“哦”了一声。她并不饿，只是想和他做同一件事情。记忆里的冬天，他们凑在一起吃螺蛳粉，鼻尖上微微沁出汗珠，那让唐心无比怀念。可他现在是专业运动员，所以这个小小心愿也变成了奢求。

十分钟后，两人相对坐在一张饭桌前，唐心郁闷地吃着螺蛳粉。

沈清源看着她愁眉苦脸的样子，终于开了口，“就那么难吃吗？”

“啊？我很喜欢吃啊。”唐心赶紧吃了一口。她用纸巾擦了擦汗，“沈清源，等到你比赛结束，我们一起来吃螺蛳粉，好不好？”

唐心的眼睛清而亮，就那样牢牢地看着他，让沈清源心里有些发痒。

就在他想回答“好”的时候，唐心的手机响了。唐心赶紧接听，“妈，有事吗？”

沈清源顿时清醒了过来，怔怔地看着唐心，心头的温情迅速消散，记忆中那只倒在血泊里的手又在脑海中浮现。包括那时候，那个刺耳又放肆的声音在他耳边响起——小子，你射中了谁，你知道吗？

“你怎么了？”唐心打完电话，忽然发觉沈清源的脸色不对劲。

“这样浪费时间有意思吗？”沈清源面无表情地看着她，“说吧，镜头的赔偿怎么解决？今天商量一个方案出来，我们就别见面了吧。”

唐心讶然。她相信自己的直觉，从篮球场离开的时候，沈清源的态度明显软化了许多。怎么现在说翻脸就翻脸？

“那个镜头很贵。”唐心放下筷子。

“多少钱我都付，只要求能分期。”

唐心苦笑一下，感觉自己说话又艰难了起来。她将目光挪开，淡淡地说：“那就分期一辈子吧。这一生的每一年，每一月，每一天，我都想见到你。”在这一刻，她终于确定了一件事，那就是她还爱着他。

沈清源沉默了一会儿，才说：“唐心，你这样做，只能让我不想见到你。”他站起身，头也不回地走出食堂。

时间流逝，唐心仍然坐在饭桌前。她心里还存着一丝希望，也许下一秒钟，沈清源就会回来，将她紧紧抱住。可是他没有回来，出现的只有用餐的学生。他们在食堂里谈笑，吃饭，来来去去，最后食堂又冷清了下去。唐心僵坐在座位上，眼泪一滴一滴地落在碗里。她这时才确定，沈清源是真的和过去说再见了。

“姑娘，我帮你热一热这碗螺蛳粉吧？”许久，有人对唐心说。唐心抬起头，看到食堂的师傅正满脸关怀地站在她面前，而面前的螺蛳粉已经凉透。

“不用了。”唐心站起身，揉了揉有些发麻的膝盖，“其实我不爱吃酸，也不爱吃辣。”

她不喜欢吃螺蛳粉，但是沈清源喜欢。五年前，每到中午吃饭的时候，沈清源总是会买两份螺蛳粉，他一份，她一份。那是他所喜欢的，从没有想过唐心会不爱吃。唐心每次都不好意思说出真相，只是默默地低下头，陪着他吃完。

现在想起来，这段感情从一开始就错了。从开始，她就将自己的位置放得很低很低。

她一路仰望，一路追逐，最终倒在终点，被他的冷漠全线击溃。

CHAPTER FOUR

04

走火事件

——我只求你这一次，行吗？

进入十二月份，冬训开始。

为了达到交流的目的，Q大射击队和省队运动员一起冬训，训练地点设在郊外的某个运动营地。冬训结束的阶段，会进行对内组织选拔赛、对内考核、决赛练习、有奖有罚练习等。

当张教练宣布了这一规则后，江一天首先哀号抗议，“怎么这么多比赛啊，还让不让人活啊？”

“这是为亚射锦标赛做热身，为亚运会做准备，你以为是开玩笑的？”张教练狠狠瞪了江一天一眼，“你，动员大会结束之后加练举枪动作一个小时。”

江一天还想说什么，张教练补充了一句，“多说一句话，体能训练加练一小时。”

沈清源看了一眼江一天，江一天赶紧乖乖闭嘴。见江一天老实下来，沈清源才收回目光。

离开了熟悉的环境，很多人多多少少都会有紧张情绪，只有沈清源很坦然。张教练对此又是欣慰又是不安。欣慰的是沈清源果然不负众望，不安的是他生怕这不过是一种假象。

“沈清源，你作为队长要起到带头作用，队里有任何情况都要向我报告。”张教练顿了顿，“还有，过几天H省电视台的人要来做专访，为期一周，到时候可能要对训练时间稍作调整。”

沈清源一怔，想到了唐心。

张教练咳嗽了两声，忍不住说了一句废话，“不过，唐记者负责采访女运动员，跟咱们好像照不上面。”

“知道。”沈清源简单回答。

江一天在旁边咕哝了一句，“太可惜了，嫂子好不容易来一趟。”他只顾嘴上高兴，全然不顾沈清源是否尴尬。

张教练脸色铁青，咬牙切齿地说了一句，“江一天，你！加练体能两个小时。”

江一天差点当场掉泪，委屈地扯了扯沈清源的手，“沈哥，救救我。”

“我监督。”沈清源铁面无私。

江一天终于掉了眼泪。

沈清源微微皱起眉头。比起江一天的八卦属性，他更痛恨江一天的懒惰。这小子是体育特长生，结果考上大学就一门心思要把这个特长丢掉。所谓恨铁不成钢，就是他现在的心情吧。

冬训的强度比平常要大，手步枪运动员全天训练五个小时，夜间也要加训一个半小时。训练内容除了体能训练，主要有预习、举持久训练、实弹训练。每个人的持枪负荷在500−600发之间。

江一天只坚持了几天，就开始闹各种幺蛾子，“报告教练，我好像得了三角肌肌腱炎，必须要去休息。”

张教练扫了他一眼，“冬训第一天就进行了功能动作筛查，你小子没毛病！想被罚？”

“教练，今天可能真的有毛病了！疼啊！”江一天表情扭曲。

江一天这次的演技不错，张教练真的开始担忧，觉得可能因为训练强度加大，江一天出现训练伤病了。

他还要给几名新人进行动作指导，正好老运动员刚完成一轮动作训练在休息，就喊了沈清源，“你去带江一天找队医查体。”

沈清源答应一声，放下手中枪械，领着江一天往队医办公室的方向走去。江一天抱着胳膊上侧，哭丧着脸哼唧，“疼，疼啊沈哥！我可能要死了，我死了你会不会想我？呜呜呜……”

“你说你得了什么伤？”沈清源问。

“三角肌肌腱炎。”

“那你捂着肱二头肌干吗？”沈清源扫了他一眼。

江一天赶紧将手放下来，干笑，“肱二头肌也疼，沈哥，我不会得严重的伤病吧？”

沈清源正色说：“很严重。”

“啊？”

“懒这种病很严重，都让你学会撒谎了。”

江一天见彻底露馅了，拔腿就逃。沈清源立即追上去，“站住！别跑！江一天，你想被开除吗？”

江一天充耳不闻，闪入男更衣室。这间更衣室被一堵墙分成了两部分，主要是为了区分开省队和Q大的运动员。外间是Q大运动员的置物柜，里间是省队运动员的置物柜。

一排排置物柜静默地竖在墙边。沈清源在更衣室里找了一圈，却没找到江一天。他抬头，猛然望见墙壁上方的窗户开着，顿时明白过来，气得在墙壁上狠狠砸了一拳，“这小子！”

沈清源找到自己的置物柜，从里面拿出手机。他正想跳到窗户上，查看一下外面情况，忽然听到更衣室外间传来一声异响，很像是身体的某个部位撞到了铁皮柜子。

他立即飞奔出去，却连个人影也没见着，也没找到声源。沈清源冲向门口，没想到迎面正撞上一个人。

“哎呀！”强大的冲力撞过去，那人惊叫一声就往后仰去。沈清源眼疾手快地拉了那人一把，自己却失去了重心，重重地摔在地上。更糟糕的是，那个人也站立不稳，跌倒在他身上。两人瞬间呼吸相闻，沈清源不幸沦为肉垫。

沈清源只觉得颈间一凉，是对方的头发倾泻过来，同时带来的还有一股女性专有的馨香。他心跳加快了两拍，低眸看到一张熟悉的面孔，顿时有了一种狭路相逢的感觉。

唐心趴在他的胸口上，惊慌面孔上的妆容很完美，轻松干练中不失柔美，让他一时看出了神。

“对、对不起，是你？”唐心愕然。

沈清源凉凉地问：“都拉你一把了，怎么还能摔倒？”

“我穿了高跟鞋，重心不稳……”唐心解释到这里，忽然记起正事，“你什么意思？说得好像我是故意摔倒占你便宜似的。”

沈清源叹气，“不管你是不是故意的，现在能从我身上起来吗？”

唐心这才发现自己还趴在沈清源胸口上，赶紧爬起来。心口上方压着的一处柔软感顿时消失，沈清源脸上微微一烫。

他定了定神，坐起身，“你刚才看到江一天从这跑出去没有？”

“没、没有。”

“你来更衣室做什么？”

“电视台安排，有记者打靶的环节。我，嗯，要打靶，所以来这边，换衣服。”唐心吃力地说。

沈清源疑惑起来，“你说话怎么回事？”

唐心愤愤地瞪了他一眼。她得了这种讨厌的结巴，还不是因为他？

她扭转视线，努力平稳心情，才觉得说话好多了，“我没看到江一天，不过刚才我远远地看到，有个男队员拎着替换衣服走进男更衣室。”

“他没跑，是正常速度走进去的？”

“对。”

沈清源警觉，“可是我刚从更衣室里出来，并没看到有运动员进来换衣服。到底是谁？”

唐心摇头，“那我就不知道了。”

一个念头如同闪电划过沈清源的脑海。他一跃而起，跑进更衣室里。果然，最下面的一个衣柜刚才还关得好好的，现在大开着柜门！有人曾经藏在里面，然后逃走了。这个人如果不是江一天，那就是唐心看到的神秘男运动员。那个人肯定心里有鬼，怕撞见自己，所以才选择躲进衣柜里。

“你确定，刚才看到有个男运动员走进更衣室了？”沈清源一把抓住唐心的胳膊。

唐心气呼呼地甩开手，“是。”

“不是眼花？”

唐心看着沈清源，悲哀地发现此时心里的爱大于怨。她摇头，低低地说了一句，“不是。”

沈清源松开唐心的手，心头沉甸甸的。现在可以推论出的一点是，有编制外的人混进了基地，形迹可疑，动机不明。

“沈清源，你别急着走，女更衣室在哪儿？”

“自己找，我还要去找江一天。”

“往哪里找啊，你倒是给个路线啊？周主任刚才还打电话催我呢！”唐心心急如焚。

沈清源回头，一指男更衣室，“反正里面没人，你就速战速决，把这个当成女更衣室。”说完，他转身就走，目光没有在唐心身上多停留一秒钟。

唐心气得直跺脚。面对这个没心没肺的家伙，她一点办法也没有。

这次偶遇导致的直接后果是，唐心枪枪脱靶。

电视台策划的采访主题叫作“体育记者访冬训”，其中一个环节是“记者打靶”。记者打靶不需要成绩多好，可是枪枪环数都为0，也太说不过去了。

周祖光忍不住吐槽，“小唐，你真的是国家二级射击运动员吗？你这样的话，我们什么时候能够录制成功啊？”

唐心无言以对，目睹这样的射击成绩，自己也觉得匪夷所思。她现在穿着步枪用的皮衣，气温很低，可是皮衣里都是汗水。

“谁说二级运动员就不会脱靶了？”一个略显清冷的声音在身后响起。

唐心回头，看到丁芳拿着记录本走过来。她身材高挑，穿着白色的长款羽绒服，却没有显出一分臃肿。

“学姐。”唐心有些不好意思。

丁芳走到她身边，瞪了周祖光一眼，“在这种情况下，如果你再用语言给唐心施加压力，那她的状态会更糟糕。现在请你退后十步，和我们保持距离。”

周祖光张了张嘴，一句话也没说出来。他脸上灰灰的，举着摄像机后退了几步。

唐心乐了，低声对丁芳说：“学姐，他怕你呢。”

“不一定是怕，而是想要和前任保持距离。”丁芳淡淡笑开，“离婚的时候，他主动要求净身出户，逃得可快了呢。”

尽管丁芳表现得很是洒脱，但是唐心还是从她的笑容里看出了一丝落寞。

唐心给丁芳咬耳朵，“学姐，经过我这段时间的观察，前姐夫目前没有第二春，你放心。”

“不说这个了，就说眼下这事，你又见到沈清源了吧？”丁芳没什么反应，迅速转变话题。

唐心犹豫地点了点头。

“你的注意力不在射击上，当然就会脱靶。”丁芳说，“现在跟着我说的做——闭上双眼，正常吸气4次，屏住呼吸，数到4，然后长慢呼气……

对，数到 8，屏住呼吸，再数到 8……”

唐心依言照做，渐渐将身体放松下来。

“好，现在睁开眼睛看着靶心，注意力集中！”丁芳下令。

唐心据起步枪，瞄准，击发，一系列的动作一气呵成。环数出来后，读数为 10 环。

“你看，你可以做到，不过现在最重要的是保持心境平和，千万不能被好成绩影响你的情绪。情绪波动也会影响射击成绩。”丁芳鼓励唐心。

唐心再次举起步枪，一连射击了十发，大部分的环数都在 10 环左右。这一部分的内容总算录制完成，周祖光的脸色也好了不少。

丁芳依旧对周祖光淡淡的，偶尔怼上一两句。唐心发现，有丁芳在场，周祖光明显拘束了许多。

录制节目告一段落，周祖光立即找了个借口离开。唐心兴致勃勃地问丁芳，“学姐，你平时都是这样给运动员进行心理调节的吗？”

“这只是最基本的，真正的心智训练是一个庞大的系统。”丁芳言简意赅地回答。

从射击馆出来，两人走到一处训练间。透过落地玻璃窗，唐心看到许多运动员踩着不平衡板，身体微微摇晃。不平衡板上面是一块平板，下面是一个半圆的球体，所以要在上面站稳还真不是一件简单的事。

“这是稳定性训练，也是心智训练的一部分。”丁芳半开玩笑地问，“有没有勾起你的回忆？”

唐心笑了笑，“以前没怎么练这个，所以印象不深。”

“射击比赛规则有改动，现在是淘汰制，对运动员的心理挑战非常大，所以他们的训练多元化了，我肩头的责任也更大了。”丁芳有些感慨。

唐心犹豫了一下，问：“学姐，我一直有一个疑问，沈清源射击水平这样高，为什么只是替补？”

丁芳向她伸出了大拇指，“你不再回避沈清源，能主动问起他，有进步。”她翻开手中的记录本，递给唐心，“你看，这是沈清源的肌电图。emg 曲线显示，他的肌肉放松能力不是很好，这和他的心理状态有关。在这个世界上，有一种人像是平静的大海，海面底下暗涌万千，沈清源就是这样的人。我和张教练都觉得他不能过多地参加比赛，而要适当地调整心理状态。”

唐心想起沈清源写得密密麻麻的笔记本，“可是这样对他不是太不公平了吗？他很努力，还会在笔记本上写公式计算射程……”

“你看到了？”丁芳有些意外。

唐心点头，“江一天拿给我看的。”

丁芳叹气，“这也是症结所在，其实一名运动员最佳状态是‘享受竞技’，而不能太过注重比赛条件。可是沈清源除了经常玩一些数独游戏之外，还会计算准星和弹着点偏差量。太注重细节，反而对他的比赛是没有好处的。”

唐心知道后果的严重性，不由得担忧起来。她转念一想，“学姐，你干嘛要和我说这些？”

丁芳将记录本合上，目光锐利，“因为你对于沈清源来说，是很重要的人。我相信，你会帮助沈清源达到一种最佳心理状态。”

唐心几乎以为自己听错了，“学姐，你没开玩笑吧？”就在半个小时前，他还丢下迷路的她，无情地自行离开。他心里有她的一席之地吗？

“相信我，你有。”丁芳伸手做了一个打电话的动作，“有问题随时咨询我。”

一个小时后，沈清源终于在飞碟靶场找到了江一天。

当时，江一天正在和一名新进的女运动员套近乎，“这飞碟呀，我要是说出来就怕你不信，我的命中率是百分之百。”

女运动员笑了笑，“不信。”

江一天拿过猎枪，“那我就用实力给你证明一个。看着啊，在飞碟上升期就开始打枪，打枪是有一个瞄区的，命中率是靠练出来的。”

说话间，远处的抛靶机扔出了几个红色飞碟。江一天自信满满地据枪瞄准，然而击发之后，飞碟缓缓落下，并没有出现被击碎时五颜六色的烟雾。

江一天尴尬，“刚才我是给你做反面示例呢，你要是打枪可千万别像我刚才这样。我现在来正经的了啊，注意看。”

又一枚飞碟升上半空，江一天忙瞄准射击。可是这一次，飞碟依然没有被击中。

“咳咳，有我这样实诚的人吗？反面示例给你做两次。”江一天还在嘴硬。女运动员抿唇而笑，眼神里明显露出蔑视。

沈清源上前，一把揪住江一天的耳朵，“你敢不敢击中一次？”

“沈哥，疼啊！别，别这样。”江一天赶紧将猎枪递给女运动员，然后捂住耳朵。

等到了一旁，沈清源才松开了江一天。江一天不满地吐槽，“沈哥，你真是一点面子都不给我留。实话跟你说吧，我后面没比赛，冬训对我来说不过是走过场，我就是想跟大家搞好关系。”

“只跟女生搞好关系吧？”沈清源乜斜他一眼，“我问你，你是不是为了躲我，躲到男更衣室的置物柜里过？”

江一天一头雾水，“沈哥，我滑头也有滑头的原则。明明有窗户跳，我还用得着躲吗？”

沈清源看他的神情不像是撒谎，心里更加沉重。这说明，当时确实有可疑人等混进了基地。

就在这时，手机突然响了。沈清源从口袋里掏出手机，接听之后，传来了杜凌枫戏谑的声音，“老朋友，最近过得怎么样？打通你的电话可不容易啊。”

“刚才躲在更衣室的人是你？”沈清源蹙紧眉心。

杜凌枫在电话里哈哈一笑，“我杜凌枫能走门就不跳窗，我躲你干吗？有必要吗？”

“你想说什么？”

“我就是想告诉你一声，”杜凌枫的语气十分嚣张，“我会想方设法地会一会你。总有一天，你会是我的手下败将！”最后一个字传来之后，电话便断了。

沈清源有些无语，将手机放入口袋。杜凌枫纠缠他不是一天两天了，以前他不怎么在意，最近一听到杜凌枫的声音就特别烦躁。

“沈哥，谁呀？”江一天探着头问。

沈清源毫不客气地揪住他的耳朵，“别啰唆，跟我去见教练。”

他押着江一天回到训练场地，没敢多耽搁，立即将事情的前前后后都报告给了张教练。张教练思索良久，才说：“我去跟保安处说说，这几天多留意，别出乱子。”

江一天低着头，想从旁边蹭过去，忽然听到张教练下一句话说：“江一天，你加练据枪一个小时，好好静静心。”

没等江一天有所反应，张教练又补充了一句，“还有，你不是一直想红吗？我帮你。”

“教练……”江一天嗫嚅。

“针对你这次行为，全基地通报批评、记过。”

江一天两眼一黑，“通报批评？我的一世英名啊……”

沈清源实力补刀，“你好像并没有英名这种东西。”

江一天猛翻白眼。

通报文件图文并茂，一发出去，江一天的知名度直线上升。几乎人人都知道Q大射击队有个江一天逃避训练。

基地食堂里，江一天端着托盘去打饭。他走到一个窗口前，指了指鸡腿，“给我来根最大的。”

打菜的小姑娘看了他一眼，给他盛了一根最小的鸡腿。

“喂，你这个人知不知道大小啊？我要一根最大的。”江一天指着窗口的菜盘里最大的那根鸡腿。

打菜的小姑娘戴着口罩，只露出一双明亮有神的眼睛。她将饭勺狠狠一摔，“吃吃吃！你有这样好的条件却不好好训练，简直要饿上三天才让人解恨！就给你最小的怎么了？”

旁边的运动员立即笑起来，江一天闹了个没趣，端着托盘回到用餐区。他往沈清源面前一坐，诉苦起来，“沈哥，现在连个打饭的都来挖苦我了！”

“这样才好，让你长长记性。”沈清源淡淡地说了一句，往打菜区看了一眼。然而就这一眼，让他定住了神。那个打菜的小姑娘虽然只露出两只眼睛，但沈清源还是一眼就认出了她。他曾经在百育中学的射击馆里见过她。

江一天狠狠咬了一口鸡腿，注意到沈清源有些异常，“沈哥，你看什么呢？”一边说着，他一边回头看去。就在这时，唐心刚好走到打菜区点菜。

采访任务一连几天，唐心干脆就在基地食堂用餐了。她刚点完一个菜，眼角就瞥见一个人凑过来。那个人还喊了一声，“姐，请我吃饭。”

唐心抬头，看到满脸兴奋的唐立奇站在眼前。他晃了晃手里的饭卡，“正好没钱了。”

“真是冤家路窄。”唐心猛然记起，唐立奇曾经和她说过，他参加了大学勤工俭学的项目，申请到了冬训的志愿者。她整理了一下刚买的饭票，将多余的部分递给唐立奇。

唐立奇嘟起嘴巴，“太让我伤心了。姐，你以前见到我不是蛮开心的吗？”

唐心翻了个白眼，“看来你不仅眼神不好，记忆力也出了问题，我什么时候见到你就开心了？”

唐立奇笑嘻嘻地说：“可是姐，我看到你就特别开心。”

姐弟两人你一言我一语地聊天，那边江一天已经误会了。他拖长了声音，暧昧地说：“哦～原来沈哥你是在看唐美人啊？”

沈清源低下视线，“没劲，给我好好吃饭。”

“唐美人……”

“我和唐心真的没什么交集了，过去是，现在是，以后更是。”沈清源打断了江一天的话。

江一天后颈一寒，无奈地低头吃饭。

沈清源吃到一半，抬头看到唐心打完饭，也正在望着他。今天下了雪，雪光从窗外透过来，将她的脸映得格外白皙动人。只是沈清源素来冷情，看了一眼就将视线挪开，像无意中看到了一个陌生人。

唐心感觉心头像被人重重钝击了一下。

“姐，那是沈清源！你看到了吗？”唐立奇在旁边激动连连。

“没看见！”

“那么大个儿的人你都看不到？”

“我瞎！”唐心没好气地挣开唐立奇的手，往另一个方向走去。她挑了一个空位，背对着沈清源的方向坐下。

所谓前任，统统都是冤家！

沈清源望了一眼唐心的背影，心头微微有些失落。

两天后，冬训迎来了运动员的集体大课。上完集体大课，已经是晚上九点，运动员们纷纷回到更衣室里换衣服。

沈清源换好衣服，用目光粗略地扫过众人，随后捅了捅身边的江一天，

“这几天怎么老见不着陈海？”

“他重点苗子呢，我逃八百次，他都不可能逃一回！你就放心吧。”江一天一边揶揄，一边用毛巾擦汗。

沈清源摇了摇头，觉得自己想多了。他跟着江一天回了宿舍，摸了摸裤子口袋，才发现置物柜的钥匙没在口袋里。他跟张教练打了一声招呼，就折返了回去。结果经过射击馆，他发现里面还亮着灯。

沈清源一时心血来潮，小步跑进了射击训练场。唐立奇作为志愿者，正在清理场地，见他进来，忙兴冲冲地迎了上去，“沈清源！我总算跟活的说上话了。你是我的偶像！”

“你是志愿者吧？”沈清源一边敷衍着，一边扫视周围。他发现最靠里面的射位上，还有一个人在练习据枪动作。

沈清源皱了皱眉头。如果他没记错，所有的运动员都应该归队了的。这个人是谁？

唐立奇没察觉沈清源的异常，口若悬河地说了起来，“我给你说，我超级崇拜你！我姐也是你的粉丝，她还采访过你呢……”

“让开。”沈清源拨开唐立奇，径直往最里面的射位走过去。那个人察觉他走过来，将手枪放下，低着头就往外冲。

沈清源出手如电，一把抓住了那个人的胳膊。那人更急了，想要将沈清源的手掰开，结果掰了半天，钳住自己胳膊的手指纹丝不动。

沈清源不禁哑然失笑。身为一名专业射击运动员，如果这点制住人的力气还没，那就不用练了。

“你是谁？不是队里的人吧？”沈清源一用力，将那人甩得跌倒在地上。那人“啊”地喊出一声，坐在地上抬起头，正看向沈清源。

那张脸清秀娇小，两只大眼睛乌黑明亮，对方居然是个女孩子。她瑟瑟发抖地看着沈清源，“我、我……”

沈清源一怔，猛然记起眼前的女孩子究竟是谁——她就是在食堂里打菜的小姑娘，也是在百育中学射击馆里向他请教的短发女孩！

“是你？”这次反而轮到沈清源发懵了。

女孩吓得一句完整的话都说不出来。唐立奇受到了惊吓，“你是女的？我一直以为你是……”

“别说了，求你别说。”女孩央求地看向唐立奇。

沈清源扭头逼视唐立奇，“说吧，她究竟是用谁的名义混进来的？这件事往严重了说，要开除的！”他想起在百育中学，女孩也同样混进了射击馆，看来是个惯犯。

唐立奇表情无辜，“我什么都不知道。”

他趁沈清源不注意，忙溜到一旁，给唐心打了一个电话，“姐，出事了，射击队可能有新闻啦！”

此时，唐心正在基地的宾馆房间里吹头发，接到电话，差点把吹风机给扔了，“什么？你给我说明白点！”

越听，她越是震惊。

射击训练场，女孩还是没说实话。沈清源有些焦躁，他其实不想做得太绝，无奈规定就是规定，他只能如实上报。他刚弯下腰，想把女孩拉起来，门外就冲进来一个人。

“姐！你没事吧？”陈海大步跑过来，将坐在地上的女孩扶了起来。他年轻俊朗，很有天赋，刚刚十九岁就已经拿到了国内和国际射击比赛的奖牌，一直是射击队的重点选手。

沈清源惊讶，“你们是姐弟？”让他更难以置信的是那个违反队里规定的人，居然是陈海。

“双胞胎。”陈海不敢看沈清源的眼睛。

沈清源明白了，难怪第一次看到女孩就觉得面熟，原来和陈海是异卵双胞胎的姐弟。如果从冬训开始，女孩就利用陈海的身份混进训练场地，那么那个躲在更衣室里的人也一定是她了。

“你叫什么名字？”他看向女孩。

女孩低声回答：“陈宁。”

陈海不等沈清源再问，已经说了出来，“队长，你就放过我们这一回吧！平时我都是让我姐混进场地学习训练，今天枪械练习是第一次！真的只有这一次！我保证。”

“你们太胡闹了。其他场地都可以通融，可是枪械管理是有严格规定的。陈海，你也进入Q大有年头了，应该比我更了解这件事的后果。我帮不了你，你只能去跟队里解释了。”沈清源心头微痛，却还是板着脸。

陈宁急得直流泪，抓着沈清源的手哀求，“求求你，都是我的错，不关弟弟的事情！是我太喜欢射击，就缠着弟弟让他帮我……”她像一头受惊的小鹿，哀伤、无助。

沈清源强迫自己不能心软，简短地说了几个字，“规定就是规定。”

陈海忽然激动起来，箭步冲到射位上，一把拿起那把手枪，对准了沈清源，“别惹我不客气！”

气氛陡然紧张起来。

唐立奇吓成了木雕泥塑，站在那里大气也不敢出。陈宁声音颤抖，“陈海，你疯了？把枪放下！”

“不放！他今天是要逼死我们！”陈海眼眶充血。

沈清源依旧没什么表情，只淡淡地说：“陈海，入队第一天张教练就告诉我们，枪口只能对着靶心，不能对准任何人。”对于他们而言，那不是武器，而是一项运动器械。这一点，陈海应该比谁都明白。

陈海眼睛微微湿润，但他还是没有放下手枪，“沈清源，我们交情不多，但好歹在一起训练三年多了。我只求你这一次，行吗？”

乌洞洞的枪口停在沈清源二十厘米的位置，像是下一秒钟就要奔腾出呼啸的子弹，或者像一个黑洞，吞噬掉他的一切。

沈清源闭上眼睛，五年前的血腥一幕又撞入了脑海之中。呼啸的子弹，绝望的惨叫，躺在血泊里的手……

然而他睁开眼睛，依旧坚定地说：“不行。”

陈海发出一声怒吼，手指扣在扳机上。陈宁忽然箭一般地冲了上去，想要抢下他的手枪。

砰！一声枪响。

沈清源怔怔地看着瘫坐在地上的陈海，陈宁握着他执枪的手腕，正在幽幽哭泣，“你做了什么？傻弟弟……”

唐立奇坐在地上，带着一股劫后余生的庆幸，“我没中枪，没中枪……”

沈清源快步上前，一把抢过陈海的手枪，将保险关上。这把手枪是布朗宁 Hi-Power，Pointability 这样好的枪械，却被用来泄愤，这让他感到不值。幸好没有人员伤亡，否则陈海的运动生涯真的会就此终结。

然而怕什么就来什么，沈清源刚这么一想，就听到身后传来一声低微的呻吟声。他心头抽紧，猛然转过身，看到杜凌枫俯卧在门口，褐色皮夹克上有一个血洞，一大片鲜血从他的肩膀下面迅速流出。与此同时，陈海和陈宁也看到了如此场景，顿时吓得脸色惨白。

唐立奇六神无主地说：“我去，还真伤到了人……”

完了。此时，沈清源脑中只剩下这一个念头。

唐心赶到射击训练场地外的时候，杜凌枫已经被队医简单包扎后，正在往救护车上抬。他看到唐心，挑了挑眉毛，虚弱地吹了一声口哨。杜凌枫在这种情况下还不忘泡妞，让唐心哭笑不得，她不由分说地跳上救护车。

随行的医生立即驱赶唐心，“哎？你是谁？不能跟着去医院。”

“让她留在这儿。”担架上的杜凌枫忽然说出一句话，“她是我的亲人，贼亲了，看不到她，我真的会死。”

医生的脸抽搐了一下，给唐心找了个座位，转身为杜凌枫手臂上插上点滴针头，并为他接好体征探测仪。

唐心默默地坐好，同时在心里感慨杜凌枫真是绝世大忽悠，说起谎来连草稿都不打。

救护车外，沈清源也打算上车。张教练眼疾手快地拉住他，“冬训有规定，你明天还有训练。我去就行了。”

“教练，受伤的人我认识。”沈清源解释，“能不能保住陈海，全在他一念之间。我得去说服他。”

“那行，你跟我一起去。”张教练应允。

沈清源跟着他上了救护车，在看到唐心之后愣了一下。唐心轻咳了两声，“那个，我跟伤者也认识的。”

“何止是认识，简直是太熟了。”杜凌枫故意将话说得很暧昧，乐呵呵地看着沈清源拉长了脸。

唐心试探地问：“杜凌枫，你现在有说有笑的，看来你伤得并不重？”

“疼——谁说不重啊，我感到越来越虚弱了。”杜凌枫晃了晃手上的针头。坐在一旁的医生立即呵斥，“别说话，保持体力。”

救护车里立即静默下来，只有外面 120 特有的呼啸声隐约传来。

到了附近的医院，唐心等人跳下车，护士和医生将担架抬下来，推着杜凌枫去治疗了。唐心刚想跟上去，张教练就拉住了她，“记者同志，这次的事故关乎一个孩子的前途，希望你不要进行报道。”

唐心立即明白过来，微微一笑，“张教练，你放心。我真的只是认识伤者，所以来看看，除此以外我没有别的意思。”

“谢谢。”张教练叹气，忍不住惋惜陈海。

陈海是他挖出来的好苗子，当时他觉得陈海和沈清源是并驾齐驱的两个天才射击手。可如今陈海惹下了这样大的一个麻烦，批评教育是免不了的，处分也得背。如果事情闹到体育局，那陈海是一定是要被开除出射击队的。

“射击队会承担所有医药费和营养费。等陈海情绪平静一些，我也会让他来这里道歉的，希望能获得伤者的谅解。”张教练说。

唐心扯了扯嘴角，看了一眼在旁边一言不发的沈清源。他的眉心从始至终都没有舒展过，看来他的预测也并不乐观。这也难怪，毕竟杜凌枫还是个射击爱好者。手臂对于他而言，重要程度不亚于生命。

医生的诊断很快出来了，那一枪很幸运地没有伤到血管和骨头，只是啃掉了一块肉，造成了大面积的瘀斑。也就是说，这种程度的伤势并不影响杜凌枫的射击水平。

张教练听完医生的诊断结果，松了一口气。他回头看唐心和沈清源，“伤得不重，你们表情怎么都这样凝重？”

唐心迟疑地说:“张教练，在我看来啊，这样的伤势足够杜凌枫作妖了。”

沈清源赞同，“他是个极品。”

“这……咱们先不说这个，先进去和杜先生沟通吧。”张教练作势就要进入病房。

就在这时，走廊尽头传来一声问询：“请问杜凌枫在哪个病房？”

唐心循声望去，正看到徐典站在护士站前，一名护士正在低头查住院记录。她没有化妆，外面随便套了一件普通的抓绒衫，头发也没有打理，显得有些乱蓬蓬的。如果唐心没有记错，这应该是她第一次见到没有化妆的徐典。

张教练也看到了徐典，忙低声问唐心，“伤者家属？”

唐心叹气，“另一个极品。”

张教练变了脸色。

徐典急匆匆地到了跟前，见到唐心站在病房门口，不由得一愣，“你怎么在这儿？”

“哦，事发的时候我正好在附近，所以就跟着来了。”唐心放软了语气，“这位是张教练，杜凌枫有什么要求都可以提。张教练，这位是杜凌枫的女朋友，徐小姐。”

“徐小姐你好。”张教练伸出手。

徐典高傲地抱着双臂，并没有伸出手去，“我想知道杜凌枫是怎么受伤的，你们在这次事故中都扮演什么样的角色？”

张教练不知道该如何回答，怏怏地收回右手。

徐典自然也没打算等他的回答，扭头走进病房。病房里，杜凌枫半躺在床上，左臂已经缠上了绷带，手背上还挂着点滴。她怔了怔，立即换了一副泫然欲泣的表情，“凌枫……你怎样了？”

杜凌枫抬头，看了看徐典，并没有什么表情。

张教练赶紧也进了病房，沈清源也紧跟其后。唐心拍了拍胸口，忽然有了一种如临大敌的感觉。

两个极品，难对付啊！

“凌枫，真没想到会出这样的事，这让我怎么跟老爷子交代啊。”徐典低头擦眼泪。

唐心不得不佩服徐典，这柔情似水的语调，挠得她的心都有些发痒。

不料，杜凌枫一把塞给徐典一只枕头，“别哭哭啼啼的，别人不知道的还以为我要死了。”

徐典一愣，面子上明显挂不住了，只得说：“我这是急的。在家里接到医院来的电话，我当时不知道你伤势如何，整个人都要疯了。”

杜凌枫似笑非笑地看着她，“医院给你打的电话？你知不知道医院为什么会给你打电话？”

徐典笑得尴尬，“难道不是你让护士打的吗？”

“哎，都是误会啊。”杜凌枫摸出手机，玩世不恭地拨拉着屏幕，“小典，其实吧，你在我通讯录的名字是‘徐老妈’。这不，护士误会了，把电话打到你那里了。”

“徐……徐老妈？”徐典迟疑地问。

杜凌枫哈哈一笑，“你看，你平时罗里吧唆的，比我亲妈的话还多，这个名字很适合你吧？”

那一瞬间，徐典脸上的表情很精彩。

唐心一个忍不住，扑哧一声笑了出来。徐典猛然回头，怒气冲冲地瞪了她一眼。这一看不打紧，她看到张教练的脸上居然也憋着笑。

“有什么好笑的？”徐典气急败坏。

张教练赶紧咳嗽两声，想要把嘴角的笑容忍下去，结果适得其反，他也笑出了声。

徐典尴尬得无地自容，只得求助地对杜凌枫说：“凌枫，你一定是开玩笑对不对……”

“不对。”杜凌枫收起笑容，一本正经地说，“话都说到这份上了，你还不知道我是赶你吗？既然你不知道，那我就直说了，我受伤了，心情很差，所以不想看到你。”

徐典颤巍巍地站起来，“凌枫，你，你……”

她今天可谓颜面扫地，一点渣都不剩了。唐心忽然有些后悔，自己不该跟着来医院。以徐典的心胸，目睹了她被怼的惨状，她以后还不对自己记恨在心？

还没等唐心想出什么对策，徐典已经捂着脸哭着跑了出去。杜凌枫长舒一口气，“感觉空气清新了许多。”

“杜先生，我替陈海向你道歉，希望你能原谅他，给他一次机会。你有什么要求，尽管向我提。”张教练向杜凌枫深深鞠了一躬。

唐心看着张教练鬓角的白发，有些心酸。在张教练的心里，陈海俨然不是学生，而是亲如骨肉了。

沈清源也说：“杜凌枫，陈海还是个孩子，希望你大人不记小人过……”

“呵呵，孩子。”杜凌枫打断了沈清源的话，眼风桀骜地扫了他一眼，“你们不是问我有什么要求吗？我的要求很简单，不要一分钱赔偿，我只要你们登报道歉，开除陈海。”

张教练大惊，“杜先生，你何必非要陈海赔上一辈子的前途呢？你再考虑考虑，好吗？”

“可以，那让陈海禁赛十年吧。”

禁赛十年，跟废掉陈海的右手没什么区别。沈清源攥住拳头，手背上青筋暴起，似乎在忍耐着自己的情绪。

唐心终于忍不住了，“杜凌枫，你别欺人太甚！对，陈海无视枪械管理规定是有错！那你呢？你深更半夜混进冬训基地干什么，你就没有一丝一毫的责任了吗？”

杜凌枫面上渐渐浮出笑容，“唐心，要是你肯求我，我倒是可以考虑不追究陈海的责任。”

唐心心头一喜，刚要说什么，沈清源却一伸胳膊，拦住了她。她顿时心头狂跳，怔怔地扭头看着沈清源。只见他面上依旧无波无澜，眼中情绪却十分复杂。

他问：“你忘了他是什么人了吗？”

一个极品。极品所提出的任何要求，目的都是为了羞辱。

“不愿意求我是吧？那就算了。我已经说出了我的要求，想休息了。”杜凌枫懒洋洋地躺下。

三个人退出病房，顿觉一筹莫展的无力感。张教练有些发愁，“这个杜凌枫油盐不进，要怎么说服他呢？”

“张教练，你回去吧，冬训那边还需要你。”沈清源说。

张教练摇头，“开什么玩笑，陈海是重点苗子，你是重点中的重点！给我回去，明天照常训练！”

“事到如今，我也明说了吧。”沈清源的语气里充满了寥落，“杜凌枫是冲我来的，也只有我能说服他。”

唐心顿时想起了小辞，那个永远留在杜凌枫心里的女孩子。她有着最温暖的笑容，可是这样的笑容却只能开在冰冷的石碑上。小辞死了，遗愿是那块被沈清源摘走的金牌。从此，杜凌枫疯了。

“教练，确实是这样。”唐心笃定地说。

张教练犹豫了半天，见两人没有再开口的打算，便说：“好，我等你们想告诉我的时候再说。沈清源，你这几天就先留在医院吧。”

“好。”

张教练匆匆离开，唐心这才发现，和沈清源四目相对是一件无比尴尬的事。尤其现在到了停止探视的时间，护士已经开始查房了。

沈清源先开了口，“你也回去吧。”

“好，那我明天再来。”

谁知他说：“明天也别来了。”

“啊？为什么？”唐心有些意外。

沈清源看了她一眼，眼神有些漠然，“这里有一个记者存在，让我时时刻刻都感到一种危机感。”

唐心怔了怔，“你就是这样想的？”

沈清源没有回答。唐心看着他沉默的样子，悲哀一点点地浮上心头。她还是低估了时光的力量，那段青葱往事不停地被岁月冲刷，已经再也没有往昔的模样，连信任也不剩下半分。

唐心眼角酸痛，一滴温热泪水终于滑落。沈清源讶然，抬手想为她擦去眼泪，手却僵在半空，犹豫了一秒钟后折返回去，从口袋里摸出一包纸巾，抽出一张递给她。

“不用了，记者流的都是鳄鱼的眼泪，不配接受好意。”唐心推拒了那张纸巾，“再见了，沈清源。”她扭头快步离开，背影像是在逃。

沈清源僵立在那里，手里的纸巾忽然像是有千斤重。他忽然想要追上去，狠狠地抱住那个娇弱的身影，可是时间一秒一秒地过去，他却什么也没有做。

他抬起头，往病房里望了一眼。里面已经熄灯，没有一丝光线，不知道杜凌枫有没有听到刚才发生在门口的小小争执。

这一刻，沈清源的心才稍微松弛下来。唐心离开也好，只要别再见到杜凌枫。

沈清源敏锐地察觉到，杜凌枫对唐心很感兴趣，不是男人对女人，而是猎豹对猎物。

CHAPTER FIVE

05

体育头条

——这段往事像一罐蜜糖，让她每每想起那个画面，心里都甜滋滋的。这甜蜜麻醉着她的心，让她生出了小小的希望，认为那个人也是喜欢自己的。

唐心在出租车上抹了一路眼泪，回到宾馆时已经是下半夜。她疲倦至极，倒头就睡。

第二天，她是被一通电话喊醒的。来电是周祖光，劈头就问：“小唐，基地昨天出大新闻了，你怎么没跟我说？”

唐心有些无语，揉了揉发痛的太阳穴，“当时事发紧急，而且关乎一个孩子的前途，就没来得及和你说……周主任，我们就别报道了吧，希望这件事大事化小，小事化了。”

“你说什么呢？”周祖光在手机对面奇怪地问，“报道不是你写的吗？”

“什么？”唐心一头雾水。

“你去看看各大平台的体育头版头条，那篇报道明明就署着你的名字。我还在奇怪你怎么不和我商量一下呢！”周祖光说。

唐心顾不上寒暄，忙挂了电话，打开了网络平台的 APP。果不其然，各大头版头条都显示了一篇报道，Q 大射击队运动员伤人事件，还配上了一张训练场的照片，而那篇报道的通讯员署名是她。更糟糕的是，报道中的陈海是一个桀骜的不良少年，从来都不服从射击队的管理，对冬训各项规定也熟视无睹。报道的结尾有意无意地提及，前几年有运动员因为消极参赛而被禁赛的事件。整个报道内容意味深长，无非是想要暗示，陈海这种行径已经够得上禁赛的程度了。

“不是我，这不是我！”唐心难以相信自己的眼睛。她以最快的速度刷牙洗脸，穿戴整齐后赶往医院。

到了医院，杜凌枫已经转院，走廊里只站着几名记者模样的男人。唐心迅速辨认了一下，都是同行。

唐心找了一个拐角，拨通了沈清源的电话，“你们现在在哪里？”

“还想要报道更多吗？”沈清源的声音里充满了深深的疲惫，“唐心，如果你是因为我昨天的语气，那我道歉。如果你是为了逞一时之快，我希望你能考虑一下陈海的前途，Q 大射击队的荣誉。”

“不是我写的！”唐心激动起来。

手机里，沈清源沉默了一下才说：“我也不想相信那是你，可是很多细节只有在场的人才知道。”

唐心猛然想起，那篇报道虽然出现迅速，但大致的细节一个都不错，指向明确。她确实是最可能撰写报道的人。

“是我写的，你打算拿我怎么办？”唐心苦笑一声问。

“你！”手机那边，沈清源心头顿沉，咬字极重，“唐心，我真是看错了你！”

唐心笑得更加落寞，“看错我了？这么说，在这篇报道之前你并不觉得我是一个卑鄙无耻的小人，而是个正义之士了？可是沈清源，无论是看错还是看对，你对我的态度都是从恶劣到更恶劣！”她不再克制，对着手机发泄了一通。只要不看见沈清源那张脸，她就还是那个自信的唐心。

唐心说够了，也不等沈清源回话，迅速挂断了手机。她想了一想，拨通了徐典的号码。可是嘟音响了很久，都没有被接听。唐心气结，又打了唐立奇的电话。一直响了两遍，那边才传来一个懒洋洋的声音，“姐？”

“你给我说实话，是不是你说的？”唐心声色俱厉。

唐立奇吓得结结巴巴起来，“说什么？”

“昨天射击馆里出的事。”

“那个啊……姐，是你让同事找我提供的内容，我还在奇怪你怎么一个电话都不打给我呢？”唐立奇语气无辜。

唐心头皮一麻，“是个高瘦的女人，大概二十多岁？”

“对啊。”

看着描述，确定是徐典无疑了。可她添油加醋地写了一些空穴来风的事，还署上了她的名。

唐心再打徐典的电话，这次总算是接通了。徐典语速飞快地说：“有事快说，我现在在照顾杜凌枫，没空和你闲聊。”

“你为什么以我的名义发新闻稿？”唐心质问。

徐典呵呵了两声，“你不是在冬训基地那边录制节目吗？以你的名义发稿件顺理成章呀。”

“别揣着明白装糊涂，你知道我不希望这件事闹大。”

“那我就把话明说了吧，杜凌枫希望把这件事闹大，我乐意帮他。但是我认为用你的名义更好。唐心，你做任何事，在杜凌枫眼里都跟仙女似的，所以用你的名义不是更好吗？皆大欢喜。”徐典明显一股滔天醋意。

唐心想要辩解，电话里传出了杜凌枫的声音，“在这儿偷偷跟谁讲话呢？”

徐典的声音听起来很慌乱，“没，没谁。凌枫，你怎么不好好躺着，起来做什么？”

“伤的是肩膀，又不是腿，自己起来怎么了？”杜凌枫的语气依旧很拽。唐心猛然听到他的声音变得清晰起来，“唐心，是你吧？”

唐心不得不佩服他的敏锐，“是我。我来医院，发现你已经转院了。”

“从小到大，我就没住过这么差的房间。”杜凌枫利索地报上自己所在的医院名称，“我在这儿等你，你不来，我不跟沈清源谈任何事情。”

唐心想说什么，电话已经被挂断了。她拿着手机看了半天，气得胸口隐隐约约地疼。说到底，这件事跟她有什么关系？当时意气冲动让她跳上了救护车，结果落了个里外不讨好。基地那边的节目还要录制，她只能出来一上午。只是那个报道署上了她的名字，不知道张教练那些人会用什么样的眼光看她。

唐心打算就此下楼，忽然听到身后护士站传来焦急的声音，“求求你们，你告诉我杜先生转院去了哪里啊？”

她太阳穴一紧，循声望去，只见陈宁提着一箱子盒装牛奶，正央求着那些护士。护士们摇头摆手，表示不知。陈宁还不肯放弃，声音里已经有了哭腔。眼看同行记者就要围上去，唐心疾步上前，一把抓住陈宁，拽着她走进一个拐角，进了女卫生间。

“你，你是……”陈宁怯生生地望着唐心。那是来基地采访的记者，她依稀有印象。

唐心看了看陈宁手里的盒装牛奶，哭笑不得，“叫我唐姐吧。我说，你这是干什么呢？”

“我想来看看杜先生，让他放过我弟弟。”陈宁说到这里，哭了起来，“上午，陈海已经没在训练了。”

“以杜凌枫的身份，你送他盒装牛奶就是在羞辱他，会把事情变得更糟糕。他现在要的不是你的道歉，而是为难沈清源。明白吗？”唐心抬了抬下巴，“你把牛奶拿回去吧，别花这些钱了。”

陈宁站着没动，那双乌黑的大眼睛里慢慢沁出了泪水，“唐姐，我不明白。这盒装牛奶一百二十块，够我全家吃一个月，怎么就是羞辱他了？他不要钱也不要道歉，非要我弟弟的前途，到底是为什么？你能不能跟我好好讲讲，这都是为什么？”

唐心打量了一下陈宁身上的羽绒服，还是前几年过时的款式。她试探地问：“你们家是农村的？”

陈宁一边抹眼泪，一边点头。

“那你能告诉我，为什么你要违反规定呢？”唐心放软了语气。

陈宁顿了顿才说：“唐姐，我太喜欢射击了，可是家里说，只有弟弟才能继续上学……”

从陈宁的讲述中，唐心得知，她和陈海都很争气，在市体校里名列前茅，一起练习射击。可是市体校经费有限，去外地参加射击比赛，需要学生自己承担一部分差旅费。所以陈宁除了一个市运会的金牌，一个全国性青少年射击比赛的银牌，就再也没拿过名次和奖牌了，自然也就无法进入省队的视线。初中毕业之后，家里以农活忙就不让陈宁上学了。陈宁不肯留在那个面朝黄土的地方，想尽各种办法来到城市打工，阴差阳错地进入到Q大食堂里打工。这次冬训，她也跟着过来了。闲暇的时候，他们两姐弟就聚到一起。陈海给她讲述各种学到的射击技能，陈宁听得如痴如醉。看姐姐还没有放下射击梦，陈海就偷偷让她进入训练场。反正两人是双胞胎，身高个头相貌都很相似。

“唐姐，为什么我是女孩子，就注定是放弃学业的那一个？”陈宁认真地问，“明明我的射击成绩不比弟弟的差，可是家里都说，女孩子干不出什么大事来，还不如趁早辍学挣钱。”

唐心一阵心疼，轻轻抱住陈宁的肩膀，“他们都说错了。女孩子也可以有自己的事业，也可以追求梦想。”

陈宁眼神迷茫，“可是，也就你这样说，他们还是会那样认为呀。”

“我会大声告诉他们，他们错了。”唐心眸深如潭，一字一字地说。

一个小时后，唐心安抚好陈宁，送她上了公交车，然后就打车赶到了杜凌枫所在的医院。不愧是本市数一数二的贵宾房，整个走廊静悄悄的，没有一丝动静。走廊尽头的休息椅上，沈清源一个人坐在那里，两手插在裤兜里，正想着什么心事。昨晚他应该没有睡好，眼角有血丝，头发微微蓬乱。可即便如此，他也没有损去半分气度风华，仿佛他天生就该是如此从容淡然。

唐心只看了他一眼，就停步不前了。沈清源扭头看到是她，身体微微一僵，迅速走过来，“你怎么来了？”

唐心没去看他的眼睛，只是从挎包里掏出手机递给他，“这是我在出租车上写的。”

沈清源疑惑地接过手机，低头看起来。在记事本 app 上，唐心列了一个新闻稿的草稿，主题是讲述陈家姐弟艰辛悲凉的射击梦想之路。沈清源认真看完，有些触动。

“那篇报道真的不是你写的？”沈清源问。

唐心将手机接过来，望向别处，悲哀一笑，“到现在，你还认为我是用这个新闻稿来为自己辩解的吗？”陈宁的故事让她不想沉默。她想要出一份新闻稿，写一写性别与机遇，梦想和追求。

“陈宁有射击天分，如果有可能的话，我想请求你帮一帮她，跟张教练提出有没有可能加入射击队。”

沈清源顿了顿，“她早就不是市体校的人了，而且毕业这几年也没有进行过正规训练……”

“按照社会上潜在的规则，陈宁的人生已经定下了，她就该平庸过一辈子，结婚生子打工。可是人生充满了变数才刺激，不是吗？”唐心反问。

沈清源有些动容，“好，我试试。”

就在这时，病房的门忽然开了，杜凌枫穿着病号服站在门口，目光放肆地看了一眼唐心，笑着问：“很好，有你在，我才愿意见沈清源。”

唐心不得不承认，杜凌枫这个二世祖居然能将蓝白条纹病号服穿出铆钉皮马甲的气质。

病房里，徐典靠墙站着，愤愤不平地瞪了唐心一眼。

“给我杯酒。”杜凌枫对徐典说。徐典欲言又止，却还是拿起柜子上的高脚杯和红酒瓶，倒了一杯酒递给杜凌枫。

唐心吃惊，“杜凌枫，你有伤在身，不能喝酒。”

“我知道，喝酒对我的伤口有害处。可是我伤得越厉害，你们越是担忧。

看你们揪心，我高兴。”杜凌枫邪邪一笑。

“杜凌枫，你也是射击手，知道走这条路有多艰辛，能不能给陈海一个机会？”沈清源知道他是故意刁难。

杜凌枫将酒水一饮而尽，“别急，我也是射击手，知道要走这条路就得有耐心。耐心点，好吗？”

唐心忍了一忍，强迫自己语气平静地问：“那你到底想要怎样呢？”

杜凌枫看着唐心，笑而不语。沈清源不动声色，往前站了一步，正好将唐心挡住。

“说吧，你的条件。”沈清源面上冷若冰霜，“我希望你别考验我的耐心，毕竟要被开除的人不是我。我做到这一步，其实已经仁至义尽。必要的时候，我会放弃和你谈判，你爱怎么作妖就怎么作。”

杜凌枫仰头哈哈一笑，“以我对你的了解，如果陈海真的被开除，那你会内疚一辈子。我是不能拿你怎样，可是让你一辈子不痛快，我也值了。”

唐心看到沈清源肩膀微微一抖，知道杜凌枫说对了。她心口涌起一股愤怒，“杜凌枫，你别太过分！”

杜凌枫扯了扯衣领，意有所指地说：“唐心，我一点都不过分。我都没告诉家里人受伤的事情，如果我告诉我爸，那肯定不只是体育头条，陈海想在射击队里留下去？做梦！”

唐心脸色一变，明白了杜凌枫的意思。

“你看，我没告诉家里人这件事，现在害得我都没人陪护。”杜凌枫仰头叹气。

沈清源上前一步，“你要做什么，我来帮你。”

“我要做的事多了，换衣服、洗澡洗头、吹头发，还有换药……”杜凌枫一边如数家珍，一边眼神暧昧地看着唐心。

沈清源一把揪住杜凌枫的衣领，将他往更衣间那边领。进了更衣室，他将门一关，脸色彻底冷了下来。

“你干吗？我警告你别乱来。”杜凌枫夸张地抱住左胳膊，“我可是直的。”

沈清源语气中压抑着怒气，“你想要我做什么都可以，就是别打唐心的歪主意。”他怒火中烧，如果不是尚存一丝理智，整个人差点要扑上去。

“吃醋了？看来你只是装装样子嘛，还是在意你的小美人的。”

“别打太极，我的耐心有限。”沈清源眸深似海。

杜凌枫呵呵一笑，点了点头，“好，我的条件是——你必须和我比试一次射击，输的那个人不仅要把那块金牌奉上，还要永远放弃射击。”

沈清源一怔。

“怎么，害怕了？”杜凌枫靠近他，鼻尖几乎触碰到他的鼻子，“你觉得自己会输掉一切，怕了？”

“不是我不敢赌，而是没想到你逼我拿出金牌也就算了，居然拿自己最爱的射击事业去赌。”

杜凌枫一笑，“你错了，我最爱的是小辞。”

“好，我答应你，等你伤好之后，我随时奉陪。”

“那就一言为定。”杜凌枫的眼睛里燃烧着熊熊火焰，“终于可以和你一较高下，这次我一定会让你付出代价。”

两人冷冷地对视，彼此眼眸里都安静地燃烧着愤怒。

就在这时，房门忽然被人擂响了，唐心的声音传来，“喂，里面怎么没动静了？再不出声我闯进去了啊。”

徐典的声音惊慌失措，“唐心你想干什么？别撞门，危险！”

杜凌枫呵呵一笑，瞄了一眼沈清源，“你的小美人为你着急上火了。真让人嫉妒，郎有情妾有意。”

他握住门把手，想要开门。沈清源却眼疾手快地将他衣服拉好，淡淡地道：“以后再敢在她面前衣冠不整，我给你好看。”

这句话醋意冲天，酸得杜凌枫直瞪眼睛。沈清源拨开他的手，一把拉开房门。唐心此时正好撞门，一个不留神就扑到了沈清源怀里。软玉温香猛然在怀，沈清源有些懵了。

唐心赶紧推开沈清源，面红耳赤地后退。沈清源摸了摸鼻子，轻咳一声说："你不用撞，门其实没锁。"

"唐心你够了啊！从你来到这儿就把这儿弄得乱七八糟，你给我走！别打扰凌枫养病！"徐典往外赶唐心。杜凌枫丢过来一记冷厉的眼神，徐典吓得顿时停住了动作。

唐心怏怏地说："我以为你们在里面起了冲突呢……"

"没冲突，已经谈妥了。"沈清源转过身盯着杜凌枫，"我希望你能够保守信用。"

说完，他径直往门口走去。唐心站在原地愣了一愣，突然看到沈清源转过身，催促，"还不走？"

她赶紧追了上去。杜凌枫在她身后嚣张地喊："小美人，别忘了我，下次再见哦！"

唐心回过头，狠狠地瞪了他一眼。

杜凌枫立即捂住胸口，夸张地往后倒去，靠在门板上的时候还不忘贫嘴，"小美人，你一记眼神杀好厉害！"

唐心气得直瞪眼，却也无可奈何。这一幕落在杜凌枫眼中，她活像一只被激怒却无法伸爪的小猫。

有趣，越来越有趣了。他正高兴着，忽然周身一冷，接着就注意到沈清源此时回头盯向自己，目光冷得如冰。那冰不是一般的冷，是四九寒天里，屋檐垂挂的冰刃，带着锋刃和亮光，让人胆寒。

杜凌枫打了个寒战，又打了个喷嚏。"喂，你……"杜凌枫想开个玩笑，面对沈清源那张脸，却怎么都开不起来。他被看得发毛，快快地收起笑容，扭头回了病房。

沈清源这才转身，快步走到电梯前按下按钮。电梯门开了，他回头看唐心，“你先进。”

唐心脸一红，低头走进电梯。可是沈清源并没有跟着进去，而是转身往楼梯通道走去。

“沈清源！”唐心喊他，可是他的身影很快就消失在楼梯口。电梯门徐徐关上，掩盖住了那个决然的身影。

唐心怔怔地站在电梯轿厢里，心头五味杂陈。他就这么讨厌自己？连同乘电梯，都不肯？

一段风波就此终结。

陈海受了处分，并向射击队作了深刻检讨。关于他是否有资格参加后续的国际性比赛，队里还没有最后确定。不过，这种结果比起直接除名要好得多。

唐心将陈宁的故事写成了一篇新闻稿，通过熟识的主编发布到某网站的体育频道。原本她以为主角是一个没有获得过有分量奖牌的人，不会受到太多关注，没想到在网络上的点击率却节节攀升。

男女平等一直都是网络热门话题，很多网友在报道下面评论，还有人争得不亦乐乎。

“又是一个姐姐将自己的教育机会让给弟弟的故事，怎么这样的事例这样多？”

“呵呵，扫了一眼关键词，重男轻女的大省。”

“喂喂，楼上好好说话，别地图炮。这种事在哪里都有！不过说实话，这个弟弟还算有些良心，知道对姐姐感恩，和其他的米虫不一样。”

……

下班后，唐心坐在电脑前浏览评论，看网友们有的团结，有的互怼，看到有趣的段子还会心一笑。正看得不亦乐乎，陈宁打来了电话。

唐心很意外，“陈宁，最近过得怎么样？”

“唐姐姐，教练答应给我机会了，如果我能通过冬训的考核赛，就能加入射击队！”陈宁的声音透着兴奋，“你知道吗？这是沈清源帮我争取的，当初还是你说服了他帮我呢，我要好好谢谢你。”

唐心从椅子上跳了起来，“真的？恭喜你！”

“不过，我没有资格参加冬训，也没有教练员做指导。唐姐姐，你能来这里教我吗？”

“这……”唐心犹豫。

“唐姐姐，冬训的考核是要跟那些运动员们一起进行的，我怕我的成绩太惨烈……”陈宁的声音越来越低。

“让陈海给你指导呢？”

“他现在的训练强度比以前大很多，训练结束还要去队医那边按摩，顾不上我。唐姐姐，如果你没时间的话，那就算了……”

“好吧好吧，我答应你。”唐心答应下来，“反正我下班后也没事，就去基地帮你指导好了。”

陈宁的声音立即高昂起来，“谢谢姐姐！”

挂上电话，陈宁转过身，和陈海、江一天击掌。

陈海一脸不屑，“我说江一天，你指使的这个主意行吗？我看队长跟gay一样，对女人根本没兴趣。”

“别胡说！”江一天瞪眼，“队长怎么可能是gay呢？队长别提有多直了，咱们射击队里最直的！”

身后，沈清源拿着脸盘从洗漱间里出来，正好走到江一天和陈海身后。陈宁看到沈清源，倒抽一口冷气，赶紧向江一天挤眼睛。

江一天没有察觉，依然滔滔不绝，“你们不知道，有一次我和队长一起去洗澡，沐浴露忘带了，就隔着挡板跟队长说，队长大人，借点沐浴露哈！你们猜队长怎么说？队长如临大敌，紧张万分跟我说，你小子敢过来一步试试！给我穿好衣服再过来拿肥皂！”

沈清源停住脚步，表情复杂。

陈海仍然没发觉异常，附和着说：“江一天，你发现没有，在更衣室里就数咱队长换衣服最快！一愣神工夫，他就穿戴整齐了。这说明啥？咱队长的观念还是挺传统的。”

陈宁绝望地闭上眼睛。

“我说你们——有八卦的时间，还不如去睡觉。”沈清源淡淡地说。

陈海和江一天不约而同地捂住嘴巴，慢慢转过身，看到了满脸冰霜的沈清源。江一天脸皮比较厚，嘿嘿笑着说：“队长，你就穿这么一点，不冷啊？”

沈清源只是冷眼看他，没回答。

江一天尴尬万分，忽然扭头看陈海，“你穿这么一点，不冷啊？”

“不冷啊。”陈海感觉莫名其妙。

“冷，特别冷！赶紧回房间，要是感冒了不得影响冬训吗？”江一天拉着陈海，一溜烟跑了。

走廊里一时间只剩陈宁和沈清源两个人。沈清源皱了皱眉头，“怎么又是你？就算你是基地的工作人员，也不能随意进出宿舍吧？”

陈宁小声回答：“我，我还没跟你说声‘谢谢’呢！这次你帮我争取了机会，还要空出自己的休息时间来指导我……”

“我和陈海是兄弟，你不用这样客气。”

“但是，当面和你说‘谢谢’，是我的心意。”陈宁加重了语气。

沈清源点了点头，走了两步，忽然拐回来，伸出手在陈宁脊背上一拍。陈宁下意识地直起腰，心脏剧烈地跳动起来。

“你不够自信。”沈清源言简意赅地说，“任何一项运动，首先要建立的心理要素就是自信。第一步你要做到的，就是腰背挺直，说话看着别人的眼睛。”

陈宁依言，看向沈清源。他的眼睛很漂亮，睫毛长得像女孩子，眼珠很黑很亮，像一汪水，可以盛满星光。陈宁不自觉地就看呆了。

“记住，要自信。”沈清源收回手，扭头就走，“拜拜，晚安。”

陈宁顿时觉得后背空落落的，少了许多温暖。她呆呆地看着那个孤冷疏离的身影走向走廊尽头，木木地伸出手，“晚安，沈清源。”

第二天下午，唐心以记者的身份来到冬训基地。

她随意采访了一些教练员，打算写点新闻稿发布到体育频道。做完采访，已经是晚上八点，夜间集训也结束了。

陈宁和她约定的地点是射击馆。天已黑透，馆内还亮着灯光。唐心走进去，看到陈宁正在清理场地。

看到她进来，陈宁兴奋地迎上去，“唐姐姐，你来了，吃饭了没有？”

“这几天减肥，晚饭免了。”唐心打量了一下场地，“我们开始吧，你已经热身了？”

“嗯！张教练特批的，我练习女子小口径手枪，练习完了会让管理员收回。”陈宁说。

唐心注意到一名管理员站在场馆的远处，心里不由得惊叹沈清源的面子果然够大。让陈宁加练射击，并不是她一个人的事，而是牵涉到枪支、场馆的一系列管理。

“那我们先练习据枪，再实弹练习吧。”唐心提议。

陈宁点头答应，眼珠子却往门口张望。当看到一个黑色身影时，她笑着打招呼，“队长！”

唐心全身都僵住了。她屏气息声，听着脚步声由远及近，下意识地想要逃，却挪不开脚步。

沈清源走到唐心正面，有些意外，问陈宁，“你们这是？”

“唐姐热心帮忙，要指导我练习。”

“哦，那我走了。”沈清源扭头就走。

陈宁赶紧追上去，拦住沈清源，“队长，你别走啊，你和唐姐一起指导我，不好吗？”

她眼神哀求，像是无助的小鹿。沈清源说不清是心软，还是真的想留下来，不由自主地将背包放了下来。

“唐姐，队长，请多指教。”陈宁对着两人深深地鞠了一躬。

沈清源示意她拿枪，“别废话了，快开始吧，我要看看你的据枪动作。”

陈宁做了一系列的准备动作之后，深呼吸一口气，举起了手枪。几秒钟后，她射出了第一枪。

之后，她再次举枪，射出了第二枪、第三枪。这几枪的靶数都还不错，只是后面两枪的成绩都不如第一枪。

第四枪，脱靶。

陈宁傻眼了，但没有停止射击。她垂下手臂，深呼一口气之后，再次举枪射击。这一次，成绩更糟了。

唐心眯了眯眼睛，目光不小心和沈清源对视。她像被烫了一下，赶紧移开目光。

沈清源不满地挑了挑眉。从他进入射击馆的那一刻起，唐心一个字都没有说。以前那个用热烈的目光追寻他的唐心，不见了。一想到这个，沈清源的心头酸酸的。

“停。”他说。

陈宁扭头看他，委屈地问：“队长，我是不是很差？”

沈清源没有正面回答她的问题，而是看向唐心，“让她说，她的看法应该和我一样。”

“嗯？”陈宁看向唐心。

唐心顿时紧张起来，感觉第一个字是那样难以出口。她转过身，让沈清源离开自己的视野，才说：“陈宁，你需要进行力量专项训练。可能离开体校的这些年，训练跟不上，你的体能不是很好，尤其是臂力。”就在刚才，陈宁打完第一枪之后，唐心注意到她的手臂并没有将手枪完全带回到原来的瞄准线。所以，后面的成绩出现了下滑。

“射击很多时候靠的是感觉。”唐心继续说，“至少要有 3000 次以上的准确练习，才能让肌肉记住那种精准射击的感觉。”

陈宁瞪圆眼睛，想了想，默默地低下头。

“不用沮丧，先进行体能专项训练。今天的练习就当试射了，找找感觉。”沈清源示意工作人员收枪。

陈宁有些沮丧，“对不起，队长，唐姐，我浪费了你们的时间，也让你们失望了。”

“哪有一蹴而就的事情啊？陈宁，你不用在意。”唐心赶紧安慰她。

陈宁的脸色这才稍微缓和。

他们离开射击场，到了室内运动场。

沈清源让陈宁做了深蹲、跨栏步、深腿蹲等动作，接着拿出一张表格进行记录。他一边写，一边说：“FMS 的评测结果还可以，现在再做几个动作，进行 SFMA 评测。”

SFMA 是选择性功能动作评价，使用动作来激发各种症状和功能不良，以及存在与某种动作模式缺陷的信息。

测试完后，陈宁的结果是，她的腰椎和肩关节有一些潜在的伤病。

“你需要进行一段时间的矫正训练，等到你的这些慢性损伤好一些了，才能全身心投入到训练当中。”沈清源下了结论。

陈宁当时就红了眼眶，喃喃地说：“队长，我能忍！时间不多了，我能全力以赴练习射击吗？”

“陈宁，欲速则不达！那些技巧的东西你迟早能掌握，但身体的伤害一旦造成，就是不可逆的。”唐心劝说。

“这不是你能不能忍耐的问题！在健康的状态下进行训练，能延长你的运动寿命，也是对你的保护。”沈清源耐心解释，伸手按了几下陈宁的腰椎，“就拿你腰这块，刚才做动作的时候有痛感，这很影响运动功能的。一个射击手，腰椎必须要健康，懂吗？”

陈宁的脸唰的一下红了，像一只熟透的虾。

沈清源却还不自知，又捏着她的肩膀，“还有你的肩膀，这也决定着射击的成绩。别任性，先矫正训练！”

陈宁脖子都红了，头恨不得埋到地缝里。在少女的心里，他的手指像有魔力，每一次按压都撩出一串火花。

唐心目瞪口呆地看着这一幕，心头的小火苗“呼”的一声蔓延成了漫山遍野的大火。好嘛！男女授受不亲，懂不懂啊！

她气得胸口发闷，沈清源却毫不知情，还在跟陈宁做一些肩关节的矫正训练。等到陈宁上了泡沫袖，沈清源才站起来松了一口气。

唐心靠在墙边，怒瞪墙角的一只瑞士球。

沈清源走过去，递给她一瓶纯净水，“你知道，刚才你说陈宁的缺点时，我为什么要打断你的话吗？”

唐心没回答，狠狠地拧开瓶盖。

“因为她目前的自信心不够，一定要帮助她重建信心，心态对射击的影响太关键了。”沈清源一边望着陈宁，一边说。

唐心更加怒了，举起纯净水，咕嘟嘟喝了个干净。

沈清源一直看着她，等她回话。

“不知道！”唐心将纯净水瓶一甩，气呼呼地往外冲去。走出运动场，凉风扑面而来，让她发热的头脑顿时冷静下来。

她居然发火了。可是她有什么理由发火呢？沈清源对于陈宁来说，他的身份相当于教练员。教练员指导学员，有一些身体上的接触，不是很正常的事情吗？可是……

唐心莫名就记起了五年前的那个夏天，当时她被各种训练累得半死不活。肌肉酸痛是常有的事，可是他们学校不是专业的体校，队医资源紧缺，不是每一位运动员都能被队医按摩。为了缓解肌肉压力，于是很多体育生互相按摩。唐心想要找沈清源为自己按摩，可是心情太过紧张，怎么都开不了口。

她记得很清楚，当时在体育馆里，他就坐在十步开外的长凳上，低头整理着护腕。她向他走过去，心跳如雷。就在她打腹稿的时候，沈清源抬头。唐心吓了一跳，脚下踩到了一只垒球，一下子跌倒在地。

他跑过来，将她扶起来，说，你怎么这么不小心？

唐心痛得快哭了，委屈地说，训练强度太大，腿软。

他很自然地说，我帮你按摩一下，酸胀感很快就能缓解的。唐心求不得，赶紧说，作为报答，等会儿我也帮你按摩吧。

沈清源笑了一下，算是默认。

他的手指修长而干燥，按在她的皮肤上，每一下都是一簇小火苗，让她心里堆积的烟花一一绽放。她偷偷地看他，看他秀挺的长眉，看他低垂的眼睛，怎么都看不够。

这段往事像一罐蜜糖，让她每每想起那个画面，心里都甜滋滋的。这甜蜜麻醉着她的心，让她生出了小小的希望，认为那个人也是喜欢自己的。

“唐姐，你怎么了？”陈宁的声音打断了她的思绪。

唐心猛然回神，转过身就看到陈宁站在身后，满脸的忐忑不安。她有些心疼，连忙道歉，“陈宁，抱歉，我有些累。”

“我才应该说‘对不起’，耽误你的时间。”陈宁内疚极了，“唐姐，我自己可以的，你不用费心来教我了。”

“你别放在心上，我会继续来这里的。”唐心抱住陈宁的肩膀，“走，进去吧。”

她和陈宁肩并肩走进运动场，沈清源皱着眉头说：“陈宁，赶紧把矫正训练做完，之后还有其他的训练。”

陈宁赶紧依言照做。

唐心看沈清源，发现他的目光很淡，并没有在她身上有过多停留。她在心里冷笑一声。终究是她自作多情了。

五年前，她以为他主动为自己按摩，是有些喜欢自己。可事实说明，这并不是她的特权。

“陈宁，这个动作你做得不够到位。”

陈宁在做肩胛骨俯卧撑，这个动作可以激活躯干的肌肉力量，只是她此时的腰部位置略高。沈清源走上前去，想要伸手纠正，唐心却抢先将陈宁的腰往下按了一按。

“我来比较好。”唐心说。

沈清源收回手，心里却有些异样。他疑惑地观察唐心，可她做得滴水不漏，脸上没有一丝波澜。

等所有的训练结束，沈清源提议，“陈宁，我帮你按摩吧。”

陈宁赶紧摆手，“不了，队长，你已经够辛苦了。”

“我明天再来。”唐心向陈宁告别。

“我送你。”沈清源不由分说就拽着唐心走出了运动场。刚离开陈宁的视线，唐心就冷冷地甩开沈清源的手。

“放开我。”

“你到底怎么回事？”沈清源紧紧盯着唐心，“你今天到底发什么无名火？我究竟哪里做得不对？还是你根本就是在生陈宁的气？”

唐心心虚，“我，我没有生气。”

那双眼睛俊秀清澈，倒映出他的身影。沈清源突然一阵心慌意乱。五年前，同样的一双眼睛看着他，他特别喜欢自己溺在那一片秋水中。可是如今，他无比慌乱，却还要掩饰太平。沈清源只觉得心头痒痒的，像是几万只蚂蚁在爬，几乎就要软成一摊。他狠了狠心，继续说：“得了吧，唐心，你这副样子就是在生气。我不是说了吗？陈宁现在需要建立自信，我希望你不要干扰她的情绪。”

唐心一怔，心头更是怒火熊熊。她狠狠捶了一下沈清源的肩膀，吼道：“都是我的错，行了吧！”她再也忍不住眼泪，扭过头飞奔离开。

夜风习习，沈清源皱着眉头看唐心越走越远。他微微叹气，掏出正在震动的手机，“喂，什么事？”

“队长，回来吧，宿舍马上要熄灯了。”江一天说。

沈清源“嗯”了一声，却想起了什么，又问：“你说，如果女孩子莫名其妙对你生气，这说明了什么？”话音刚落，手机里就传来了一声沉闷的声音。沈清源吓了一跳，“什么声音？”

江一天蹲在上铺，龇牙咧嘴地揉着脑袋。

陈海拿着牙刷走进来，打趣说：“一天兄，这天花板都被你这个窜天猴给磕裂了！”

江一天顾不上理睬他，对着手机说：“队长，恭喜！有女孩子为你吃醋了！当务之急，就是要想方设法地证明你是个直男！直到不行！”

“我们练射击的，站得最直，还用证明吗？”沈清源觉得很好笑。

“队长我说的‘直’不是字面意思……”

“别啰唆了，总之你的观点是，她喜欢我？”

江一天坏笑，“我比较好奇是谁。”

“是谁不重要，反正不是你。”

“是我也没关系啊……”江一天哼哼。

沈清源后背立即起了一层鸡皮疙瘩，咬牙切齿地说了一声，“变态。”很利索地将手机挂掉。

江一天发现他挂了电话，顿时傻了眼，“完了，我开玩笑的，队长不会真以为我喜欢他吧？”

陈海正往衣架上晾晒毛巾，闻言白了江一天一眼，“误会了又能怎样？矫情！”

“队长答应我怎么办？我是直的，练射击的站得最直啊！”江一天一本正经地回答。

那边，夜风清凉。

沈清源将手机揣进裤兜，莫名觉得开心，唇角忍不住上扬起来，怎么都按捺不住笑纹。不过，他很快就严肃起来，望向苍茫的夜色，怔然无语。

第二天，唐心请了假。她带着丁芳的名片，迟疑地来到医院，在挂号窗口前徘徊了很久，还是没有上前。

电梯门开了，唐心走进去，大量人群蜂拥着进入电梯，立即塞满了这个狭小的空间。

电梯门开了，人群往外涌去，唐心依然失了魂一般地站在角落里，没有迈出一步。

不知道电梯里来来回回了多少拨人，电梯门开开合合了多少次，唐心站到腿脚发麻，才慢慢往外面走去。

刚走出电梯，就有人问她，“唐心？”

丁芳穿着白大褂站在电梯旁，好奇地看着她，“真的是你，你怎么来了？”

“学姐……”唐心抽了抽鼻子，哽咽着抱住了丁芳。丁芳赶紧安慰她，“这会儿我正好没病人。走，到我办公室说。”

唐心擦了擦眼睛，点头。

对面的住院部，杜凌枫正把玩着新买的瞄准镜。他试着将瞄准镜对准窗户外面，忽然被镜头里的人吸引去了注意力。他看到唐心走进医师办公室，正在向一名医生模样的女子说着什么。

“老七，给我进来。”杜凌枫打电话。

门外立即冲进一名小喽啰模样的人，对着杜凌枫弯腰哈背，“杜老大，有什么吩咐？”

“对面门诊楼五楼，是哪个科室？”杜凌枫随手一指。

老七懵懵地说：“好像是妇产科……”

还没说完，杜凌枫就一把揪住他的衣领，“什么科？舌头捋直了，你给我说什么科？”

老七吓得结结巴巴，“杜老大，你你你别急，我这就去查、查。”

杜凌枫往病床上狠狠一坐，将瞄准器扔到一边。他懊恼地望着唐心的方向，眉头紧锁。

几分钟后，老七回来了，“杜老大，问清楚了，对面五楼是心理建康科。”

杜凌枫顿时松懈下来，可很快又跳了起来，“她去心理科干吗？”

“她……谁？”老七一头雾水。

“老七，去门诊一楼，给我挂个心理科，我要看心理医生。”杜凌枫露出一口白牙，“哦，别忘了，我要看女、医、生。”

那一瞬间，老七确定自家主子除了伤了胳膊，还可能伤了脑袋。

在医师办公室里，唐心没有发觉自己已经被窥探。她口若悬河，将沈清源冷血无情的模样刻画得入木三分。

丁芳一边听一边笑，“所以你就嫉妒了？”

“我没有！学姐，我怎么是这样小心眼的人呢？陈宁很可怜，我对她没有任何意见啊。”

“爱情本来就具有排他性，你对陈宁没有意见，但你内心不愿意沈清源接触任何女孩子。”

“什么爱情啊……”唐心脸上灰灰的，目光移往旁边。

丁芳若有所思，“不过说起来，这个沈清源还真的是大冰山啊。”

“就是！他还欠我一个单反镜头呢，就没见过债务人也有这么拽的！”唐心愤慨。

“那你见到他就口吃的症状还没有缓解，是吗？”丁芳冷不丁地说。

唐心一怔，慢慢地从座位上站了起来，“是的，学姐，我可能……可能没办法摆脱他带来的影响了。”

“再这样发展下去，会影响到你的工作。”

唐心难过极了，“我知道，我只能尽量不让别人发现我的秘密。”

“别将这个当成秘密，你会更有压力。”丁芳随手打开电脑，开始补充唐心的情况。她有记录每一位心理病人情况的习惯。

“那我该怎么做呢？”唐心苦着脸问，“我会不会一辈子无法痊愈呀？”

丁芳笑了笑，“你说的那种口吃病患，大部分是生理疾病，是中枢神经出了差错。像你这种就是心理上的压力导致的。唐心，你知道口吃患者在唱歌的时候，是不会口吃的吗？”

“啊？”唐心摇头，“不知道。”

“如果你无法用平常心去面对沈清源，不如试试用唱歌的方式，任何形式都可以。”丁芳提议。

唐心想了想，低声说：“我知道了。”

正说着，丁芳的电脑发出了提示音。她扫了一眼，有些意外，“唐心，有个病人挂号。我得工作，不能和你聊了。”

唐心礼貌地向丁芳告别，结果刚关上门，一转身，就看到杜凌枫站在门口。

“是你？”唐心一挑眉毛。

杜凌枫咧嘴一笑，“小美人，咱俩真有缘分，又见面了。”

“你来这里干吗？”

“当然看病啊。”

“没想到你也知道你有病，我还以为你一辈子都不可能有自知之明呢。”唐心翻了个白眼，扭头就走，肩膀故意狠狠地撞了杜凌枫一下。

杜凌枫顿时疼得冷汗都下来了。他捂住肩膀，盯着唐心的背影，却勾唇一笑，“够味道啊，小辣猫。”

他从口袋里掏出一个U盘，意味深长地自言自语，“哼，有了这个，我很快就能知道你到底有什么秘密。”

“喂，你是挂号的病人吗？在门口站着干什么？”一个女声拉回了杜凌枫的思绪。

杜凌枫赶紧将那个U盘藏在手心里，对丁芳毕恭毕敬，“美女医生好，我看病。”

“美女两个字去掉，叫我丁医生。”

杜凌枫赶紧走进病房，在丁芳的桌子对面坐下。丁芳扫了他一眼，“都是什么状况？”

“啊，是这样的。我失眠、健忘、头疼、暴躁……”杜凌枫可怜兮兮，“丁医生，你可要救救我。”

“初步怀疑抑郁症，做一套题目。”丁芳递给他一张试题。杜凌枫答应一声，埋头做了起来。

就在这时，门外忽然传来清脆的响声。

丁芳皱了皱眉头，起身走出病房。杜凌枫趁这个机会，眼疾手快地将U盘插到丁芳的USB插口上。电脑屏幕上立即出现了一个进度条，很快就消失了。

“搞定。”杜凌枫拔下U盘。

丁芳毫不知情，只看到老七正在病房外面，醉醺醺地砸着休息座椅。护士上前阻拦，“这位先生，你喝醉了，请来这边。”

“这里不允许醉汉进入，赶快把他弄走。”丁芳皱眉。

老七却拨开护士，往丁芳走过来，“美、美女……”他口吃不清地说着胡话，往丁芳这边伸出手来。

所有的事情都发生在一刹那。丁芳只觉得眼前划过一道闪电，接着老七便飞了起来，重重地栽在地上。她下意识地后退两步，才看清楚周祖光不知何时出现在眼前。

周祖光蹲下来，面色严肃，“喝醉了是吧？那我给你醒醒酒。”说着，他又要动手。

“这里是医院，你别冲动！”丁芳喊。

周祖光这才停了手，没好气地站到一旁。丁芳有些恍惚，眼前依稀出现了一个年轻男子在跟几个小流氓搏斗的场景。小流氓被他打得满地找牙，操着脏话逃走了。当时她抱住他，哭着让他别追了。那名年轻男子和眼前的周祖光的形象渐渐重合，居然没有任何违和感。丁芳愣住了，她以为这两者之间隔着重重岁月，可事实上他们从来都没有任何区别。

“谢谢你。”丁芳尽量让声音不含感情。

周祖光耸了耸肩膀，“哦，不客气，我……路过。”

病房里，杜凌枫听到了骚动声，赶紧冲出去，将试卷往丁芳手里一塞，“丁医生，谢谢你，我感觉我的病好多了，再见。”

周祖光觉得杜凌枫有些眼熟，“我见过你，你好像是徐典的……”

“我跟她没关系！”杜凌枫上前让老七站起来，就要往外走。老七低声说：“老大，晚上得给我加鸡腿。”

“不加，你活该，谁让你乱给自己加戏。”杜凌枫哼哼。

丁芳低头看了一眼做得歪七扭八的试卷，哭笑不得，“你等一下，我还没下诊断呢。”

“啊，要诊断什么？”杜凌枫转过身。

丁芳微微一笑，“从试卷的表现来看，你没有抑郁症，就是有‘巨熊症’！”

“巨……巨什么？”

“巨熊症，”丁芳认真地解释，“巨大的熊孩子。”

杜凌枫一瞪眼，刚想理论，随即想起了手里的U盘。他哼了一声，“巨熊怎么了？我乐意！”他转身，大摇大摆地离开。

丁芳轻蔑地看了他的背影一眼，将试卷揉成一团扔进了垃圾桶。同时，她还痛批了一句，“蛀虫，占用国家医疗资源。”

“你还是跟以前一样有趣。”周祖光忍不住笑了起来，“丁芳，你没变。”

“我不会为了任何人改变！说吧，找我什么事，我可不信你是路过。因为你刚才说话的时候，稍微停顿了半秒钟。”丁芳犀利分析。

周祖光无奈地点了点头，“唐心最近不太对劲，我就是想了解她到底是怎么了？”

丁芳一怔，随即回答：“我的医术和职业道德，一直是业内的高岭之花，所以我不会对任何人泄露病人的隐私。”她补充了一句，“尤其是对我的，前夫。”

“那，那就算了。”周祖光尴尬地向她挥了挥手，转身离去。

就在他转身的刹那，丁芳脸上所有的冷硬迅速消失。取而代之的是隐隐的伤痛。他们曾经亲密无间，如今只能形同陌路。

这世上所有美好的事物，只要成为过去式，都会变得那样不堪。

CHAPTER SIX

06

赢的心理

——你不一定拥有完美的容貌，但一定可以拥有完美的表情，那就是微笑。

丁芳的提议，在唐心的心里掀起了一阵巨浪。

她将自己关在房间里，打开电脑，调出前几次报道射击比赛视频。视频里，几名射击选手各就各位，让唐心立即感受到了一种熟悉的竞技氛围。唐心开了静音，凭借着记忆开始播报。可是当画面切到沈清源的时候，她就控制不住紧张的情绪，语速要么变慢，要么开始磕磕巴巴。

“别紧张，再来一次。”唐心闭上眼睛，深呼吸一口气，再次播放。只是这一次，她没有正常播报，而是将要说的话唱了出来。果然，这次没有卡壳，一次流畅完成。

“我终于做到了！”唐心像是抓住了一根救命稻草，赶紧给丁芳打了个电话，“学姐，你给我的方法奏效了，我克服口吃了！”

丁芳在电话里冷静地回答：“这只是缓兵之计，治标不治本。”

“为什么？我觉得现在的状态很好。”唐心还是止不住兴奋。

丁芳在电话那端微微一笑，说：“算了，以后再跟你分析吧。唐心，如果唱歌这个方法有效果的话，我希望你能在众人面前用这个方法多播报几次。当某天你能对关于沈清源的一切都能习以为常的时候，那就说明你的问题已经全部解决了。”

电话刮掉之后，唐心看着手机发了好一会儿呆。

“在众人面前，按照这个方法多播报几次？”唐心琢磨着，忽然灵机一动，打开了手机浏览器。

她找到一个直播网站，注册了一个“懒洋洋猫”的账号。想了想，她又从抽屉里找出一张去年万圣节的面具绑在脸上，随后才开了一个直播间。因为她 0 粉丝，所以直播间里一个人也没有。

唐心将手机架在三脚架上，开始说话，“哈喽，大家好，我是懒洋洋猫，从今天开始，我将播报射击运动员沈、清、源的所有比赛视频。”

说完，她将一套投影仪连接到电脑上，开始播放比赛视频。雪白的墙壁上，顿时出现了射击比赛的场面。

唐心深呼吸一口气，用唱歌的方式将讲解词诉之于口。突然，直播间里响起了提示音，有人进来了。唐心的心顿时提到了嗓子眼。

那个粉丝的ID全是火星文，唐心瞅了半天也没认出到底是什么。她刚想关掉直播间，又进来了一个粉丝。第二个粉丝的名字叫作爱吃梨。两个人不约而同地给唐心送了一辆跑车，接着在下面刷屏——

——哇小姐姐声音好甜啊！我爱你么么哒！

——YOHO小姐姐再来一首嘛人家好爱哦！

唐心毫不犹豫地关了直播间，大吼一声，“唐立奇你给我过来！”

“姐，啥事？”唐立奇打开门。

“送我跑车的人是你吧？”

唐立奇一愣，嘿嘿笑了起来。他跳进房间，将房门掩住，“姐，不是我说你，从你注册账号的时候我就发现你了！你是用手机号注册的，正巧我也在这个直播平台有号，官方立即就提醒我了。这不，我来支持你，给你增添点人气。”

“多读点书，少看点网红！”

“网红咋了？小姐姐也是凭本事吃饭。”

“那个‘爱吃梨’是你小号吧？”

“不是，是梨子姐。”

唐心翻了个白眼，“你还真的会拉帮结派。唐立奇我跟你说，你要是再敢进我直播间，我就删号。”

“别啊！我和梨子姐都是为你好。”唐立奇跳到唐心身后，“不过我要给你一个建议，在唱歌的时候不要用美声，也不要用流行，就用rap唱法！”

“rap……”唐心在估算这个可行性。

唐立奇打了个响指，“可以的话，我马上给你伴奏，OK？”

因为唐心从小就喜欢唱歌，所以自己的卧室其实是装了隔音设施的。唐心做了决定，“试试吧！”

唐立奇笑得开了花，立即搬来了一套架子鼓。唐心定了定神，重新开了直播间。这一次，人气有所攀升，直播间里进来了好几个人，还有人特意关注了她。不过，很可能都是梨子拉的熟人。

唐心不管这些，她戴着面具坐好，在心里简单地把要说的台词编排了一下，示意唐立奇开始打鼓。鼓声响起，她对着镜头开始一段rap风的另类体育解说。唐心很快就进入了状态，即便面对沈清源，她也没有任何停顿。半个小时下来，她关掉直播间，感到胸膛里激荡着一股快意。

“姐，这个办法不错吧？”

“你小子，不错！”唐心举起大拇指，不过很快想起了另一件事，“对了，以后你再给我伴奏，就把面具戴上。”

唐立奇不高兴了，“为什么？这个面具好丑。”

“让你戴你就戴，别那么多废话。”唐心扔过去多余的一张面具。她现在是体育频道主持人，虽说只是午间档的几分钟，那也算露了脸。她可不想自己的这个直播间被人发现。尤其是，被沈清源发现。

唐心开始了隐秘的网络直播生涯。因为她的rap说唱风格十分吸引人，加上沈清源最近被偶像化，直播间粉丝很快就突破了十万。

丁芳说得不错，当唐心戴上面具，没有了平日主持工作的压力，她在镜头前能够侃侃而谈。这种畅快的感觉也感染到了工作状态，让她在主持节目的时候再也没有出现过纰漏，也让周祖光放了心。

除此以外，唐心依然在空闲时候去冬训基地，给陈宁做一些指导。只是，沈清源像是在躲着她一样，再也没有出现在她面前。倒是江一天、陈海和唐立奇，时不时地来送她一些小吃零食。

“唐姐，这是孝敬您的。”江一天笑嘻嘻地将一盒爆米花、一袋鸡米花塞到唐心手里。

唐心白了他一眼，“都是增肥的，我不吃。”

“谢谢你们，我姐不吃，我替她吃。姐，姐弟多年，不用多说，别谢我。”唐立奇毫不客气地抓过一只鸡腿就啃。

江一天等着唐立奇，气得牙痒痒。

“唐心姐，你就吃吧，我们每个月的补助有限，买这些东西不容易。”陈海在旁边帮衬。

唐心盛情难却，拿起爆米花吃起来。

江一天咽了一口吐沫，向一只鸡腿伸出手去。唐心眼疾手快地将他的手拨开，“你不想参加比赛啦？冬训结束就得出去比赛，你乱吃东西，万一检查出什么问题怎么办？”

“一口，就一口。”江一天伸出一根手指。

陈海攥住那根手指，用力往后一掰，江一天顿时嚎叫起来，“疼疼疼！你干什么？还是兄弟吗你？冠军射手就要夭折在你手里了！”

陈宁扑哧一笑，“还冠军射手呢，你要拿到冠军说这话才行吧？”

江一天白了她一眼，“我不用你多说，你还是担心你自己吧！”

陈宁一愣，表情顿时沉郁下来。唐心立即感受到她的异样，忙用手肘碰了碰她，“等会儿我们比赛射击吧？”

“唐姐，我不……”陈宁吓得从地上一跃而起。

“你怎么了？”唐心觉得陈宁的反应很不对劲。

江一天赶紧拉了陈宁一把，“看你吓的！唐姐跟你开玩笑呢，你快去练会儿举持久，要不然她真的要和你比赛啦！”

陈宁低着头去练习了。

等她走开，陈海就满脸担忧地说：“唐姐，我怕我姐姐真的要辜负你和队长的苦心了。她最近的射击水平很差。”

唐心皱了下眉头，“不可能啊，她很有射击天分的。”

“你不知道，她最近经常脱靶，要不然就是五六环的成绩。”

唐心扭头去看陈宁，她站在靶位前举着手枪，右手臂纹丝不动。这是一名射击手最好的臂力状态。可是陈宁的心呢？也和她的手臂一样，没有丝毫动摇吗？

正想着，一人突然从外面进来。江一天和陈海吓得赶紧去收摊在地上的塑料袋。

唐心定睛一看，果然是沈清源。他稳步走进来，普通的运动服也被他穿出了风采翩然，仿佛他从夜色中来，带来了清风明月。她很没出息，心头顿时咯噔了一下。

在这之前，唐心有些期待能够见到沈清源。她想检验一下自己最近直播的成效，是不是已经去除了心病。可是真的见了沈清源，她发现情况不容乐观——她好像还是会不受控制地紧张。

沈清源看了唐心一眼，目光很快挪到了那堆零食上，立即蹙起了好看的眉头。江一天不等他发问，就皮着脸说：“队长，误会，这都是给唐姐吃的。”

“此地无银三百两。”

“隔壁阿二真的没有偷吃啊！”江一天抱着头，哭丧着脸，“队长，这次我真的以比赛为重，忌口了！”

唐立奇举手，“我可以作证，江一天没偷吃。”

沈清源似笑非笑地分别看唐立奇和江一天一眼，从背包里拿出一根心率带，“不跟你闲扯，我是来帮陈宁练习的。”他的目光定在唐心身上，“唐心，我向管理员申请了四支手枪，等会儿我们陪陈宁做一个小比赛。”

四支？唐心心里正疑惑，忽然看到一名扎着马尾的女运动员从外面跑进来，笑呵呵地跟他们打招呼，“大家好！”

江一天顿时露出星星眼，“小菲菲！”

沈清源忍无可忍地在江一天头上砸了一下，“叫她金菲。”

“队长，给点面子啊。”江一天捂住头顶。

“面子给你，简直浪费。”沈清源毒舌了一句，开始介绍，“这位是射击队的金菲，去年大运会的女子步枪三姿冠军。”

唐心知道金菲，她在做采访的时候特别留意过这个俏丽活泼的女运动员。金菲最难得的地方是心态轻松，从来没有比赛包袱。

“你好，我是唐心。”唐心向金菲伸出手。

金菲握住她的手，甜甜地说：“我记得你，你最近经常来采访我们。”说着，她扭头向沈清源挤了挤眼睛，“沈队，我和唐小姐都认得，你应该把我重点介绍给陈宁啊。”

“不行，你要是和陈宁熟悉了，那比赛就没有感觉了。”沈清源说，“现在就是要让陈宁感受到，你是对手，不是朋友。”

金菲恍然大悟，吐了吐舌头，“知道了。”

“别笑了。你要面无表情，眼神犀利，能给多少压力就给多少压力。”沈清源提醒。

金菲嘟起嘴巴，“这怎么做得到嘛，沈队。”

那声“沈队”喊得格外酥软，唐心顿时有些不是滋味。她刻意将目光挪开，淡淡地说：“开始吧。”

沈清源点点头，走到陈宁身边，把心率带给她戴上，简单讲解了一下规则。果然，陈宁看了看陌生的金菲，有些紧张。

唐心只能拍拍陈宁的后背，示意她放松下来。

沈清源让陈海做裁判，随后他站到靶位上。陈宁在紧挨着他的一个靶位上，而金菲就在她的左手边。

比赛开始了，按照顺序，唐心最先开枪。因为只是陪练，所以她格外放松，成绩居然还过得去，10.0 环。

金菲是第二射位，在提示后开始射击。她毫不犹豫地射发，成绩是 10.5 环。唐心注意到，这个金菲真的是练射击的材料，呼吸控制得非常好，心理状态也超级稳定。

陈宁开始射击，成绩是 10.3 环，并没有发生江一天所说的失误。

唐心心里犯起了嘀咕，怀疑江一天是不是情报有误。然而很快，她就发现事情有些不对劲。

三枪过后，金菲的成绩一直锁定在 9 环以内。而陈宁开始走下坡路了，她的成绩很不稳定，波动得非常厉害，最后有一枪脱靶。

射击馆内的气氛顿时凝固了。

陈海站在不远处，怔怔地望着陈宁。而陈宁有些气馁地将手臂放下，头压得很低，似乎不打算再抬起来了。

沈清源镇定地说："该你举枪了。"

"队长，我……"陈宁嗫嚅。

"如果在比赛场上，你也打算放弃吗？给我举枪！"沈清源加重了语气。

陈宁整理了一下心情，继续举枪射击。她的成绩比刚才好了一些，但也好不到哪里去。

最后的排名是，陈宁倒数第一。

陈宁站在靶位前，泪水在眼睛里打转。唐心有些无奈，却不知道该如何安慰，只能默默地攥着她的手。她知道，陈宁的水平在市体校里是拔尖的，但在这个冠军辈出的 Q 大射击队，只能排到末尾。更关键的是，陈宁要参加冬训的考核资格赛，如果排名末尾的话，张教练也不好将她收下来吧。

“陈宁，你别急，都怪我。”江一天满脸歉疚。

唐心奇怪地问：“关你什么事？别给自己加戏。”

“要是我也加入比赛，那垫底的肯定是我，不是陈宁了。”江一天说。

唐立奇也说：“不对，该垫底的人明明是我。”

金菲听了，扑哧一笑。这笑声回荡在射击馆里，格外刺耳。陈宁的脸刷地一下白了。

唐心在心里咬牙切齿。江一天和唐立奇这两个情商超低的货，他们一个是混日子的，一个是业余的，拿自己和陈宁相比，简直是又一番打击。

陈海看不下去了，没好气地说：“江一天，不会说话就别说话！为什么不让你跟着比赛，就因为你没有参考价值。”

“你！”江一天瞪眼，但立即意识到眼下不是吵架的时候，只能拉住陈海往外走，“哼，走，有什么话咱们出去说！我怎么就没有参考价值了？”

唐心瞪了一眼唐立奇，“你也出去。”

“啊？我为什么要出去？”唐立奇觉得莫名其妙。

唐心眼神更冷了。

唐立奇缩了缩脑袋，“行，屈服于你的淫威。姐，我回去睡觉了。”

金菲抿了抿唇，对沈清源说：“沈队，时候不早了，我明天还有训练，我也回去了。”

沈清源点头。

金菲走到陈宁身边，张开手臂轻轻抱了她一下，“别伤心，陈宁，你还有机会的。”然而，她凑近陈宁的耳边，却是另一番语气，“醒醒吧，蠢猪，这就是做白日梦的下场。”

陈宁顿时脸色苍白。金菲一笑，眼神里带着挑衅，得意地离去。

偌大的射击馆，一时间就剩下三个人。唐心也想告辞，可是面对沈清源，她却张了张嘴，什么也没说出来。

沈清源低头看了看手机屏幕，问："陈宁，你的心率控制得不好，越到后面你的心率就越高。我认为这不是你体能问题，而是你自身的心理状况过差。你说，你当时在紧张什么？"

"我，我已经在努力放松了。"陈宁回答。

"说实话。"沈清源紧紧地盯着她。

陈宁咬住下唇，没有再说话。

对于射击运动员来说，心率也是影响射击成绩的一个要素。心率一般要求在80次/分，如果高于100次/分，对于射击运动员来说就十分不利。

唐心试着问："陈宁，你是不是之前和金菲有过接触？"

陈宁猛然睁大眼睛。唐心知道，她猜对了。在刚才的比赛中，陈宁开始是铆着劲跟金菲较量的，没想到头几枪都没有超过金菲的成绩，她才开始自乱阵脚，结果越打越差。

"金菲之前在食堂里和我说过话，说我一个小厨子也妄想进射击队，说运动员都有丰富的经验，而我什么都没有……"陈宁的声音越来越低。

唐心倒抽一口冷气。果然不出她所料，那个金菲只是表现得活泼可爱，其实并不是表里如一。

沈清源倒是很意外，"什么？金菲说过这话？"

陈宁点头。

"看来，我还真的给你找了个对手，从技术到心理。"沈清源感慨，"那你今天被金菲影响，看来你认为她说的话是真的了？"

"不对吗？"

"不对，你的未来掌握在你自己的手中，任何人都无法定义你的未来。懂吗？"沈清源说。

陈宁苦笑，"队长，你什么都好，当然会认为这句鸡汤是对的。可是我总是这样不起眼，放眼一望，哪个人都比我美，射击技术都比我好。难道金菲说的不对吗……”

沈清源打断了她的话，“这世上没有完美的人，你怎么能把别人形容得那样完美呢？”

“有的。”陈宁认真地说，“唐姐就很完美呀。”

唐心囧了。

沈清源扭头，认真地看向唐心。他的瞳仁漆黑如墨，深邃如日落后的天幕。唐心吓了一跳，顿时心跳如雷。

他很快就转移了视线，淡淡地说：“不觉得。”

唐心的内心世界：+_+ 那你倒是找出一个比我完美的人啊！

“我给你举个例子吧，我上高中那会儿口才特差，人也笨，成绩差强人意。有人说我这辈子只能当个米虫，连当花瓶都不配。你看，我并没有成为米虫，当然也不是花瓶。”沈清源指了指唐心，“你唐姐姐可以作证。”

唐心看着他没说话。

陈宁睁大眼睛，一副懵懂的样子，“唐姐，队长上高中那会儿，真的是这样呀？”

唐心挤出一个笑容，点头。

陈宁揉了揉眼睛，“明白了，队长，没想到你这么励志。我就是胜负心太重，以后一定调整心态。”

沈清源拍了拍她的肩膀，“你明白就好。”

陈宁的脸更红了。

走出射击馆，一阵湿冷的风扑面而来，唐心才发现不知何时下了雨。冬雨霖霖，在地面上积出一个又一个的小水洼。

两个人小步慢跑地将陈宁送回宿舍楼。唐心正想告别，宿舍楼上忽然落下一个长条形的黑色重物，啪嗒一声落在沈清源的两步开外。沈清源拾起来一看，是一把雨伞。

四楼，江一天和唐立奇正趴在阳台上，向他们吹了一声暧昧的口哨。看来，雨伞是他们丢下来的。在他们宿舍旁边，还有两三个房间亮着灯。唐心觉得，那似乎是两三只眼睛，在默默窥探着窘态毕现的她。

沈清源撑起伞，说："我送你吧。"

"不用。"唐心一口拒绝。

"宿舍里就这一把伞，把你送上出租车，我好把伞拿回来。不然明天没得用了。"沈清源一脸正直。言下之意，就是送她上出租车等同于一件任务，无关情感。

唐心走到伞下，在心里默默吐槽沈清源的低情商，同时发现，她居然多了一丝轻松。毕竟，沈清源这样的性格太符合单身狗的设定了，可能她一辈子都不可能有情敌了呢。等一等，为什么是情敌……她不是下定决心要和他划清界限了吗？唐心觉得自己的心理戏太多。

"想什么呢？"沈清源冷不丁的一声，打断了唐心的思绪。

唐心心跳加剧，不知道该如何回答。她在沈清源面前，好像没有再犯口吃的毛病了，可还是无法对答如流。

"没想什么。"

"那就往大门这边走。"沈清源指了指另一个方向。

这把伞的面积不大，所有两人难免会有身体上的一些摩擦。哪怕只是羽绒服布面的小小触碰，也让唐心觉得难以忍受。

唐心咬了咬下唇，问："沈清源，你刚才为什么要举那样一个例子？"

"嗯？"

"口才特差，人也笨，成绩差强人意。这辈子只能当个米虫，连当花瓶都不配。你分明在说我。"唐心问。

这就是高中时期的唐心，那根毫不起眼的豆芽菜。那个时候，班上有一个特别调皮捣蛋的男生，外号叫作大乌鸦。人如其名，他皮肤黝黑，嘴巴也黑。唐心那时候挺怕惹到大乌鸦的，毕竟谁都不愿意被大乌鸦取笑。事与愿违，大乌鸦还是留意到了唐心。他故意在唐心背后说坏话，当面嘲笑唐心将来只能当一只米虫。花瓶？那是长得好看的女孩子才能当，丑女生都没资格。青春期的女孩子，最怕被人嘲笑丑。丑——这是一种宁愿天塌下来砸死自己，也不愿意承担的形容词。可想而知，陈宁的心情也是如此吧。

“所以，沈清源，你干吗自黑，说那是你？”唐心耸耸肩膀，“那个又丑又笨的人是我！那段灰头土脸无地自容的青春，也是我的！”

冷风飕飕地刮过来，歪掉了垂下的雨线。唐心闭上眼睛，感受扑在脸上的冰冷水滴，咬牙切齿，“更糟糕的是，她爱上了一个无情的混蛋！”

沈清源举着伞柄，静静地看她。他说：“唐心，那并不是你一个人的青春。你的任何情绪，我都感同身受。”

唐心愕然，睁开眼睛看着他，以为自己听错了。

就在这时，一辆出租车驶来。沈清源抬手，拦下出租车，拉开车门，将唐心推了进去。之后，他就转过身往基地里走去，连个告别都没有。

“小姐，你去哪里？”司机问了几遍，唐心才回过神。

她匆匆报了地址，低下头，从手包里掏出纸巾，擦掉了汹涌而出的眼泪。往事一幕幕地涌过来，猝不及防，温暖至极，却是残忍的温暖。

她想起来了，当时她被大乌鸦气得回家哭，同时在纸上罗列了许多怼回去的台词。可是第二天，那些台词一句都没有用上。

大乌鸦不知道怎么回事，鼻青脸肿的，见到她就心虚地躲开了。唐心觉得莫名其妙，但暗自庆幸，他没有再欺负自己。

不过，大乌鸦造成的阴影还在。放学后，唐心很担心地问沈清源，万一她将来很没有出息，变成了一只米虫，该怎么办？

他当时回答说，那我就去买很多很多米。

五年前的唐心笑起来，说，太好了，那我不用担心将来饿死了。

五年后的唐心坐在出租车里，捂住脸，啜泣出声。

她一直以为，大乌鸦欺负她，沈清源是不知道的。可是直到今天她才明白，原来他从一开始就是知情的。那又怎样呢？他如今不爱她了，还不如一开始就对她冷言冷语，不理不问。

冬训考核很快就到了。

作为H省电视台的记者，唐心和周祖光再次来到基地进行采访。按照往年惯例，冬训结束都会进行考核，竞争的激烈程度不亚于正式比赛。

唐心在人群中找到了陈宁，她正在进行空枪试射。结束后，她和其他几名运动员一同走下靶位。

“唐姐！”陈宁像小白鸽一样飞了过来。

唐心上下打量了下陈宁，“瘦了，怎么回事？”

“每天晚上加练，怎么劝都不听。”唐立奇在旁边多嘴。他作为志愿者，负责维护秩序。

陈宁不好意思地说：“你不是说过吗，要3000次的准确射击才能让肌肉记住那种感觉。”

唐心欣慰地拍了拍她的肩膀，“孺子可教。”

“唐心，下一组好像有大运会的冠军，我们要采访一下。”周祖光将话筒递给唐心。

果然，在等待试射的队伍里，金菲很是显眼。她身材修长，马尾高高束起，全身上下洋溢着青春活力。也许知道有记者在等着采访自己，金菲将头仰得更高，挺直胸脯走向靶位。经过陈宁的时候，她用眼角余光瞥过来。

唐心觉得自己仿佛看到了一只高傲的白天鹅，在藐视着一只丑小鸭。

她扭头看陈宁，发现陈宁面色如常，才松了口气。

“陈宁，你没事吧？”唐心问陈宁。

陈宁咧嘴笑了一下，“唐姐，我发现了金菲的软肋。”

“哦？是什么？”

“她想赢我。”

唐心讶然，“这是软肋吗？”

陈宁点头，“对于射击运动员来说，最好的状态是大脑放空，心里只有枪和靶心。一旦她有了好胜心，心态就会失去平衡。”

唐心打心眼里觉得，短短几日不见，陈宁长大了。

金菲试射之后，成绩平平，她有些气恼地走下射位。唐心更加确定，陈宁的判断是对的。不过是试射而已，她的得失心就这样重，这很明显不利于她后来的表现。一个人若是想“赢”，那么她的潜意识里就会恐惧“输”。欲望和恐惧永远搅得人类不得安宁。

唐心举着话筒迎上去，“金菲你好，我是H省电视台的记者唐心，可以采访一下您吗？”

金菲立即调整好状态，露出套路化的笑容，“你好，可以。”

“冬训要结束了，请问你对接下来的考核有信心吗？”唐心问了一个套路化的问题。

金菲流利地回答，很是配合。几个问题之后，唐心表达感谢，说出了结束语，“金菲，给你加油！谢谢你接受我们的采访。”

又有不少运动员走下试射的靶位，其中有不少金、银牌的得主。按照计划，唐心还要进行其他的采访。

然而就在这时，金菲作妖了。“我和陈宁是特别好的朋友，你们也可以问问她今天试射的感受。”金菲一把将陈宁从唐心身边拉过来。

陈宁被金菲搂着肩膀，特别尴尬。毕竟她名不见经传，还不是正式的射击运动员，采访她实在是……

唐心只用了一秒钟时间，就在心里揣测出了金菲的用意。她不过是想处处压陈宁一头罢了。

“唐姐姐，你最近不是一直在给陈宁做辅导吗，你说我和陈宁谁的成绩更好呢？”很快，金菲开始了作妖第二弹。

唐心微微一笑，接招，“我觉得这种攀比没有意义，你们将来去国际赛场上射击，代表的都是中国队。”

“啊哈？”金菲失笑，“就凭她一个小厨子？”

气氛立即尴尬到极点。

周祖光赶紧打圆场，“金菲，谢谢你今天配合我们采访，我们还有其他任务，就不多……”

“我就问，凭什么！开后门就能进射击队吗？那我们这个门槛是不是也太低了。”金菲加重了语气。有几名运动员被声音吸引，好奇地往这边张望。

唐心开始恼火。这个金菲实在是不知好歹，刚才明明给她找了个台阶，她都不肯就范，非要闹大。

“就凭她。”唐心继续微笑。

陈宁惊讶地抬头看唐心。

唐心淡淡地说：“听说很多金牌得主的后续表现反而不佳，据分析是这些人的心理包袱很大。金菲，你可不要重蹈覆辙。”

“你……”

“你只需要比你上一次的成绩好就行了，陈宁算什么，她一块奖牌都没得过，你为什么要和她比呢？她只是个小目标，碾死蚂蚁是小猫小狗做的事情，不是大象做的。你听得懂吧？”

金菲气得涨红了脸，“她只是个小厨子……”

“没错！她就是小厨子，除了会射击还会做菜，你呢，有第二技能吗？”唐心慢慢地说，“不过我有些理解你的心情了。金菲，你要保住你的冠军光环，压力多大呀！可是陈宁没什么可失去的，无产阶级一身轻松，失去的只有枷锁。对吧，陈宁？”

陈宁激动地点头。

金菲被怼得一句话也说不出来，转身就走。

周祖光望着金菲的背影，叹气，“我说唐心，你得罪了她，她下次还会接受你的采访吗？”

“不会。”

“那你还得罪她？”

“为了小厨子，我乐意。”唐心半开玩笑地搂了搂陈宁的肩膀。陈宁笑得开怀，“唐姐，我不会让你失望的。”

“你现在还觉得别人都是完美的吗？”唐心问。

陈宁摇头，又点头，“唐姐，是你，我还是觉得你是完美的。”

这不是唐心第一次看到像陈宁这种艳羡的眼神。她明白，十几岁的女孩子最在乎的是什么。是外貌。

唐心一笑，“告诉你一句话——你不一定拥有完美的容貌，但一定可以拥有完美的表情，那就是微笑。”

陈宁愣了愣，心领神会地笑了起来。

“说得好，真想不到我小师妹还有男友力爆棚的时候。”丁芳的声音忽然在身后响起。

唐心回身，看到丁芳和沈清源站在身后，也不知道听到了多少。

周祖光在看到丁芳的那一瞬间，神色立即严肃起来。丁芳眼神锐利地看了他一眼，没有打招呼。

“陈宁，我带你去见张教练，他有一些规则和技巧上的东西要和你说。”

沈清源说。

陈宁乖巧地说了一声“唐姐再见”，就走到他的身旁。沈清源望向唐心，微微点了点头，才带着陈宁离开。

两人都是身材修长的少年少女，走路的动作，摆手的姿势都透着一股默契。唐心莫名地，心里咯噔了一下。

“唐心，我们等考核结束再继续采访吧。”周祖光示意摄影师关机。

丁芳微微一笑，摊手，“你们采访不到运动员，也可以采访运动心理师啊。”

“咳咳，看你很忙，还是算了。”

“我不忙。”丁芳笑眯眯的，“周祖光，你有多怂，不敢采访前妻？”

唐心嗅到了空气中的火药味，赶紧出来解围，“周哥，学姐，我们来打个赌吧。”

“赌什么？”丁芳和周祖光异口同声。

“就赌陈宁的考核，是会合格呢，还是垫底？”

丁芳露出了会意的微笑，“当然是合格。”

周祖光刚想说话，唐心一指他，“那周哥，你只能赌‘垫底’了！”

“我还没问，赌输的人要怎么办？”周祖光翻白眼。

唐心嘿嘿一笑，“输的人，要无条件答应赢的人一个条件！不管对方是要你倒立还是跪行，都得照办！”

“好！我答应！”丁芳咬牙切齿地回答。

周祖光犹豫了，但还是答应。

丁芳扫了周祖光一眼，扭过身不再说话。唐心开始偷笑，不管陈宁的结果如何，周祖光和丁芳都不得不扯上联系。

考核是在射击馆进行，一般不对记者们开放。唐心等人在休息区等候，终于听到了考核结束的铃声。

这一次，陈宁能够实现她的梦想吗？唐心有些忐忑，就在这时，手机响了，居然是沈清源的电话。她看着屏幕发怔，不知道这通电话是忧是喜。

“喂？”唐心接听。

沈清源向来少言寡语，但这次一口气说了很多，“你们可以进来采访了，报道一下陈宁吧，她打破了全运会、亚运会的女子 10 米气手枪的纪录，和世界纪录仅差几环。”

唐心脑海里浮现出数个惊叹号。挂上电话，唐心激动得直笑，就是不说话。丁芳坐在一旁，镇静自若地问：“我赢了？”

唐心使劲点头。

周祖光嘿嘿一笑，“输了输了，不过我能看到一颗射击新星冉冉升起，还是很开心！丁芳，你说吧，你要我答应什么？”

丁芳耸了耸肩膀，“不知道，我对你没要求。”唐心赶紧接过话头，“怎么能没要求？我来说一个吧……”她故意卖了个关子，等到周祖光和丁芳齐齐看她，才继续说：“周主任，你和学姐复婚吧。”

话音刚落，唐心就看到丁芳的眼神一下子变了，凌厉无比。周祖光尴尬万分，眼神游离，就是不看丁芳。她心里咯噔一下，知道自己提了一壶不开的水。

“算了算了，当我什么也没说，咱们赶紧进馆吧！”唐心赶紧将话题扯开。丁芳率先走开，一脸冷漠。

一行人进入射击馆。

周祖光忽然想起了一个问题，“对了，刚才那是沈清源的电话吧？为什么通知你入馆的是他，不是工作人员？还有，他为什么给你电话，不给我打电话？我好歹是你主任呀！”

唐心不知道该如何回答。

丁芳语气凶狠，“少废话，问题怎么那么多？”

周祖光乖乖闭嘴。

刚刚结束考核的射击馆，队员们正在休息。唐心一眼就望见了陈宁和陈海，他们站在张教练身边，笑得十分开怀。张教练也是一样，兴致勃勃地跟陈宁说着什么，大概是在说入队的事情。

金菲站得远远的，一脸愤恨的表情，看来她的成绩不怎么样。唐心这一刻的心情，简直是扬眉吐气。

丁芳奇怪地看她一眼，“唐心，你也太高兴了吧？”

“学姐，我也不知道我为什么这样高兴。”唐心声音里压抑不住激动，“我看到陈宁终于迈出这一步，就是觉得爽！”

丁芳立即停步，露出职业化的微笑，“你这种心理是一个很有趣的案例，我要进行分析了。”

“你说，我也听听。”周祖光也很好奇。

“你把陈宁当作一种寄托，每当看到陈宁，就仿佛看到了自己的过去——曾经那个平凡的你。”丁芳娓娓道来，“当年的你，也可能面临着陈宁所面临的十字路口——往左，你的平凡会变得不平凡。往右，你的平凡就会变成平庸。”

唐心愣住了。

丁芳说的都对。当年她和沈清源分手后，曾经发了疯地学习，就是想要摆脱属于她的标签——平凡，不起眼。

“唐姐！”陈宁看到了他们，往这边飞快地跑过来。一同走过来的，还有沈清源、陈海和江一天。

看来他们的成绩都还不错，每个人脸上都带着微微笑意。

“唐姐，张教练告诉我说，他会记录我的成绩，帮我报名比赛，但是我可能要在明年参加文化课考试后才能正式入队。”

“太好了，我就说过你能行的。”

周祖光笑呵呵的，“陈宁，你很棒！等一下我们想要采访你，方便吗？”

陈宁使劲点头，“行的！只是在采访之前，我能提个要求吗？”

“什么？”

陈宁看了看唐心脖子上挂的相机，脸颊绯红，“唐姐，你能先帮我跟队长拍一张合影吗？”

沈清源愕然，“我？”

陈宁抿唇一笑，站到了沈清源的身旁。唐心职业反应地举起相机，按下快门的瞬间，她看到镜头中的陈宁将头微微歪向沈清源。

唐心一瞬间大脑空白，什么都不知道了。以她为中心，一个小空间瞬间形成。外面的世界很嘈杂，只有她的世界一片静寂。

“唐心，我们开始采访吧？”周祖光喊她。

唐心木然站在那里，一句话也不说。

丁芳见她脸色不对劲，赶紧寻了个借口将她拉开。唐心恹恹的，没有一点精神。

“你现在如何？有没有好一点？”丁芳摸了摸她的额头，有点烫。

“学姐，我……”唐心感觉特别揪心。她刚通过欢乐直播摆脱了口吃的毛病，如今又得了失语症？

“你之前不是说，通过我教你的方法已经好了很多吗？”

唐心难过地低下头，“是这样的不错，可是我发现，就像你说的，这只是缓兵之计，治标不治本。”当她面对沈清源，想到他们已经不可能有交集了，还是很难过很难过。

丁芳笑出了声音，“想不想知道，怎么治本？”

“想。”

“不爱他。”

爱，是人类史上流传最广泛，最漫长的一种疾病。基本上无药可解，症状轻缓者，可以用时光来治疗。

唐心愣了愣，“其实，我本来就打算彻底放弃他的。”

“那陈宁喜欢他，你也应该无所谓才是。唐心，承认自己做不到不爱他，别压抑，别自欺。”丁芳冷静地分析，“你现在回答我一个问题，在你心里，你是不是也以为沈清源是完美的？”

“难道不是吗？”唐心挠了挠脸。

“你把沈清源想象得越完美，你就越痛苦，因为他是你自卑的来源。其实沈清源没有你想象的那样完美，他有好几次……”丁芳说到一半，忽然觉得不妥，“算了，以后再说。”

唐心被勾起了好奇心，“学姐，沈清源到底发生了什么？”

丁芳没立即回答，只是意味深长地望向远处的沈清源。他正在配合周祖光，对着话筒回答一些问题。这世上就是有这样一种人，站在哪里，就能聚集起一束光芒。他们天生就注定要站到更高的舞台上。可是光芒越茂盛，阴影就越黑暗。

“你所看到的沈清源，只有一半。”丁芳的笑容很玩味，“他把自己的另一半藏起来了，谁也找不到。”

唐心也看过去，当看到陈宁站在他身边，头顶只比他的肩膀微微高出一点的时候，心里又开始一阵阵地难受。最萌身高差……她知道自己不该嫉妒陈宁。美貌、事业、前途，她都有，而陈宁什么都没有。可是那些东西和沈清源相比较，居然能够瞬间土崩瓦解，不值一提。

采访很快就结束了，周祖光让摄影师收起机器。唐心有些惭愧，这次采访她几乎没有发挥任何作用。

“主任，给我五分钟的时间，可以吗？”唐心问。

周祖光看了看在不远处喝水的沈清源，心领神会地点头，“好。”想了想，他攥起拳头，“加油。”

唐心哭笑不得。她镇定了一下，走到沈清源身边。他放下纯净水瓶，静静地看着她，似乎在等待她开口。

唐心转过目光，看向远处正在交流的运动员们，这画面让她一点点平静下来。接着，她说："沈清源，其实这五年，我每一天都在想你。"

沈清源周身一震，惊讶地看着她。

"但是从今往后，我会试着忘记你。"唐心的声音里有一丝悲哀，"你可能永远都无法想象，你对我的世界造成了多大的伤害。"

"唐心，看着我。"

"沈清源，再见。再见的时候，我们就是陌生人。"她说得很慢，像在宣誓。

沈清源上前一步，"唐心……"

唐心没有给他说话的机会，扭头往射击馆外快步走去。她不敢看他的脸，怕看上一眼，自己就会失控，失去说话的能力。

沈清源怔怔地站在原地，看着那个纤细秀美的身影消失在拐角。他的心一抽一抽的疼，从未有过的感受。道理他都懂，是他将她推开，这世上也没有人有义务永远被另一个人伤害。可是分离的这一刻来临，他还是会痛。像心被挖空了一块，生生地疼。

"沈清源，等会儿开会，我们要商量一下接下来几场比赛的策略。"张教练走过来说。

沈清源抬起眼睛，眸光清淡，"教练，我想请半天假。"

"可是马上要开会，而且……"

"谢谢教练。"沈清源提步就往外走。张教练直瞪眼睛，"喂，你这孩子，我没答应啊！"

丁芳走过来，对张教练说："他想去哪里，就让他去哪里吧。"

"丁医生，我怕这孩子在这个节骨眼上胡思乱想。"

"他什么时候没有胡思乱想了？"丁芳叹气，"你们都觉得他成熟稳重，可在我眼里，只能用一个词来形容他目前的心理状态。”

“什么？”

“摇摇欲坠。”

冬天天黑得很早。

沈清源到达医院的时候，食堂已经开始派饭。他走进去买了饭票，要了一碗红豆粥。红豆粥盛在纸碗里，散发出清甜香糯的气味，在塑料袋上扑出一层薄而白的雾气。

他上了八楼，和护士站打了招呼，便来到一间病房里。靠墙的一张病床上，躺着一个五十岁左右的妇人。妇人身上插着各种体测仪器，床头柜上还有一个监测仪器，屏幕上显示着有规律的心电图。除此以外，一个人也没有。

沈清源皱了皱眉头，将红豆粥放在床头，低声喊了一声，“妈。”

沈母躺在病床上，没有任何反应。

“这是你最爱的红豆粥，从小到大你都会熬给我喝，这大概是你最熟悉的味道了吧？”沈清源打开塑料袋，让红豆粥的香味飘出来。

沈母依旧一动不动。

沈清源眼中微微含泪，拿起沈母的手，放在灯下细细地看。因为过瘦，皮肤很松弛，显出过早衰老的一种状态。他难过地抚摸着，想象着这只手曾经温柔地抚摸过他的头顶，如今更是伤心。

“妈，我今天通过冬训的考核了，成绩破了亚洲纪录。教练让我接下来参加比赛，争取拿到奥运参赛资格。”沈清源说，“说起来有点奇怪，我都拿了两块金牌了，可是我一点都不开心，因为我不知道该跟谁分享。”

沈母依然静静地躺着。昏暗中，只有仪器偶尔发出很有规律的滴滴声。

沈清源终于流出了眼泪，“妈，你醒来好不好？我要让你看一看金牌……”他再也压抑不住情绪，低头伏在床上，发出了一声抽泣。

门口忽然发出一声响声。沈清源猛然抬头，正看到父亲提着一只水瓶站在门口。他大概有五十岁上下的年纪，因为长期酗酒，脸色蜡黄得厉害，眼袋也垂出颓废松弛的弧度。见到沈清源，沈父眼神亮了亮，“小源，你来了？”

沈清源擦掉眼泪，表情立即冷漠下来。

“你别担心你妈，医生说恢复挺好的，总有一天能醒过来。你就安心去比赛。”沈父将水瓶放到墙角，露出笑容。

沈清源问：“护工呢？”

“太贵了，一天就擦擦身子喂喂药，就那么多工资……我让她这两天暂时回去。”

沈清源冷笑一声，“省了钱做什么呢？你又要去赌博？”

“我，我没再赌了。”沈父慌忙辩解，“小源，你什么时候能原谅爸爸呢？爸爸真的知道错了……”

沈清源没看他，只是对躺在床上的沈母柔声说：“妈，我下次来看你。”说完，他站起身往外走。

“小源，你要跟着你张叔叔出去比赛了是吧？第一站是哪里，爸爸想去为你加油。”沈父追出病房。

沈清源猛然停步，一回身瞪着父亲。他咬字极重，“不、需、要。”

“我也是射击运动员，说不定我可以帮到你……”

“你不配。”

沈父愣住了。

“你退役后就整天赌博、酗酒，你就不配做一名射击手。”沈清源一指病房，“也是因为你，妈妈现在成了植物人！如果不是你欠下的那些赌债，她怎么可能躺在这里？”

沈父的脸变得灰白，又变得暗沉，“小源，我会补偿你们的。”

“你补偿得起吗？”

沈清源冷笑一身，转身就走。走了两步，他忽然停步。清俊高挺的男孩子，有着最清澈的目光，却在此刻，眼神变得压抑哀伤。像阳光无法穿透云层，像落叶抱不住枝头。

他喃喃地道：“其实我没有资格责怪你。因为我，也是一样有罪。”

“小源！”

“爸，我都想起来了。”沈清源转过身，表情哀伤，“是我用枪打伤了妈妈，是我让她变成了植物人。我和你一样，都补偿不起。”

CHAPTER SEVEN

07

天堂女孩

——I want to go to heaven.

——小姐姐，你是不是喜欢沈清源呀？

唐心直播间里，诸如此类的留言一直都有。粉丝一直都很好奇，戴着面具的美貌网红，为什么会一直选择用沈清源的比赛视频做直播。爱情永远是解释一个问题最简单的逻辑。

以前碰到这样的留言，唐心都选择无视。本来开直播间，她就是为了治好自己的口吃，没想着去讨好别人。可是今天，她有些按捺不住了。那个沈清源，他凭什么？当年他说走就走，说分就分，如今重逢了也是半点情面都不留。他到底拿她当什么？

“你们别乱猜了，我才看不上沈清源！你们觉得他好看？呵呵，你们对颜值的要求也太低了吧？”唐心赌气说，“我开这个直播间呢，就是为了嘲讽他那张石块脸。”

说完这番话，直播间的评论区静止不动了。唐心知道冷了场。粉丝们的心理都很奇怪，他们喜欢一个偶像，非要全世界的人都喜欢他家爱豆，根本就不管“萝卜青菜各有所爱”的道理。

“我真是想不通，每个人都觉得沈清源好看。拜托，姐姐我高中谈的男朋友，比他帅一百倍好吗？”唐心开始放飞自我。戴上这张面具，她有一种可以肆无忌惮地说话的冲动。

然而，评论区还是静止不动。这种不正常的安静，一般预示着暴风雨前的宁静。唐心相信，现在肯定有好多人在憋大招骂她呢。

“再给你们爆个料，根据我可靠情报，沈清源上高中的时候脾气可差了，还不负责任地玩弄女生！反观现在，有这么多脑残粉崇拜他，我只能说一句话——颜即正义。这是一个看脸的世界，真肤浅。”

这次，连心形泡泡都不冒一个了。难道，这些粉丝都退直播间了？

唐心正在奇怪，忽然房门被人一把推开，唐立奇大叫：“姐！你乱说什么话？他们在讨论人肉你了！”

“啊？”

唐心赶紧凑到手机前一看，发现屏幕上的自己一动不动。难怪刚才不冒评论呢，原来是卡住了。

“赶紧关了！”唐立奇把唐心的手机一关，就开始数落起来，“姐，你是犯了众怒了！现在沈清源简直是他们心中的优质偶像，你这样诋毁人家脾气差，长得丑也就算了，你说他玩弄女生，粉丝都气爆炸了！”

唐妈妈趿拉着拖鞋走过来，“你们大晚上的吵吵什么呢？”

“人命关天，妈你先别问！”唐立奇一把将房门锁住。

唐心捂住胸口，惊魂未定，“我刚才说的话，你都听到了？”

“一字不漏！”

“我说的也是事实。”唐心一脸正直，“整天摆出一副帝王冷，这不叫脾气差？我就是觉得他长得丑，能把我咋地？再说，他高中的时候就是玩弄女生感情，不负责任！”

唐立奇眼神变得很怪，“玩弄女生感情……姐，你怎么知道？”

“我，我在电视台工作，什么料挖不来！”唐心掩饰着说，将手机重新打开，“唐立奇，现在赶紧给我戴上面具，去拯救我的直播间！”

果不其然，直播间已经炸开了锅，无数粉丝开启了群嘲功能。

——沈清源要是丑这世上就没有美！

——希望她说的是真的，小源源来玩弄我的感情吧！

——天啊！她居然还敢出现！

——你知道造谣的代价吗？

——我已经发帖，等着人肉结果吧！

唐心心虚地咳嗽一声，说：“大家不要激动，我刚才只是开个玩笑。我愿意道歉。”

评论区总算平息了一些。

“大家放心，我会帮你们教训我姐的！给大家透露一下，我也崇拜着沈清源哦！”唐立奇在旁边嬉皮笑脸。

粉丝们却又激动起来。

——人肉的注意，这是一对姐弟，姐姐清泉嗓弟弟低音炮！

——小源源一定不愿意有男粉丝！ /(T o T)/~~

——道歉没一点诚意，发微博！！！

——对啊！有本事把面具摘下来道歉！

不停地有人刷屏，要唐心摘下面具。唐心狠狠瞪了一眼唐立奇，唐立奇无奈地摊手。

“我都已经道歉了，还要我怎么样？难道要我对着沈清源磕头谢罪啊？你们脸很大啊！”唐心生气了。她玩直播本来就不是为了吸粉，闹到这个地步，已经严重违反了她的初衷。

“姐，别这样……”唐立奇劝说。

唐心倔脾气上来，八头牛都拉不住。她霍然起身，高跟鞋一脚踩在板凳上，冲着屏幕喊起来，“不喜欢我的道歉，那我就继续直播了！”

她点开电脑上的一个视频，墙壁上立即出现了比赛画面。

“你们所喜欢的沈清源，其实在射击上有一个隐患，那就是他太过纠细。众所周知，射击的时候我们距离靶心十米，五十米，根本就看不到靶心。能射出十环靠的是什么？感觉！但沈清源犹豫时间过长，几次差点要超过规定时间，这是非常不利的一种状态！”唐心一口气说完，挑战地问，“我这样说，你们就高兴了？”

无数评论涌了出来，全部是骂唐心的。唐立奇在旁边急得不行，只能低声说：“姐，你是认真的？”

“当然。”

“可是沈清源这一枪打了10.7环啊。”唐立奇指了指投影仪射在墙壁上的画面。唐心扭头看到这一幕，顿时尴尬万分。

评论区里顿时沦陷，无数“哈哈哈哈”涌了出来。唐心面子挂不住了，赶紧去退直播间。然而就在这时，转机来了。

屏幕上“嗖”的一声，出现了一辆兰博基尼。

唐立奇立即睁大眼睛：“姐，一千块！”

唐心傻眼了。直播间里有很多礼物设置，价格从一元钱到一千块不等。粉丝可以购买礼物送给播主，以此来表达自己的喜爱。吊诡的地方就在于，在这种风口浪尖，居然有人给她刷礼物博好感？就在她愣神的工夫，屏幕上还不停地出现跑车。一连几辆，买下来差不多要好几千块钱。

“姐，我要苹果电脑。”唐立奇口水都要流下来了。

“顶多请你吃苹果。”唐心一把揪住他的耳朵，声音都颤抖了，“你，你看这个ID……”

送跑车的ID赫然出现在屏幕上，几个醒目的字——闲事君沈清源。

粉丝又开始掀起了评论狂潮。

——本尊来了？（⊙o⊙）

——本尊大大你好，这里有人诬陷你！ -_-#

——真的是沈清源？假的吧？╮(╯▽╰)╭

——大家都别刷屏，让他说！！！

最后一句话被刷屏，等到平息下来的时候，评论区里果然静悄悄的。唐心呆呆地看着手机屏幕，几乎不敢呼吸。

终于，那个ID是“闲事君沈清源”的人说话了——如果你的目的是赚钱，那么现在可以收手了吧？字字诛心。

唐心想也没想，伸手便退出了直播间。唐立奇讷讷地问："姐，那个人真的是沈清源？"

"不知道。"唐心故作镇定地喝了一口水。

正说着，手机响起，来电显示是沈清源。

唐心一口水喷了出来。一旁的唐立奇眼疾手快地接听了电话，"沈清源？我不是唐心，我是在冬训基地的志愿者……你还记得我吗？我可崇拜你了！"

沈清源在手机那端淡淡地说："不记得。"

唐立奇在心里默默地流下眼泪。

"让唐心接电话。"沈清源冷冷地说。

唐立奇将电话递给唐心。唐心镇定了一下，才拿过手机，"喂？"

"我在机场，马上要出国。"沈清源快速地说，"如果不是有人告诉我，我还不知道有这么个直播间……到底怎么回事？"

唐心沉默。

"你把直播间关了，损失的打赏我会补给你。"

唐心顿时心头火起，冷笑着说："我开直播间从来都不是为了赚钱，我没那么铜臭！"

她挂掉电话，还在生气。唐立奇小心翼翼地问："姐姐，沈清源去哪个地方比赛？我能蹭一张票吗？"

"好好读你的书！"唐心将唐立奇推出了房间。

候机厅里，明亮的灯光映照在大理石地面上。

沈清源皱着眉头拨动手机，重新拨打了唐心的电话。然而就在这时，江一天满头大汗地跑过来，"队长，准备登机了。"

"等我打完电话。"

"张教练催着呢！登机登机，到了新德里再说。"江一天嬉皮笑脸。

沈清源按下红键，压抑着一股怒气，“唐心太乱来了，我必须让她尽快把直播记录删掉。”

“删掉干吗？这是她喜欢你的证明！类似于……调戏。”

沈清源一脸黑线。

“真的！如果当你是个陌生人，她才懒得理你呢，嘿嘿。你要相信，我是名副其实的少女之友，我的分析绝对正确。”江一天用双手比了个心形，随后拉着沈清源往登机口走。

沈清源猛然站住，“真的？”

“真的！‘少女之友’这个称号绝对不是我自封。”江一天强调。

沈清源白了他一眼，“谁问你这个。”说着，他提步往登机口走去，将江一天甩在身后。

“那你问的是哪个？”江一天不怕死地凑上来。沈清源不耐烦地将他推开，嘴角却浮出一抹难以察觉的笑容。

验票，登机。

飞机座位上都是同去参加射击世界杯的运动员，空姐在机舱前方做着手势，教乘客们使用救生衣。有人在聆听，有人在玩平板，有人在低声聊天，而沈清源在走神。他一遍遍地回味着江一天说过的那两个字——调戏，默默地红了脸。

坐在前排的陈海回过头，惊讶地问：“队长，你的脸怎么那么红？要不弄点冰块冰一冰？”

沈清源嘴角抽搐了一下，“我没事。”他迅速看向窗外，一副十分不想继续聊天的架势。

陈海撇嘴，扭回头闭目养神。

飞机渐渐升起，冲向蓝天，大地如棋盘，布满了星星点点的灯火。有一盏灯火，是属于唐心的。沈清源发现，他开始想她了。他懊恼地闭上眼睛，英挺好看的长眉微微蹙起。他明明在心里下过决定的，要彻底忘记她。

唐心一连几天都没有再登录直播账号。她每次想到自己被沈清源抓了个正着，就觉得无比丢脸。

最后，在唐立奇的怂恿下，她鼓起勇气登录了直播平台。果然，掉粉无数，私信箱里挤满了谩骂她的信息。唐心垂头丧气地删了一部分直播记录。

“姐，千不该万不该，你不应该说沈清源玩弄女生感情。这是人身攻击，粉丝不会善罢甘休的。”唐立奇坐在椅子上啃苹果。

唐心向他扔了个眼刀，“这是事实！我也很无奈好不好！”

唐立奇愣愣地将苹果放下，“你和沈清源不会谈过恋爱吧……我想起来，你们是同一所高中毕业的！姐，你你……”

唐心站起来，一把夺过唐立奇手中的苹果，塞住了他的嘴巴。她拎起唐立奇的衣领，“出去！”

扔出了唐立奇，唐心将房门关紧，往床上一躺，继续查看私信。忽然，一条私信映入眼帘，“你是用这种方法，治疗自己的口吃吗？”

唐心一跃坐起，赶紧点开那条私信的ID。系统显示，这是一个叫作“邪恶的丘比特”的人发来的。

她回复：“你是谁？”

对方却没有回复，而这种沉默让唐心更加紧张。

手机不合时宜地响了起来，唐心吓了一跳，没看清楚就接听了起来。话筒里传来了杜凌枫戏谑的声音，“我还以为我的信息淹没在海洋里了，没想到你这么快就看到了。”

“是你！”唐心跳起来，“你是邪恶的丘比特？”

“对。”

短短一秒钟，唐心已经看到了自己悲惨的未来。杜凌枫会将自己的秘密告诉徐典，徐典利用这个把柄将她赶出了电视台。她的事业一片灰暗……

“我不会告诉徐典，放心吧，小美人。”杜凌枫说。

“那你想怎么样？”唐心追问，“你到底是怎么知道这个秘密的？”

杜凌枫顿了顿，才继续说：“你给我两个小时，我可能会带你去参加个晚宴。你答应了，我就当什么都不知道。”

“不可能。”

“那我就在网络上公布这件有趣的事。”杜凌枫的笑声有些刻意，“女主持见到某个人就会口吃，真是天下奇闻。”

几秒钟后，唐心妥协了。播音主持是她喜欢的专业，她不能放弃。

“考虑好了吗？”杜凌枫有些不耐烦。

唐心嗫嚅了半晌，才说：“可以是可以，不过你要是乱来，我会报警的。”

“你想多了，我虽然看起来像个流氓，但我对你真没意思。”杜凌枫哈哈一笑，挂上了电话。唐心瞪着手机看了半天，气得胸口发闷。明明就是流氓!

从那之后，杜凌枫一连三天都没有联系唐心。唐心从刚开始的忐忑不安，到后来的不耐烦，最后恢复了淡定。她认为杜凌枫这种满嘴跑火车的人，肯定只是说说而已。带她去参加个晚宴？无聊。

可是后来，唐心才发现自己想错了。

那是一个周五，下午下班之后，唐心和梨子照例结伴走出电视台。她们约定去附近的一个商场逛街。然而还没走到路口，一辆车就唰地停在她们面前。车窗摇下，杜凌枫在车内微微一笑。他今天穿了一身比较正式的黑色西装，整个人的气质都变得知性理智。唐心愣了愣，差点没认出来。

“上车。”杜凌枫言简意赅。

梨子赶紧攥住唐心的胳膊，“小心心，你答应陪我逛街的。”话音未落，一张黑卡就飞到了她的手中。

“这是商场的折扣卡，让它代替唐心陪你逛街。”杜凌枫直直地看向唐心，“你，上车。”

唐心无奈，和梨子简单告了别，上车。她举起手腕，示意杜凌枫看手表，“从现在开始，两个小时，一秒钟都不能多。”

“好，计时。”杜凌枫淡笑。

唐心突然有些拿捏不住这样的杜凌枫了。当他收起张狂和放肆，披上一层温情的外衣，反而显得面目模糊。

十五分钟后，汽车停靠在一所医院门前。

“来这里做什么？你不是说带我去晚宴吗？”唐心愕然。

杜凌枫下了车，眯着眼睛看她，“我的女伴不能表现得像个惊弓之鸟。所以在参加晚宴之前，我得证明我是个好人。”

唐心半信半疑地跟着杜凌枫走进住院部大楼，通过电梯一直到了八楼。杜凌枫走到一间病房前停下，“你先看看里面。”

“你葫芦里卖的什么药？”

“你尝尝看不就知道了？”

唐心瞪了他一眼，通过房门上的玻璃往里看。只见一位妇人静静地躺在病床上，旁边有两三名身穿白大褂的医生正在会诊。

“她是？”唐心疑惑。

“沈清源的妈妈。”

唐心震惊，后退一步，“她，她怎么了？”

“五年前，沈清源的妈妈脑部受到创伤，不幸成了植物人。这么多年，沈清源一直过得很苦。”杜凌枫说，“我知道最近有脑部专家回国，还是我父亲生意上的一位熟人，所以就请他来进行会诊。他很忙，马上要被聘到更高级的医院，机会难得，我也是千求万求才让他来看一眼。”

唐心拉开病房房门，急急地走了进去。病床上的妇人有一张和沈清源十分相似的脸，只是多年卧床让她形容枯槁。

杜凌枫也跟着进去。

为首的医生看到杜凌枫，点了点头。杜凌枫问：“陈伯伯，有希望促醒吗？”

“病人虽然昏迷了五年，但是经过各方面诊断，她处于最小意识状态，只要进行规范化治疗，还是可以成功促醒的。只是她的身体机能开始退化。”陈医生说，“必须加强护理，增加营养支持。”

唐心急了，“加强护理，那就是多请一些护工吗？”

陈医生看了一眼沈母，将蓝色隔帘拉上，走远几步才回答：“话是这么说不错，但这笔费用是非常大的。”

“大概是多少？”

“本来植物人治疗就是一个无底洞，至少先准备二三十万吧。”陈医生言简意赅，“要尽快苏醒，不然时间久了，一旦患上并发症就糟糕了。”

“并发症是？”

“褥疮，严重点的是肺炎、肾病。”陈医生说完，唐心顿时一阵心凉。她虽然不懂医学，但也知道肺炎和肾病对于植物病人是致命的。

杜凌枫诚恳地道谢，“谢谢你，陈医生，如果不是你的诊断，我想我也会没有信心的。”

送走陈医生等人，沈父正好从外面进来。他见到两人，有些惊讶，“你们是谁？”

“伯伯你好，我们是沈清源的朋友。”

杜凌枫则说：“陈医生是我的一位长辈，是我央求他来会诊的。”

沈父顿时感激涕零，“原来是你，真的非常感谢！这些年为了治疗，我们已经花光了所有的钱……”

唐心犹豫地问："沈伯伯，我可以冒昧地问一个问题吗？"

"你是想问，她为什么会成植物人，是吧？"沈父似乎看穿了唐心的心事，叹了一口气，"我以前是射击运动员，退役后就没有什么正经工作，还染上了赌瘾！我欠下了一大笔赌债，还不上，就从家里逃了出来。那年夏天，他们娘俩被赌徒堵在家里……发生激烈冲突以后，孩子妈头部受了伤，再也没醒过来。"沈父说着，抬起袖子擦眼泪。

唐心怔怔地听着，忽然问："那年夏天……是不是距离九月份开学没多久？"

"你怎么知道？"沈父有些奇怪，"对，当时小源去训练了，刚从基地回来就遇到这事。后来开学他也没去上课，直接从学校里退学了。"

回忆如潮水，猛烈地冲向唐心。

唐心想起那年夏天的学校，她和沈清源的离别。当时，她不过是玩了一个恶作剧，躺在地上吓唬他，没想到他真的被吓到了。他当时喊什么来着？别死，别死。他可能没那么偏激，是真的很想和她好好告别的。可是一个恶作剧，让他想起了刚刚经历的生死劫难，才会一时失控？

想到这里，唐心有些难过。他们的关系从那个节点开始，裂成了碎片。他说，唐心，我马上要退学了，再见。彼时的少年，眼睛里燃烧着一团火。唐心以前以为那是愤怒，现在觉得那不过是悲伤。她从未想过，他的背后居然有这样悲惨的往事。

"这就是他当年退学的原因？"杜凌枫问。

"家里为了支付医疗费，没钱了，只能让小源辍学。他在工地上干了整整半年，也有半年没有说话。"沈父哀叹，"不过后来，幸好我以前的教练发现了他的射击天才，才将他从工地上捞了出来。小源能走到这一步，真的很不容易。"

唐心惊呆了，久久没有说话。

杜凌枫掏出一个牛皮纸信封递了过去，“一点微薄心意，敬请接受。”

沈父想要拒绝，可是贫穷会折弯任何人的脊梁，所以他推辞了一番之后，还是收下了。

从病房里出来，杜凌枫问唐心，“怎么样，我现在立起好人的人物设定了吗？”

唐心回答：“还是很可疑。”毕竟，眼前的男人曾经对沈清源恨之入骨。

“我以真心付明月，奈何明月照沟渠。”

“你都说我是沟渠了，那你肯定不是好人。”

“那我也没办法了，我总不能帮沈清源搞定一切。当好人可以，但我不当滥好人。”杜凌枫耸了耸肩膀。

唐心微微一笑。她仍然不能全部相信杜凌枫，但已经没有当初的戒备和敌意。正经起来的杜凌枫，还是挺讨人喜欢的。

可他接下来却说：“珍惜我的好人时光吧，因为接下来我要当一个坏人了。”

“坏人？”

此时，两人已经走出住院部，重新坐进了汽车。杜凌枫跟司机简单说了一个地址，才回答唐心，“我给你订了件衣服，参加晚宴用的。”

杜凌枫给唐心订的衣服是一袭纯白色的拖地流苏裙。没有过多的坠饰，没有华丽的设计，就是简简单单的挂脖露背样式。这样的衣服也只有唐心这样的美人能够穿得起来。裙子很挑人，要求主人肩瘦、腰细、腿长，最好还要有天鹅颈。而所有的条件，只有唐心才有。

唐心在镜子前环臂而立，皱了皱眉头，“有没有其他颜色？”

导购员立即回答：“还有一款淡绿色。”

“就要白色。”杜凌枫从钱包里掏出卡，“你不用咨询她的意见，是我买衣服。”

唐心顿觉面子扫地。等到杜凌枫付款回来，她没好气地瞪了他一眼。

“别忘了，我现在是坏人模式，再说我本来就没打算讨你欢心。”杜凌枫露出一抹玩世不恭的笑容，“说了对你没意思，就是没意思。”

唐心跺了跺脚，赌气地往店外走去。杜凌枫勾唇一笑，跟了上去，挽起了她的手腕。

“放开。”

“从现在开始，你就正式是我的女伴了。”杜凌枫在唇边做了一个拉拉链的动作，“别忘了，我们之间有约定。”

唐心又想起了那个软肋，没好气地跟他走出商场。她只顾着生闷气，都没注意到车外景象。等她回过神来，才发现汽车正在缓缓地驶入一所花园式别墅的院落里。

“下车。”杜凌枫面上没有半点笑色。

唐心下了车，仔细观察那别墅大厅。里面灯火通明，似有一张大桌，上面摆满了美食佳肴，可是听不到任何欢声笑语。而杜凌枫更严肃了，像一个战士。

唐心随着杜凌枫走进去，一进门就吓了一跳。原来大厅的沙发上坐着很多人，为首的老者胡子花白，面容严肃。

这是哪门子晚宴？明明是家宴！唐心头皮一麻，知道自己被杜凌枫骗了，忿忿然要抽回手。杜凌枫早已预料到这种情况，强硬地攥住她的手，假装充满爱意地抚摸着。

“爷爷，我回来了。”杜凌枫向老人微笑示意。

唐心只得小声地喊：“爷爷好。”她心里已经清楚了，这位就是大名鼎鼎的杜老爷子。

所有人的目光都集中在唐心身上，其中意味格外复杂。尤其是杜老爷子，目光更是犀利。他哼了一声，问：“徐典呢？今天这家宴就是为她准备的，她不来怎么成？”

“爷爷，你要我带女朋友回家，我带了。”杜凌枫装糊涂，“关徐典什么事？我从没答应跟她结婚。”

唐心懵了。女朋友？谁要做他女朋友！

“你胡说什么？我不是你女朋友！”唐心咬牙切齿。杜凌枫柔声道：“别闹脾气，我和徐典真的没什么。心心，你别误会。”那语气，像极了安慰情人。

唐心打心眼里觉得，杜凌枫的坏人模式够奸诈狡猾。她冷笑一声，正要反驳，忽然听到有人小声地说：“她跟小辞，长得真像……”

唐心立即想到了那个墓碑上的少女，清甜的、柔弱的、楚楚可怜的。她循声望去，只见说话的是一名三十岁左右的年轻女子。年轻女子也正望着她，目光凄楚。不知为何，唐心心头一颤，许多怒意顿时消弭不见。

“不管怎么说，徐典是我亲口答应的儿媳妇，岂容你乱来？”杜老爷子拄着拐杖站起来，指着杜凌枫，“你给我走！不亲自把徐典领进来，别怪我不客气！”

“爷爷，凌枫还年轻，只是一时糊涂。”

“爷爷，你难道看不出来吗？凌枫只是过不去小辞那一关……”不停地有人在劝说着杜老爷子。

杜老爷子在听到“小辞”的名字后，脸色一滞，终究还是压下了心头火，“罢了，不和你这小兔崽子计较，吃饭！”

唐心再也待不下去，向杜老爷子鞠了一躬，“爷爷，对不起，我还有事，先告辞了。”

说完，她礼貌地点了点头，转身走出了大厅。没有人挽留她，包括杜凌枫。这让唐心更加确定，她今晚出现在这里的作用，不过是杜凌枫逃婚的一个道具，充其量是一个下马威。抬起手腕，距离下班正好两个小时。杜凌枫，他把一切都算得刚刚好。

夜风凉凉，吹起她的衣裙，白色丝绸在风中漫卷如云。

唐心被风一吹，头脑彻底清醒过来。这座别墅处于郊区，走下山路要二十分钟。山下是一条马路，还不一定能拦住车。

“杜凌枫，这辈子再也不会答应你任何事情！”唐心气得咒骂一声。

就在这时，身后忽然传来一阵脚步声。唐心回身，看到刚才那名年轻女子走了过来。她微微一笑，“凌枫让我来送你回去。”

“他才没那个好心呢，是你想送我，对不对？”唐心对年轻女子有一种天然的好感。

年轻女子向她伸出手，“我叫金缘，是石小辞的表姐。”唐心再次听到石小辞的名字，怔了一怔，和她握手。

金缘让她在原地等候，五分钟后开出一辆白色宝马，让她上了车。“别拘束，我看到你第一眼就觉得亲切。你应该懂我什么意思。”金缘一边开车下山，一边说。

唐心问：“你也觉得我和石小辞像？”

金缘开着车看她一眼，紧接着重新看前方，“是像，不过你比小辞开朗许多。老爷子岁数大了，但是并不糊涂，他心里很清楚，小辞是杜凌枫的一个坎，他一时半会迈不过去。”

“我要是知道是这种情况，肯定不来给你们添堵。”唐心有些歉意。

金缘对她的道歉不置可否，沉默了一阵，忽然问：“你，想不想知道小辞的故事？”

唐心想了想，“其实我知道一些，她是杜凌枫的青梅竹马，去世之前想要看杜凌枫拿到金牌，可是愿望落空了。”

“凌枫和你说了不少。”

“他还带我去了墓地。”

金缘点了点头，“那你注意到没有？小辞的墓地旁边，是她的父母。”

唐心“啊”了一声，“抱歉，我没注意到。”她心里不由得唏嘘起来，这个石小辞，还真的是可怜啊……

“小辞父母双亡，寄宿在我们金家，而我们金家和杜家是世交，来往密切，小辞和凌枫一起长大，两小无猜。我一直以为，如果小辞没有死，凌枫对小辞的爱一定没有这样浓烈决绝。因为死亡会深刻一切的爱。如果小辞活着，凌枫说不定会像对待徐典一样对待她呢！”

唐心表示认同，“杜凌枫像是这样的人。”

金缘叹了口气，“可是，前几天我发现我错了，大错特错。”

唐心被勾起了好奇心，“为什么？”

“我帮忙整理杜凌枫名下的产业，发现他在两年前买下了一块墓地，就在小辞墓地的旁边。”

唐心心里被震撼了一下。她没想到杜凌枫会如此痴情，他的爱向死而生，至死方休。感动之余，她也在担心，杜凌枫这样执拗，他对沈清源的恨意会释然吗？杜凌枫今天看望了沈妈妈，可是沈清源是不可能把那块金牌让给他的。以他们的性格，迟早有一场恶战。

唐心心事重重，一路上都在沉默。金缘很善解人意，也没有说话，只是专心开车。到了小区楼下，金缘才说：“到了，是这里吧。”

唐心客套了两句，正要上楼，金缘却忽然说：“我有个东西想要给你，希望你不要感到被冒犯。”

“什么？”

“小辞的日记。”

唐心赶紧拒绝，“这样重要的东西送给我，不太好吧？”

金缘从储物盒里拿出一个笔记本，翻开后，面色忧伤了起来，“睹物思人，我也不知道该怎么处理。今天看到你和小辞这样像，就忍不住……咳，唐小姐，我没其他意思，是我唐突了。”

唐心一阵心酸，“不是，我倒也不是忌讳什么，我是说，日记本里一定有很多隐私的东西，不太好送给我看。”

“没有，小辞只写了几篇日记，没什么见不得人的。后面全部是一个内容。我们谁都不确定小辞是什么意思。”

好奇心害死猫。唐心忍不住说：“那就送我吧，我看看呢。”

金缘将笔记本递给唐心。这是一个装帧印刷都十分精美的笔记本，风格复古，很像是娴静淑女的口味。翻开笔记本，前面几篇从清秀小字写着一些日常，可是到了笔记本的最后几页，就只剩下一句英文——I want to go to heaven.

唐心猛然抬头，“这句英文的意思是，我想去天堂！”

“其实我们一直都没有对凌枫说，小辞可能是自杀的……因为这种病到最后特别痛苦，那个时候她已经停止进食了。我想要向凌枫说明，小辞是自愿解脱的。可是当我看到他那么痛苦，就什么也说不出来了。也许，唐小姐你可以做到。”

唐心犹豫了，“告诉杜凌枫，又能怎么样呢？”

“他没有见到小辞最后一面，就总会觉得小辞临死的时候一定在等他，他要竭尽所能去完成小辞的遗愿。可是事实很可能是小辞不想让他看到自己弥留之际的病容，才会随口说了一个愿望，让凌枫离开病床。”

唐心紧紧盯着金缘，“这只是你的推论，小辞不一定是这样想的。”

“我只是不想凌枫那样痛苦。”金缘很无奈，“凌枫是个死脑筋的孩子，应该去找那块金牌了，对吧？”

唐心点头。

“我不想他打扰到其他人，只希望他能够解脱。我是小辞的表姐，也不想凌枫忘记小辞，可是活人更重要。”

唐心忽然觉得有些悲哀。

活人永远比死人更重要，因为人要向前看。所以这个日记本的主人，那个孱弱的少女，究竟是怎么想的，一点也不重要了。

“我明白了，谢谢你送我回来。”唐心下了车，向金缘道谢。

金缘点点头，没再说什么，开车绝尘而去。

借着昏黄的街灯，唐心开始阅读日记。前面几篇日记记载着治疗的细节和日常感受，出现频率最高的就是杜凌枫。再多的，就是一些鼓励自己坚持下去的话语。那些句子很鸡汤，有的是摘抄，有的是原创，可是字里行间只能让人感到绝望。

从 6 月 19 日往后，日记就断掉了，只有一遍遍地出现的那句英文：I want to go to heaven.

少女石小辞，是用一种怎样的心情写下这些英文句子的？她当时究竟在想什么？唐心不得其解，摇摇头，合上日记本，拖着疲惫的身体回了家。

新的周一，唐心照例去上班，结果一进演播间，她还以为自己走错了门。

演播间的背景印上了某体育用品的商标，为了配合这个黄色商标，整体背景的色调也做了调整。唐心眯了眯眼睛，问周祖光，“主任，什么情况？”

“哦，没什么情况，就是我们体育频道迎来了史上最土豪的赞助商。人家给了那么多钱，当然要印上这个商标了。”周祖光一脸坦然。

唐心掏出手机搜索了一下这个体育用品，发现总裁姓杜。再点开词条，她看到了那个人的照片，就是杜老爷子。

“徐典，早。”导演等人向徐典打招呼。

徐典本来向众人回以微笑，见到唐心顿时拉下脸来。她蹬着一双恨天高的高跟鞋，从唐心面前走过，狠狠踩了唐心一脚。

“啊！”唐心没防备，顿时疼得蹲了下来。

梨子赶紧跑了过来，关怀地问：“唐心，你没事吧？”她抬头怒瞪徐典，“喂，徐典，你也太没眼色了吧？”

“对不起。”徐典轻飘飘地说了一句。

“唐心的脚趾头都破皮了，你说句‘对不起’就行了？我看这么严重，你怎么都不像是无意的……”

唐心赶紧拉了拉梨子，“算了，别说了。”

徐典却不依不饶起来，“李佳，你别冤枉人，你哪只眼睛看到我是故意的了？我都道歉了，还要我怎样！”

这年头，肯道歉的就是大爷，才不管你愿不愿意原谅呢。

唐心忍着痛站起来，将梨子拉到一旁。梨子气鼓鼓的，“唐心，你就这样不追究啦？显得心虚的人是你哎！”

无意的一句话，让唐心心头一颤。她是心虚了吗？大前天和杜凌枫去参加家宴，她在不知情的情况下，搅黄了徐典的好事。于是再和徐典抗争，她也不是那么有底气。

“没什么，工作吧。”唐心不想再纠缠这件事，开始准备当天的演播稿。稿件都是一些体育快讯，短短几句话，不过其中一条引起了她的注意。

那是一条沈清源在新德里参加射击世界杯的消息，他在男子 50 米手枪慢射这个项目里总成绩位列第一，拿到了金牌。唐心顿时涌出一股喜悦，刚才被徐典踩了一脚的不快一扫而空。

“哇，沈清源夺冠了，你看到了吗？”梨子在旁边激动地摇着她的手臂。唐心轻咳一声，“看到了。”

以前还都是采访，而这次是她第一次播报关于沈清源的消息。如果没调整好，她会在演播室里当众口吃。

怎么办？唐心的额头上沁出了汗珠。

“小唐，尽快熟悉稿件，马上开始录播。”导演说。

唐心定了定神，按照导演的指示坐好，露出了职业化的笑容。她清楚地看到，徐典站在几步开外，正得意扬扬地望着她。

心，忽然少跳了一拍。徐典的眼神里多了一些东西，说不清道不明，让唐心不由得犯嘀咕。不过她很快将思绪拉了回来，开始播讲。说到沈清源的消息的时候，唐心面部表情自然，语速正常。她看到徐典的脸色变了，从得意到失望。不知道徐典在期待什么？

等到录制结束，唐心收拾东西，往外面走。徐典跟了上来，向唐心妩媚一笑，“刚才真是对不起，脚还疼吗？”

“哦，没事，我都忘了。”唐心不想多说。

“不行，作为赔礼道歉，中午我请你吃饭吧。”徐典热情地去拉唐心的胳膊。唐心不动声色地躲开，“真的不用了，谢谢。”

徐典也没多劝，只是叹了一声，“哎，何必拒人于千里外呢？我还想跟你讲个故事呢。听说有个女孩子以前是结巴，后来做了主播，你说这故事可真励志，对不对？”

唐心脑中一炸，停住脚步。

徐典故作惊讶地问：“你对这个故事感兴趣？要不然我把那个女孩子的联系方式给你，你去做个采访如何？”说完，她也不管唐心有没有回答，掏出自己的手机，按出一个手机号码，将屏幕举到唐心眼前，“你看，这就是她的联系方式。”

屏幕上的手机号码，唐心再熟悉不过，因为那就是自己的手机号。她去看徐典，对方那张浓妆艳抹的脸上浮着一抹得色，仿佛在等一场好戏，而她就是主角。很显然，徐典知道了她的秘密。

“我不感兴趣，借过。”唐心一别身，快速从徐典身边走了过去。她步伐稳重，没有丝毫紊乱，可是一颗心却乱七八糟。

拐了一个弯，确定徐典看不到自己，唐心才靠在墙上，长舒了一口气。手机就在这时响了起来，唐心下意识地接听，听到杜凌枫的声音，“小美人，下班后有没有……”

“没有。”

“我还没说完呢。”

“对一个背信弃义的人，我永远都没有时间。杜先生，耍人耍够了吗？将我的秘密散播出去很好玩吗？请你以后不要找我，再见！”挂掉电话，唐心将杜凌枫的手机号拖入了黑名单。

关于杜凌枫这个人，她一辈子都不要再相信了。

唐心做了一中午的噩梦。梦里，她得了失语症，面对话筒和镜头，一个字都说不出来，而台下全是观众。一双双眼睛，都在审视着她。唐心灰头土脸地离开话筒，痛哭着跑下台。她心里已经很清楚，她将失去一辈子的事业。

“心心，你怎么啦？快醒醒！”梨子的声音穿透梦境。

唐心猛然惊醒，发现自己躺在休息室的床上，午后的阳光有些寡淡，带着微寒穿过窗帘。

“你做噩梦啦！梦到什么了？”梨子坐在床头，急声问她。

唐心低头一看，发现自己的手正揪着一只绒熊。绒熊被揪得变了形，两只乌黑的眼睛瞪着她。没有生命的塑料球体里，仿佛也能射出鄙夷和失望的目光。她打了个激灵，一把将绒熊塞到梨子怀里，“送你了。”

“喂，你没发烧吧？睡觉乱喊，醒过来就送了我只熊！”梨子将绒熊翻转过来，看了看后面的品牌标签，顿时乐了，“限量版！这么大方，谢啦！”

唐心坐起来，后背一凉，原来冷汗已经浸透了后背。她从枕头下摸出手机，发现上面有无数个未接来电，全都是陌生号码。猜都不用猜，肯定是杜凌枫的。唐心直接将手机拨到静音模式。

“哎，你说报应不报应？我刚才听到徐典在办公室里哭呢！不知道她又有什么烦心事了。”梨子一边摆弄着绒熊，一边啧啧地说。

唐心不由得心念一动。手机再次响起，不过这次是梨子的手机。梨子“喂”了一声，立即神色古怪的将手机递给唐心，“找你的。”

“你好。”唐心知道是谁打来的，却也没理由拒绝接听。

“我失恋了。”杜凌枫的声音幽幽的。

“活该。”

“可是我失恋是因为你。”

唐心倒抽一口冷气，“杜先生，请你严肃一点，这不关我的事！”

“怎么不关你的事？上午你说我背信弃义，我就立即意识到那件事泄露了，可是我真的没有和任何人说过！于是我就让人查了查手机，这才发现手机里安装了窃听器。”

唐心抽了一口更大的冷气，“啊？”

“嗯，是徐典安装的。我已经跟她彻底决裂了。你说，这失恋是不是因为你？”杜凌枫的声音更幽怨了。

唐心一时不知如何回答。她没想到徐典会这样疯狂，居然在杜凌枫的手机里动手脚。这种行为，要多变态就有多变态。一想到自己曾经和这样的人交手，唐心就不寒而栗。

“我失恋了，只有一个办法能抚慰我受伤的心灵。”杜凌枫又开始不正经起来。

“什么办法？”

“把我从黑名单里拖出来。”

唐心冷笑，刚想挂掉电话，忽然想起了石小辞，那个想要去天堂的少女。她犹豫了一下，答应了。

杜凌枫高兴得像个孩子，“唐心，你原谅我了？我发誓，我以后会多多开启好人模式的。”

“但愿如此。”唐心挂了电话。

梨子将手机接过来，眉毛撇成了八字眉，“心心，他是谁？怎么会有我的电话，你给我八卦一下嘛。”

唐心从钱包里掏出一百块钱，郑重其事地放在梨子手里。

“封口费。”

下午，唐心果然听说徐典请假了，留下了一堆工作。直到这时，她才相信杜凌枫所说的话，他真的和徐典决裂了。自己莫名其妙地卷入到两人中间，唐心想一想就难受。她做了一个决定，再把杜凌枫拖入到黑名单里去。

她正翻找手机，周祖光忽然进入办公室，通知她一个消息。

“你的护照给我一下，下个星期要出国。”他说。

唐心微愣，“去哪里？”

“亚洲射击锦标赛的直播和采访工作，你要跟我一起去。”周祖光说，“徐典请假了，你就要顶上她的工作。”

唐心翻出护照递过去，忽然想到了什么，“Q大射击队也会参加吧？”

“那肯定的，这种大型射击比赛怎么可能少得了他们呢。”

唐心攥起小拳头，“那学姐也应该会跟队的，周主任，加油。”

周祖光的脸猝不及防地红了。他将玻璃门一关，尴尬地说：“小丫头片子懂什么，别乱说。”

“我没乱说。周主任，你和学姐一旦碰面，整个气氛都不一样了，只有你们还在自欺欺人！”唐心说，“射击队的人都说……”

“说什么？”周祖光被勾起了好奇心。

唐心很认真地说：“说你配不上丁学姐。”

“没眼光！”周祖光气性很大，“她是昆士兰毕业，我是莫纳什毕业的。论长相年龄收入身高家境，我哪一点配不上她？当年我们结婚，住一栋楼里的留学生都来送祝福，都说我们般配……”他说不下去了，因为看到唐心在偷笑。

“知道啦！你们是天生一对！”唐心笑着拉开门，将周祖光推了出去，“我会帮你辟谣的，就说你和丁学姐是世界上最最最登对的夫妻。好了吧？”

“对，谁配不上她……”

“就是！周主任我力挺你！”

周祖光这才发觉自己中了套，想要辩驳，张了张嘴，却什么也没说出来。他脸上挂不住了，转身快步离开。

走了两步，他停下脚步，脑海里不断地回响起唐心刚才说过的话——你们是天生一对。

他摇头苦笑，有些郁闷，“只是单相思。”

CHAPTER EIGHT

08

多哈情事

——你的世界里也发生着一场史无前例的灾难，希望灾难也能成就你。

多哈，卡塔尔的首都城市，拥有着热带沙漠气候。唐心和摄制组一起赶到下榻的酒店时，正是满天星空的深夜。

她有些口渴，从柜台要了一瓶瓶装水，正要拧开瓶盖，忽然听到有人在耳边说："口渴的时候最好不要喝凉水，会导致喉咙发炎。"

唐心扭过头，怔怔地看着沈清源站在身边。他穿着宽松休闲的棉质睡衣，头发微微泛着潮气，显然刚洗过澡。

唐心有些懵圈。太巧了吧？他们居然住同一座酒店？

"小唐，和运动员住同一所酒店，便于我们进行深入采访。"周祖光一脸正经地解释。

"省队和国家队的运动员又不在这边住。"

"我喜欢这里的河景房，可以欣赏夜景。"

唐心毫不留情地指出问题要害，"其实你是想见丁学姐吧？不过你的如意算盘落空了，她这次没跟队。"

"啊？"周祖光大惊失色。

"开玩笑的，上飞机前我就联系了学姐，她在。"唐心拿着房卡，向周祖光等人挥了挥手，"我先去休息了，明天见。"

沈清源忽然说："唐心，我房间里有热水和干净的水杯。"

"谢谢，不用了。"唐心十分冷淡。

"可是你……"

"沈先生，"唐心走到沈清源身边，打断了他的话，"是你说的，你不想见到我，我们最好是陌路人。"她的声音压得极低，但每一个字都咬得很重。

不等沈清源有所反应，唐心没有丝毫停留，已经拖着行李离开。沈清源回头看她，有些懊恼。

周祖光和摄制组十分尴尬，领着房卡，简单地和沈清源打了个招呼，就各自回房了。最后，只剩沈清源一个人尴尬地站在那里。

“先生，请问你有什么需要吗？”前台的服务生走上前，用英语询问。

沈清源用英语回答：“谢谢，没有。”

“这是你第十二次出现在这里了，我以为你有什么服务需求。如果有什么需要的话，一定要及时告诉我们。”服务生彬彬有礼地回答。

十二次……原来他已经溜达了这么多次了啊。沈清源故作镇定，“我只是散步。”话音刚落，门厅的摆钟发出了一声报时鸣声，凌晨一点了。

“你们东方人，都喜欢凌晨时分散步吗？”服务生友善地问。

“不，只是我个人的习惯。抱歉，给你造成误会了。”沈清源脸上灰灰的，向服务生点头示意，便匆匆回了房。

唐心再次出现在丁芳面前，丁芳只觉得眼前一亮。和那个紧张怯懦的唐心不同了，如今的唐心自信优雅，眼神明亮，似乎已经完全摆脱了沈清源的阴影。

“这么说，你就算看着他，也没有再口吃？”丁芳有些怀疑。

唐心一边啃苹果，一边说：“那当然，几个小时前我在前台碰见他，还怼了他一句呢。”

丁芳微笑，不说话。

“你笑什么？”

丁芳说：“我觉得倒不是我给你提供的方法有用。”

“那是什么？”

“是因为杜凌枫，他带你去医院，却无意中让你得知了当年的秘辛。

在你的潜意识里，沈清源和你分手并不是因为你不够优秀，而是他当年遭遇了家庭变故。你自然而然地就解除了心结。”

唐心怔住，将手中苹果搁置下来。说到底，终究还是因为他。什么时候，她才能做到完全不受他影响呢?

“怎么？你不高兴？”丁芳伸出手在她眼前晃了晃。唐心立即回神，挤出一个笑容，“学姐，我不会再犯口吃的毛病了吧？”

丁芳冷静地回答：“我说过，根治的方法是不爱他。”

“我就是……不爱他了！”唐心提高声音说，狠狠咬了一口苹果。丁芳却还是露出那种看透一切的笑容，拍了拍她的肩膀，“慢慢来。”

五分钟后，唐心有些沮丧地走出丁芳的房间。直觉告诉她，她的心病其实还没有完全被治愈。

“唐姐！”陈宁的声音在身后响起。

唐心回身，惊讶地看着陈宁向她扑过来。她的头发稍微长了一些，垂到肩膀，更显出青春的蓬勃气质。

“唐姐，前几天就听张教说你要来，我真的好开心啊。”陈宁亲热地挽着她的胳膊。

唐心十分惊讶，“是啊！没想到你也来了。”

“本来我是没有资格来的，但是沈队说，让我来提前看看场面也是好的，张教练就这样同意了！等这次赛事结束，我就要回国参加各种比赛。沈队叮嘱我一定要拿奖牌，这样张教练才能给我安排进射击队……”陈宁三句话不离沈清源。

唐心的心里莫名有些酸溜溜的。

“你们马上要准备训练了吧？天还没亮，我回去补个回笼觉。”唐心告辞，“陈宁，加油。”

“是！我一定要好好训练！”陈宁挺直了脊背，“我也要像沈队一样厉害！”

“不，是比他更厉害。”

陈宁不好意思地挠了挠头，“可是我觉得，我没法超越沈队。我也不想超越他，我喜欢仰望他。”

唐心内心受到了一万点暴击。

陈宁说完就觉得唐心的脸色不对劲，“唐姐，你怎么了？是不是不舒服？”

“没什么，我只是太困了。陈宁，再见。”唐心仓促告别之后，一路跑回了房间。关掉房门之后，她的心还在怦怦直跳，还伴随着一阵阵的抽紧。

她好像吃醋了。唐心慢慢蹲下身，将头埋在臂弯里。她知道自己不该嫉妒陈宁，可还是忍不住羡慕。羡慕她可以正大光明地站在他身边，和他交流，和他对视。无论做什么，都无比坦然。没有那些过往的纠葛，他们的关系就是干净又透明。

亚洲射击锦标赛，是亚洲射击项目最高规模的比赛，而且关乎着下一届奥运会射击参赛资格，因此每一位参赛运动员都格外重视这次的赛事。

一大早，射击运动员们就在总教练的带领下来到了多哈射击中心，进行适应性训练。唐心赶到的时候，训练还没开始，各国的运动员已经在各自的场地里准备就绪。

“希望这次能多出几匹黑马，决战奥运。”周祖光坐在观众席上，望着运动员们感慨。

黑马哪里那么容易出。唐心刚才进馆，就看到了好几个世界射击冠军。虽说射击这个运动项目偶然性大，老将也不一定次次都能夺冠，但是放眼望去，哪个运动项目偶然性不大?

她伸长了脖子，往训练场上望。周祖光一指九点钟方向，“那边，沈清源在那！”

果然，运动员队列中站着一个颀长的身形，挺拔俊立，岿然不动，像劲风不折的树木。唐心囧了，现在连周祖光都开始接受她和沈清源的八卦了。

“丁学姐，看这边！”唐心招手。

周祖光吃了一惊，赶紧低下头，用帽檐将自己的脸遮盖得严严实实。唐心报复性地调皮一笑，“哎呀，看错了，周主任，丁学姐好像没过来，今天只是单纯性的适应性训练。”

周祖光抬起头，咬牙切齿，“小唐，我好歹也是你的领导，别整天乱开玩笑。”

“以牙还牙而已。”唐心歪着头问，“周主任，我能问个严肃的问题吗？你为什么要和丁学姐离婚？”

周祖光失神，并没有立即回答。唐心也不催，就静静地等待着。丁芳曾经让她找到合适时机，再问周祖光这个问题。可唐心觉得，这个问题是那样的尴尬、不合时宜，倒不如随便挑个时机问出来算了。

“其实没什么原因，婚姻和爱情是不一样的。爱情如火，婚姻如水，水能浇灭爱情所有的热情。”周祖光往座椅后面一靠，“不过这是文艺的说法，现实的说法是——我发现我根本无法掌控丁芳。”

“掌控？”唐心不明白。

“我心里很明白，我爱我的妻子。可是我不知道丁芳是不是也是同样的想法。她总是很冷静，很犀利，喜怒不形于色。很多时候，我觉得她并不需要我，这让我觉得很无趣。”

唐心难以置信，“就因为这个，你提出离婚？”

“这是一个很大的问题。”

唐心想了想，觉得有点道理。就比如她始终无法掌握沈清源的所思所想，最终也只能无奈地退却吧。

“职业运动员都会面对退役的那一天，是因为他们无法再控制这个赛场。婚姻也是如此，当我发现我无法掌控任何东西，那我干脆失去。”周祖光说，“所以，我让我的爱情退役了。”说完这段话，周祖光脸上有失落、彷徨，还有无奈。

唐心顿了顿说：“谢谢你能对我坦诚回答。我知道换个人问这个问题，绝对会被你拉黑。”

周祖光乜斜了她一眼，“嗯，我不想拉黑你，倒是觉得你应该请个客。”

“……好吧。”

接下来的时光，唐心和周祖光很默契地没有聊天，全神贯注地观看运动员们的训练。可能是气候和环境不太适应，不少运动员发挥失常。尤其是江一天，有几枪的成绩非常不好，闯入决赛的可能性很小。

沈清源倒是没有什么影响，全程没有表情变化，枪枪精准。只是他在射击结束的时候，忽然往唐心这边方向看了一眼。唐心顿觉心脏猛烈跳动了几下。幸好，他很快收回目光，将比赛手枪放在射位上，走回休息区。

陈宁一直在旁边观摩射击训练。但是当沈清源结束训练，她赶紧拿起一瓶矿泉水，用牙齿咬开瓶盖后递给了沈清源。沈清源昂头喝水，喉头微动，有一种介于男孩和男人之间的性感。陈宁顿时涨红了脸，赶紧挪开目光。她心里有鬼，不敢看他。而这一幕尽收唐心眼中，是那样扎眼。

“周主任，我有事出去一会儿。”唐心说不出心里是悲伤还是愤怒，站起来就要离开。周祖光答应了一声，随口说：“等会儿还有团体射击的训练，记得赶快来。”

“行。”唐心加快了步伐。

训练场那边，沈清源回头，正看到唐心的背影消失在座椅尽头。他心底忽然涌起一股失落。

“队长，加油。”陈宁的声音打断了他的思绪。沈清源收回目光，看到陈宁隔着栏杆，正向他挥手示意。他点了点头，算作回应。

陈海不悦地看了沈清源一眼，“队长，你是不是和我姐走得太近了？”

沈清源没有回答。

江一天插嘴说：“那肯定太近了，陈宁都不给亲弟弟加油，偏要给沈哥你加油。沈哥，你可别背叛嫂子。”

沈清源头也没抬，一边细细擦拭手枪，一边冷冷地说：“都闭嘴，给我集中精力。”

江一天和陈海立即双双缄默。

训练继续进行，沈清源举枪瞄准靶心，眸光顿时变得冷锐，然而他的脑中却不断回忆起唐心的背影。她走路的姿势，毛衣的条纹，以及浓密的黑发在肩头拂动的样子，全都挥之不去。

沈清源扣下了扳机。

唐心回到宾馆，就开始写当天的新闻稿件。写了一两个小时，她才站起来伸了个懒腰，只觉得浑身酸痛。

房门被人轻轻敲了几下。她还以为是周祖光，走过去开了门，却意外地发现沈清源站在外面。他显然是刚从训练场那边归来，运动服还没有换下，头顶上的鸭舌帽遮住了他大半张脸，只露出线条坚毅的下巴。

“有事吗？没事就算了。”唐心下意识地要关门。沈清源一把将门推出，简单地说了两个字，“谈谈。”

唐心使劲推门，“不方便。”

他们这样对峙，谁都不肯退让一步。就在这时，走廊里忽然经过一名黑皮肤的男运动员。他背着运动背包，经过门口的时候，眼睛瞟了一眼唐心，轻佻地吹了一声口哨。

唐心认出，这个男运动员叫阿卡图，是印度的射击名将，曾经拿过世界射击冠军。阿卡图曾经接受过印度一个大财阀的资助，为人风流，曾经惹过一些体育花边新闻。见阿卡图盯着自己看，唐心低下头，不想惹事。阿卡图却颇有兴致地看着她，嘴里咕哝着印度语。

沈清源眉心微动，猛然回身挡住唐心，眼神变得凌厉。阿卡图愕然，后退几步，才转身不甘心地走了。

“你走吧，我不想见你。”唐心咬着牙使劲，想要将房门关上。沈清源却动作迅捷地挤进门，借着唐心的力气将房门砰的一声关上。

唐心气结，“你干什么？”

“我说几句话就走。”沈清源直截了当地问，“今天在训练场，你为什么提前离场？”

“回来赶稿，有问题吗？”

“好，那我再问一个问题。”沈清源从口袋里掏出手机晃了晃，“你为什么直播讲解我的比赛视频？”

唐心一阵心慌意乱，面上却强装平静，“有赛事的时候我是体育讲解员，没赛事的时候我是体育快讯五分钟的女主持，拿你的比赛视频练习一下，有问题吗？”

“没问题，那为什么不挑别的射手，偏要挑我的？”他直直地望着她，目光淡然坚定。

唐心咬了咬牙，决然道：“因为我，恨死你了。”

听到这个答案，沈清源反倒微微一笑，只是笑容里有些悲哀，“我还以为你会说，因为你忘不掉我。”

“对于别的射手，我都能做到平心静气，公正客观，唯独对于你，每一次看到你我心里都会有恨！对于一名女主持来说，这是不好的表现。”

唐心装作无谓的语气，“所以才会有那样的一种直播喽。我想用这种方法来训练自己，要忘掉你曾经是怎么无情，要忘掉我们的一切。就像你说的，以后我们当个陌生人好啦。沈先生，你对这个答案满意吗？”说这番话的时候，她的心里抽起了丝丝的痛。起初那痛感犹如蚁噬，后来如同刀割。

沈清源低下头，往墙上一靠，“唐心，你在撒谎。”

“没有！”

“你明明很想我，就如同我想你一样。”

唐心一怔，看到他眼中神情充满了伤痛。她犹豫了一下，却还是摇了摇头，“沈清源，已经晚了。在我想要靠近你，而你把我狠狠推开的时候，什么都晚了。”她永远忘不掉在百育中学的那一幕，面前放着一碗冷掉的螺蛳粉，还有一个说不想看到她的男人。

“这个，我以后会和你解释。”沈清源有些急了，抱住唐心的胳膊。唐心狠狠推开，拉开门，“不听！你给我走！”

门外，江一天正趴在门上偷听。房门猛然打开，他“哎哟”一声扑进屋里，跌倒在地上。

沈清源顿时黑脸。

江一天抬起头，颤巍巍地看向唐心，“唐姐，我我我就是路过……”

唐心一脚将他踹了出去，使劲关上门。

江一天坐在地上，小心地抬头看沈清源，“队长，我什么都没听到啊……我说真的。”

沈清源面无表情，转身就走。

关上门之后，唐心靠在门板上生闷气。

身后，敲门声再次响起。她转过身，一把拉开房门，“别死缠烂打好不好！”

周祖光站在门口，微微愕然，“谁死缠烂打？”

“周主任，我没说你。”唐心无措地将周祖光请进门，“有事吗？”

周祖光脸色不好看，看了唐心放在桌子上的电脑，说：“后天的比赛我来做采访记者，你暂时不要去了。”

“为什么？”

“你现在赶紧订机票回国。”周祖光抛下一句话，就要离开。唐心懵了一下，赶紧拦住他，“周主任，为什么要我回国？发生什么事了！”

“别问了，没好处。”

“不，你一定要告诉我，不然我坚决不回国。”唐心预感到有大事发生，急切地追问。她脑中莫名地浮现出爸妈和唐立奇的面孔，心里默默祈祷：拜托，不要是他们……

周祖光顿了一顿，才说：“你被停职了。”

“什么？”唐心几乎以为自己听错了。

“我相信你的为人，但是你现在要尽快回国解释这到底是怎么回事。”周祖光语速飞快，“是你在网络上直播的事。”

唐心稍稍松了一口气，“对不住，周主任，我瞒着台里玩了直播。可是这件事是怎么被翻出来的呢？我已经删除了直播记录的视频，而且我都是戴着面具的，没人认识我。”

周祖光看着她，眼神很奇怪，“唐心，他们说你大尺度直播，你没做过吧？”

唐心简直一口血喷出来，“没有！什么大尺度，我从来都没有！”

“具体情况我也不知道，你先和台里联系一下吧。”周祖光叮嘱。

周祖光走后，唐心赶紧登录微信，敲了敲梨子，“梨子，台里的情况你知道吗？为什么停我的职？”

梨子那边吓了一跳，只说没接到消息。唐心也感到奇怪，不过就是一个直播而已，她也没说什么，犯得上是大尺度吗？难道因为她怼沈清源的那些话，犯了粉丝众怒，结果粉丝们黑她？那也扯不上“大尺度直播”这个说法，害得她被停职啊。唐心百思不得其解，正琢磨着该如何给台领导打电话，徐典的微信消息在这时跳了出来。

她打开对话框，大脑里顿时一片空白。徐典给她发了三张图片，每一张都是她在直播中的截图。可是截图中的自己，上身是赤裸的，关键部位已经被手臂遮住。

唐心气得浑身发抖，打字：“这是 PS！”

“唐小姐，如果你说这是 PS，请你拿出证据来。我先下线了，再见。”徐典说完这句话，就没有再发任何消息。

唐心赶紧去拿手机，打开直播的 app，可是空空如也的后台告诉她——那些直播记录已经被她删除了。她傻眼了，赶紧拨打了客服的电话，想要找回后台数据。然而客服的回答却是无能为力。

“没有买会员就不保留数据，简直是唯利是图！”唐心气得将手机摔到床上。她抱着一丝希望打给了唐立奇，希望他能下载这些视频。

唐立奇明显没睡醒，打着哈欠说：“姐，我每天都能看见你，我下载你视频干什么呀？到底出什么事了？”

“没事，别跟爸妈说太多。”唐心忍住泪意，立即挂了电话。她现在只想趴在桌子上大哭一场。她疲惫至极，却还是给梨子打了个电话。

“什么！居然有这样的事？心心，你赶紧把证据拿出来吧，我们都相信你！”梨子一听，顿时急得火烧火燎。

唐心终于忍不住，哽咽着说：“没有视频，都被我删了。”

“啊？那……那怎么办？”梨子也急了，“你再想一想，说不定还有其他地方有呢？”

唐心摇头，“没有，都没有了。”当时是沈清源要她删除，她一时激愤就全部删除。没想到这些视频有一天会成为这样重要的物证。

“那我给你找个 PS 高手，鉴别一下那些图片是假的，可以吗？”

“不行，画质太差了。”

“岂有此理，这简直是欲加之罪，何患无辞！”梨子气不打一处来，“到底是谁陷害你？”

唐心脑海里浮现起徐典的脸，失落地挂了电话，颓然坐在地毯上。她找出徐典的微信，发送了一条消息：“把我害得这样惨，这是你做的，对不对？”

发完消息，她就开始默默地在心里祈祷。如果徐典能够忍不住炫耀得瑟，那么她也许还能收集起对自己有利的证据。

可是一分钟过去了，五分钟过去了……徐典仍然没有回复。她没有上当。唐心抱膝而坐，沮丧地将头埋进臂弯。

上一次感受这样无助的时刻，还是在高中的那一年。那一年，沈清源和她决裂，头也不回地走了。她跑出射击馆，大声喊着他的名字，许多同学对她侧目，可她顾不上那么多了。她只想要个清清楚楚明明白白的答案——为什么他突然要离开？为什么要退学？为什么突然不喜欢她了？可是她找不到他。校外的街头，梧桐树叶在头顶哗啦啦地响，她站着看马路上的车水马龙，身体一阵阵地发冷。世界颠覆了。

从那一刻起，她就发誓要让自己变强。拿起矛和盾，穿上铠甲，添上锐气和智慧，让任何人也不配伤害到自己。这么多年来，她就像一个女将军，时刻都在磨刀霍霍，准备战斗。可是，她还是战败了。

暮色四合，房间里的光线一寸一寸地黯淡下来。电脑突然发出了一声微信的提示音。唐心猛然抬起头，查看微信，然而那条消息的发送者是周祖光。他在问她什么时候买机票回国。

她呆呆地看着屏幕，绝望将她的心瞬间吞噬。唐心回复了一句话：“不，我不回去。”

回国？回去接受那个令人绝望的结局？才不，她要逃亡。

发现唐心失踪的时候，已经过去了两个小时。

周祖光在微信上劝说唐心回国，可是被她拒绝了，于是他也就放下手机去联系了其他的同事。知情的同事都说，唐心这次惹出的事情挺大的，如果不严肃处理，怎么都说不过去。他没办法了，只好再给唐心发微信，让她不要难过。可是唐心仍然没有回复，于是他就来到唐心的房间之外。周祖光敲了两分钟的房门，没有人回应。以他新闻工作者的逻辑，顿时联想到了一些不好的事情。

“快，去找服务生开门。”周祖光找到翻译，让他赶紧去联系酒店的工作人员。恰好丁芳经过走廊，奇怪地问：“怎么了？”

周祖光将事情简单地解释了一遍，忽略掉不雅图片的细节，推测说：“我担心小唐做傻事。”

“不会的。”丁芳说，“她现在只是听说自己被停职，并没有亲眼看到台里处罚她的文件，潜意识中不会认定这是事实。”

突然，身后传来一声询问：“唐心被停职了？”

丁芳回头，看到沈清源站在身后，怔怔地看着他们。在他身后，陈海和陈宁并肩站着，都是一脸震惊。

“可能有些误会，不是最终结果。你们都别急，没事啊，别影响你们训练。”周祖光赶紧解释。

正说着，翻译带着服务生匆匆赶来。服务生掏出万能房卡，打开了房门。沈清源一个箭步跨入房中，看到地上放着一台未关的笔记本电脑，行李箱整整齐齐地靠墙放着。

丁芳查看了卫生间之后，说：“没人。”

“你看，唐姐的手机。”陈宁从枕头旁边拿起手机。周祖光更急了，“这个小唐，出去不拿手机。这异国他乡的，万一遇到意外怎么办？”

闻言，沈清源顿时黑脸。

“手机给我。”沈清源将手机接了过去。幸好唐心的手机没有设置密码，所以他顺利地点开了屏幕。

屏保居然是他，在某次射击比赛上的照片。沈清源看得有些发愣，酸楚和甜蜜同时涌上心头，原来她从来都没有忘记过他。沈清源只是停顿一秒，便立即收回神思，查看了唐心的短信和微信。当看到她和梨子的聊天记录，脸色更难看了。

“你们电视台就这样冤枉人？你也信？”沈清源压抑着怒气问周祖光。丁芳赶紧上前查看，看到那张不堪入目的照片之后，也同样愤怒。

周祖光赶紧摆手，“我很相信小唐的为人，这些都是台里的决定。”

“得了吧，如果你立即表态，小唐怎么会出走？肯定是你让她回国，又没有帮她，她才受不了压力走掉的。多疑是你们男人的劣根性，你嘴上说相信她，其实内心还是犯嘀咕的，对不对？”丁芳眼神犀利。

周祖光品着那句“多疑是男人的劣根性”，心里微微一动。他没多做计较，惭愧地答：“这次是我处理不当。”

陈海抬起手腕看了看时间，“这都晚上八点了，她也不带手机，这该往哪里找她啊？”

沈清源又在手机上点了几下，忽然看到了什么，眉心微动，提步就往外走。丁芳赶紧拉住他，“你后天还有比赛，不能离开宾馆！”

“放开。”他挤出两个字。

“我知道你心里很急，可是急也没有用！”丁芳斥责，“这是全亚洲最大的射击赛事，你知道这意味着什么的！你不是一直想要参加奥运吗？这就是……”

“没有唐心重要。”沈清源打断了她的话。

丁芳愣了，手上力道一松，沈清源便挣开了丁芳，飞快地跑出了房间。陈宁这才如梦初醒，大步追了上去，“队长，回来！”

等她追出房间，沈清源已经消失在走廊拐角处。

陈宁怔怔地看着沈清源离去的方向，感受胸腔里传来的一阵阵刺痛。“什么都没有……她重要吗？”陈宁自言自语地喃喃。

多哈的夜景十分美丽，C型环海街道两旁，昏黄的灯光温柔地洒下来，照得那些伊斯兰建筑格外的神秘而肃穆。眺望海上，霓虹光洒在水面上，随着海浪粼粼地晃动着光影。在这个热带城市，即便是早春，空气也是凉爽舒适的。

唐心从出租车上下来，付了车钱，她口袋里只剩下十个卡塔尔里亚尔。她苦笑了一下，感叹自己头脑一热，居然连顿晚饭钱都没有带够。她匆匆地从酒店跑出来的时候，根本就没有想太多，甚至连手机也没有拿，只是想赶快逃离那个房间。

走上一百米，唐心看着眼前的蓝白色建筑物。半岛电视台，这几乎是阿拉伯世界的声音。据说，电视台院内有一座纪念碑，镌刻着自 1996 年以来为公殉职的 600 多名新闻记者的姓名和遇难日期，纪念他们为了新闻自由和公正而献身，这座纪念碑被称为“自由墙”。

不知为何，唐心想要进去看一看那座自由墙。可是她刚走到门口，警卫就走上前，用英语说：“小姐，你不能进去。”

唐心无奈，恋恋不舍地望了一眼那座白色的建筑物。海风吹过来，拂起了她的长发。她回身走了两步，忽然心有不甘，重新折返回去，用英语对那名警卫说：“抱歉，能让我进去吗？我只想看一眼。”

“不行，有规定，你不可以进去。”又一名警卫围了上来。

唐心眼角酸涩，苦苦哀求，“我就看一眼，就一眼。这对我很重要！”她不是死缠烂打，不知公共秩序为何物的人，只是从内心深处觉得，看一眼自由墙，她能够汲取更多的力量。

身后忽然伸来一只手臂，将她拉到一旁。唐心回头一看，正好看到沈清源低头看他。

“对不起，我马上把她带走。”沈清源一边和警卫沟通，一边拉开了唐心。走到一旁，唐心猛然甩开他的手。

“你怎么知道我在这里？”她冷冷地问。

沈清源从裤子口袋里掏出手机，递给她，“我看到你手机百度的搜索记录里，有‘半岛电视台’这个关键词。”

“你……”唐心面红耳赤，一把将手机抢过来，“你还看到了什么？”

“还知道了你为什么出走。”他整个人都浸在湿润的夜风里，头发被吹起，显得眼神迷离而悲哀。

唐心想起那张不雅照片，顿时红了眼眶，“那不是真的我。”

“我知道。”

“我是被冤枉的。”

“我信你。”

“你信我又怎么样！”唐心终于忍不住嘶吼起来，眼泪落下，“看我这样落魄倒霉，你应该无动于衷才是！反正我们是陌路人，就当没认识过，这不是你希望的吗……”

话音未落，她就被拥进一个温暖的怀抱。那个怀抱温暖又潮湿，像从波斯湾上呼啸而来的海风。沈清源用力抱着她，几乎要把她嵌进身体里。唐心挣扎着，想要推开他，无奈体能怎么都比不上一个职业运动员。最终，她气喘吁吁地放弃，窝在他怀里问：“沈清源，你这样有意思吗？”

“屏保图片为什么是我？”

唐心心跳猛顿，稍停了下才回答：“因为恨你啊，只有恨你才让我更有斗志！我发过誓，要做一个让你配不上的人。”

沈清源低头看她，怀里的唐心也抬头瞪她，两只眼睛乌黑如曜石，倔强又可爱。他会心一笑，将她放开，“做一个我配不上的人？唐心，你这是打定主意要报复我了？”

“你永远都不知道，你给我造成了多大的伤害。”

两人吹着海风，站在街头沉默着，似乎在回忆着过去，也似乎在酝酿着话题。过了一会儿，沈清源终于打破了僵局，“台里的工作，你打算怎么办？”

“想好了！我有一个原则，那就是绝对不能被人赶出来，所以我决定辞职！”唐心抽了抽鼻子。虽然她现在是辞职还是厚着脸皮留下来，已经没有多大区别，但是唐心还是觉得——就算是走，也应该走得潇洒。

沈清源似笑非笑地看着她，“你就这样放弃了。就算是你自己辞职走人，那也是带着污点的，也像丧家之犬，你懂不懂？”

“不然呢？我还能怎样！”唐心揉了揉眼睛，“我在这行是干不下去了，好在我年轻，还可以重新找工作。哎，幸亏当年我跳级，现在年龄不算太老，我还输得起……”说到最后，全是自欺欺人的安慰。她心里很清楚，就算换到一个日进斗金的行业，她也割舍不下心爱的播音主持专业。

“既然你都决定了，那我就送你一个礼物，算作践行。”沈清源掏出手机，打开相机功能，不等唐心反应过来，就抓拍了一张照片。

唐心惊讶，“你做什么？”

沈清源将手机凑到她面前，照片里的唐心一身白裙站在夜色里，身后是半岛电视台。

“半岛电视台当年因为播报‘911’事件而声名鹊起。一场举世瞩目的灾难，反而成就了它。唐心，你的世界里也发生着一场史无前例的灾难，希望灾难也能成就你。”

因为灾难，而有所成就。唐心一怔，明白了他的意思，泪意又涌了上来。她赶紧抬头望着夜空，强迫自己不要流泪。

“我记住了。今日之耻，必成他日之荣耀。”她喃喃地说。

“回去吧。”沈清源轻拉起她的手。

唐心跟着他走了两步，感觉面上猛然一凉。是一滴雨水落下，接二连三的，无数水线从天而降，身边行人蓦然脚步匆忙。不过眨眼的工夫，倾盆大雨已经刷下。

两人淋着瓢泼大雨拦出租车，无奈都已经满员。沈清源脱下外套，搭在唐心的头上。唐心赶紧拒绝，“不行，你这样会感冒的！你后天还有比赛。”

“你要是再拒绝，只能让我们淋更多的雨。”

唐心无奈，只好躲在外套底下。雨帘浓密，经过的出租车没有一辆有停下的意思，她只好指了指前方，“算了，去前面避雨吧。”

他们在雨中狂奔，在一处建筑物的屋檐下避雨。寒风吹过，唐心忍不住打了个喷嚏。沈清源也揉了揉鼻子，皱起了眉头。唐心注意到这个细节，赶紧挡在他前面，“我帮你挡风，你不能感冒。”

“别站风口，你也不能生病啊。”沈清源眉头蹙得更深。这种被女人保护的感觉，也太糟糕了。

唐心振振有词，“我不是为了你，我是为了国家！你要是生病了，丢了一块金牌不说，奥运参赛资格少了一个，那都是我责任！”

沈清源笑起来。

唐心被他笑得发毛，“你笑什么？”

“你说我要是生病了，都是你的责任。那说明，你知道我是为了你。”他意有所指。

唐心被他说了一个大红脸，赌气地往左跨一步，“少打趣我。”

她这么一挪，沈清源顿时感到一股冷风扑面，忍不住打了个哆嗦。唐心一颗心又揪了起来，四处张望，正看到他们避雨的这处建筑物居然是个小型的商业旅店。

与此同时，沈清源也看到了招牌，往门内走去，“开间房避雨吧。”

“我，我也去？”唐心犹豫。

他回头看她，“当然。你后天还要采访，嗓子哑了可不行。”

唐心还在踟蹰，沈清源已经一把将她拉过去，拖着往门内走去。等到沈清源办好手续，拿了房卡，唐心已经冷到快坚持不住了。

刚才淋了雨，湿衣服都贴在身上。头发里的水流下来，顺着皮肤淌进衣服里，更是雪上加霜。沈清源无奈地看她，“你都这样了，还不肯进来。”

“你……”唐心瞪着沈清源手里仅有的一张房卡，在心里咆哮：他居然只开了一间房！

沈清源并未觉得不妥，“这次出来没带多少钱，只能吃点酒店的食物，你可以吧？”

唐心其实吃不惯多哈的食物，不过还是胡乱点了点头。

卡塔尔平日里气候炎热，雨量很少，所以房间还算干燥整洁。沈清源进了房间，指了指说：“女生不能受寒，你先洗。”

唐心纠结的倒不是洗澡，而是房间里只有一张床！

沈清源轻咳一声，从柜子里拿出备用的被子扔到沙发上，“只能开个单人间。那个，我睡沙发。”

“你是射击选手，不能感冒，你先洗。”唐心不由分说地将沈清源推进卫生间，而后坐在床上松了口气。她想不通，一次出走，到现在居然演变成这样尴尬暧昧的局面。

床上有沈清源的外套。唐心提起来，想帮他挂起来，不料一只手机却从口袋里掉落。她弯腰捡起手机，手机却嗡嗡地震动起来，屏幕上显示来电是，医院。

唐心愣了，接也不是，不接也不是。浴室里的水声还在继续。她只好接听：“喂？请问是哪位？”

“您是沈先生的家属吗？我这边是XX医院。”一个轻柔的女声响起，“是这样的，沈先生母亲患上了肺炎，需要尽快治疗，但是账户目前是欠费状态，请他交一下医药费。”

唐心的心头猛沉，“怎么会患上肺炎？”

“植物人本来就容易有这些并发症，幸亏发现得及时，还有治疗空间。您看沈先生什么时候方便来缴费？”

“大概需要多少钱？”

对方说了一个数字，唐心在心里咋舌了一下，说：“我会转告沈先生的，费用会尽快缴上。”

挂上电话，唐心查看了一下来电记录，发现除了这通医院的电话，张教练也拨打了十几遍电话。可想而知，沈清源擅自离队造成了多大的震动。

她叹气，拨打了回去，电话立即被接听，手机那端的张教练几乎是咆哮，“沈清源！你到底在哪里？”

唐心弱弱地说：“张教练，是我。”

手机里沉默了足足两秒钟，张教练才意外地问：“唐心？”

“对不住，沈清源是出来找我才离队的，你不要生气。”唐心看了看窗外的瓢泼大雨，“下雨了，我们暂时回不去了。”

“让那小子接电话！我要亲口和他说！”

唐心无奈地说：“他不方便接，在洗澡。”

手机里传来了张教练剧烈的咳嗽，估计喝水呛住了。唐心脸红，却也是没办法，“张教练，这都是我的错，你千万不要怪沈清源。”

“唐心，你也知道这次比赛有多重要。这毕竟不是国内，选手们都要进行适应性训练，这小子在这节骨眼上给我闹幺蛾子，万一影响成绩，你知道后果有多严重吧？”张教练怒气冲冲。

唐心继续道歉，随后将医院的催款电话说了出来。张教练一惊，慌忙说：“唐心，你千万不要把这件事告诉沈清源，医院的费用我来想办法。”

“可是……”

“你相信我，我会处理好的。沈清源的父亲是我以前的朋友，我也会尽快和他取得联系。”

唐心问：“你是担心沈清源的比赛受影响吗？可是我觉得他能够承受，因为事情还没有到最坏的程度，他也有权利知道一切。”

“唐心，很多事情你不懂。”

唐心还想再说，张教练又开了口，“当年，其实并不是赌徒伤害的，而是沈清源的手枪误射击中了他的妈妈，她才变成了植物人。唐心，你知道沈清源这么多年心里是什么滋味吗？”

仿佛是一颗深海炸弹，轰然引爆！唐心霍然起身，激动地连声说：“不可能！不可能！”

“这是事实，当年沈家欠了赌徒一大笔债，沈国常逃了，就剩沈清源和他的妈妈。赌徒们正好平时也都喜欢玩射击游戏，见状就和沈清源约定，如果他能在一片废墟里找到并击中所有的人形靶，他们就放了沈清源的母亲！可是沈清源不知道，其中一个赌徒，把他的母亲绑在人形靶的后面……悲剧就这样发生了，沈清源在精神高度紧张的时候，伤到了自己的母亲。事后，那些赌徒都被警察抓住并坐了牢，可是他的妈妈很可能再也不能醒来。唐心，这是沈清源心里的一块疤，就让这块伤疤慢慢结痂，他才有可能治愈。”

唐心怔然望着窗外，久久不语。

“总之，你一定要对他三缄其口，不能提这件事。我怕沈清源有思想负担，影响成绩。”

唐心只好答应。

多哈不经常下雨，今天这场雨来得太突然。这么晚了要回队也不现实，张教练最后也没多说什么，叮嘱第二天一定要早回，才挂上了电话。

窗外，雨水小了很多，倾盆大雨已经变成了潺潺中雨。唐心看着自己的身影映在窗户上，忽然有些恍惚。得知多年前的一件秘闻，更解释了当年很多事情。可是她的心情并没有变得轻松，反而更加沉重。原来，上次见到沈爸爸，他有意地将这个关键细节隐藏起来，估计也是出于和张教练同样的考虑。还有，这件事绝对不能被杜凌枫知道。唐心猛然想起，杜凌枫最近和医院接触的机会非常频繁。直觉告诉她，杜凌枫对沈清源的敌意还没有完全消失。可是，她为什么处处为沈清源考虑啊？唐心懊恼地发现，自己又做了一件口是心非的事情。她口口声声说恨他，却还是忍不住为他忧心。

浴室的门响了，沈清源一身水气地走出来。他穿着白色的浴袍，一边擦着湿头发，一边问：“刚才谁的电话？”

“张教练的电话，我帮你解释了，他让你明天一早赶紧回去。”唐心赶紧回答，“你也真是的，干吗不接电话？”

沈清源顿了顿说：“我心虚。”随后指了指浴室，“你可以去洗了。”

唐心求之不得，快步走进浴室，将房门锁上。她打开花洒开关，想要试一试水温，没想到一滴水也没有。

她这才记起，卡塔尔是缺水国家，晚上是会定时停水的。湿衣服贴在皮肤上格外黏腻，她只好换上浴衣。

唐心走出浴室，沈清源正在沙发上铺被子，扭头看她出来，“你没洗？”

“没水了，我把头发弄干就行了。”唐心背对着他，坐在床沿上开始擦头发。其实头发的水分蒸发得差不多了，只是她不知道该如何面对他。

细碎的响声从身后传来，一双胳膊从身后环住了她。沈清源居然从背后抱住了她。这温暖来得太突然，唐心猛然僵直了身体。

“冷吗？”他的声音响在耳畔。

“不冷。”

“可我觉得你冷。”沈清源抱得更紧。

异国的夜晚，孤男寡女共处一室。更加糟糕的是，他的呼吸温热而潮湿，将她的耳畔弄得很痒，一直痒到心里。

她故意用开玩笑的语气说：“沈清源，你的道德值还够吗？”

其实，唐心此时紧张万分，却不肯表现得老派和传统。她不再像当年那个小女孩，告白之后号啕大哭，丢脸至极。

“可能不够了。”沈清源说。

“嗯？”

没等唐心反应过来，他就伸出右手，轻轻地掰过她的下巴。两根手指的温度，不超过 37°，可她却觉得灼烫无比。更糟糕的是，这股灼烫的热力大概烧坏了她的神经和大脑。明明看着他的五官近在咫尺，唐心想要把他推开，手臂却不听使唤，一动也不动。

世界瞬间静寂，只有她的心跳——咚咚，咚咚，激烈地挣扎在她的胸膛。

唐心微微闭上眼睛，为预料中的吻做好了准备。然而沈清源就在这时起了手，在她额头上试了试，“还好，没有发烧。”

原来不是要吻她。唐心顿时生出一股无名之火，一把将他推开。沈清源有些无措，问：“你怎么了？”

“不是说好你睡沙发我睡床的吗？那就快过去睡觉啊！”唐心将一个枕头狠狠地甩到他怀里，“测什么体温啊，你以为你是会走路的温度计啊！”

沈清源抱着枕头，眼神无辜。

“还不快去？”

“好。”会走路的温度计乖乖地离开，跳进沙发上的被子里，还扭头对她说：“晚安，唐心。”

唐心几乎要气死了。

这一夜，唐心几乎没睡。

她支棱着耳朵，仔细听着沈清源的呼吸。他的呼吸绵长而平静，并没有什么异样。可越是这样，就越让她感到难过。凭什么她在这边抓心挠肺，他在那边甜甜酣睡？

唐心脑子里乱乱的，想着今天发生的极品事件，又想起徐典那张可恶的脸，怎么都睡不着。大概到凌晨，她总算浅眠了一会儿。

再睁开眼睛，就是天微微亮。白棉布的窗帘透着微蓝色的晨光，给房内摆设都晕染上了一层朦胧的美感。唐心揉着眼睛坐起身，扭头看沈清源闭着眼睛，侧卧在沙发上睡觉。他的睡颜沉静如水，冷冽气质全无，像一只猫咪般蜷缩着身体。唐心忍不住就笑了起来，悄悄下了床，走到沙发前，弯下腰揉了揉他的头发。蓬松顺滑的手感，真好。

唐心心满意足地重新回到床上，打算补个回笼觉，结果手机震动了起来。她拿起一看，发现来电居然是杜凌枫。好几个未接来电都是在深夜，也都是杜凌枫打来的。唐心不想接听，直接挂掉。

很快，杜凌枫的短信跳了出来：“开门，我在门口。”

唐心吓了一跳，第一反应是杜凌枫在骗人。但是想一想他那个不着调的个性，说不定真的来卡塔尔游玩也说不定。她蹑手蹑脚地走到门前，从猫眼往外看，外面却没有半个人影。唐心不放心，又把房门打开，探出头看了看左右，走廊上也是一个人都没有。

这个杜疯子！唐心关上门，将自己锁进浴室，才给杜凌枫回了电话。她气急败坏地质问：“大早晨就玩整蛊游戏？”

手机里一片静默。

足足过去了几秒钟，听筒里才传出了杜凌枫戏谑调笑的声音，“我这不是怕你心情不好，逗你玩吗？”

“谢谢，心情更差了。”

“唐心，我知道你的处境了。长话短说，如果你在电视台待不下去，我会想办法为你再找一份工作的。你放心，我现在是好人模式……”

“停！”唐心打断了他的话，“杜凌枫，我不接受你的施舍。如果你能说服徐典，那就让她放我一马。”

杜凌枫叹气，“唐心，这次我使出美男计，她也不回头了。所以你的要求，我真的办不到。”

唐心心头猛沉。其实仔细想想也能明白，捧着假意去换真心，徐典怎么会和杜凌枫做这种交易？她毕竟是个聪明女人。

“那随便吧，江湖再见，就是仇家。”唐心赌气地说出一句，挂上了电话。杜凌枫的电话又打进来，她也直接挂掉。她知道自己不应该迁怒杜凌枫，可当时如果不是杜凌枫招惹了她，徐典怎么会记恨上她呢？

“没事的，唐心，就算失去工作，你的能力还在，事情总有解决的一天。”唐心看着镜子中的自己，慢慢地说出这句话。

其实，她自己都没有底气。即便她离职，也会背上这个污点。她可能真的要和播音主持这个行业，道一声再见了。

这是最沮丧的离别，说了再见，却没有珍重。

CHAPTER NINE

09

逆袭冠军

——万千光辉凝于他一人，而他却不自知。

回到射击队，唐心被丁芳训了足足一个小时。

丁芳一向冷静，这次气得不轻。她坐在唐心面前，语速极快，“唐心你够可以的啊，学初中生玩失踪玩出走是吧？还拐走了我们一个射击运动员，你行！你知道沈清源是重点苗子吗？多少双眼睛盯着！出了一点岔子，你担当得起吗？”

唐心委屈地抽了抽鼻子，开始撒娇，“学姐，我都要失业了，你都不知道心疼我吗？”

“虽然你失业了，但你没有失恋，所以你其实并不那么悲惨。”

唐心瞪圆眼睛，心里一阵阵地惊叹，“学姐，你看出来了？”

丁芳拿起咖啡杯，喝了一口才说：“傻子才看不出来！你和沈清源到底进展到哪一步了？”

唐心想起了那个硕大的温度计，失落地说：“没什么进展。”

“看来，你是彻底把我的话当耳旁风了。”丁芳说，“我说过，对于你的心病来说，根治的方法就是不爱他。”

“可我现在已经不会结巴，就是偶尔……有点紧张，所以发挥失常。”唐心说得很没有底气。她眼睛咕噜噜一转，摇晃着丁芳的胳膊，“学姐，除了‘不爱他’，还有其他的办法吗？”

丁芳点点头，“有啊。”

“什么？”唐心眼神一亮。

“让他爱上你。”

唐心顿时沮丧起来，“……算了，当我没问。”她是觉得，让沈清源爱上自己，比“不爱他”还要难上加难。

两天后，亚洲射击锦标赛开幕。

这次不是现场直播，而是在演播室进行录制，由周祖光担任讲解员。唐心忙里忙外，事事都亲力亲为，做得比以前更加认真。周祖光见了，有些心疼，“小唐，差不多就行了。”

唐心只摇摇头，微微一笑，“不累，真的。”很多时候，有些事本来并不重要，因为是最后一次，就有了特殊的意义。唐心是觉得，她已经走到末路了，告别之前，她想要做到尽善尽美。

上午是男子 50 米慢射的预赛，也是沈清源的主项。整整两个小时，唐心眼睛也不眨地盯着屏幕，心揪成了一团。

“小唐，看来你还是关心他的嘛。”周祖光空闲的时候，走过来调侃了一句。

唐心赶紧否认，“我没有。”

“那你还紧张？”

“万一他失误了，那责任就在我，我当然紧张了。”唐心嘴硬。

沈清源的状态还不错，成绩位列第二，进入了决赛。而那个获得预赛第一名的男子，唐心看着很眼熟。她瞄了一眼周祖光手里的资料，发现那是印度选手阿卡图。

阿卡图明显将沈清源视为对手，在休息区的时候一直扭头和他交谈。沈清源看也不看他，只是喝水。不知道阿卡图说了什么，沈清源忽然勃然大怒，霍然起身。唐心都以为他下一个动作就是要揪住阿卡图，狠狠揍他的脸。不过沈清源还保留着冷静，并没有动手，而是愤愤地瞪了阿卡图一眼，转身走开。导演看到这一段，下令，“把这一段切掉。”

唐心松了一口气。她直觉这个片段如果播出，会给沈清源带来麻烦。

一切都在意料之中。虽然预赛是第二名，但赛制和奥运新规则是一样的，预赛成绩不计入总成绩。只要沈清源在决赛中正常发挥，金牌势在必得。

唐心正在默默分析，忽然镜头切转到观众席上，杜凌枫的脸瞬间被特写。导演乐了，“哎，这不是杜少么？他也来了？”

周祖光随口接了一句，“中国队的运动品牌都是他家企业赞助的，来看看也正常。”

唐心顿时慌了神。她想起那天早晨，杜凌枫发来的短信——“开门，我在门口”。当时她觉得他是开玩笑，现在怎么想怎么觉得诡异。说不定，那天杜凌枫真的在门口。

她赶紧找了个借口走出演播间，给杜凌枫打了个电话。提示音响了十几秒，杜凌枫才接听，“喂，哪位美女想我了？”

“杜凌枫，是我。你在多哈？”唐心开门见山。

“对啊，我不是早就告诉你了么？”

“那天早晨，你就在宾馆房间的门口，对不对？那你为什么躲着我？”

杜凌枫沉默了一秒钟，笑了，“没躲你，我刚到多哈，都没去找你，怎么会去你住的宾馆？”

唐心还是不放心，“你来多哈的目的是什么？”

“能有什么目的，来看亚锦赛呗。你别忘了，我也是一名射击发烧友，就是不参加比赛就是了。”杜凌枫语气调侃。

“算了，你从来都是这样不着调。”唐心直截了当地说，“你不要见沈清源，不要影响他比赛！”

杜凌枫笑了起来，笑声透着一股悲凉，“唐心，你彻底把我给感动了。你都自身难保了，还在担心沈清源。”

语毕，他挂了电话。

此时，杜凌枫已经从观众席走到了休息区。已经结束预赛的选手们，正在打算离开。他迅速从人群中找到了沈清源。

沈清源也看到了杜凌枫，面色立即阴沉下来。

“表现不错啊，有希望夺冠吗？”杜凌枫上前打招呼，面上堆着笑，却哪里都透着一股来者不善的意味。

张教练立即走过来，挡在沈清源面前，“杜先生，我们的射击手马上要离开这里，不方便多说，请你遵守我们体育队的规则。”

“我是他的朋友，就两句话。”杜凌枫邪邪一笑，“来卡塔尔之前，我和唐心一起探望……”

“杜先生！”张教练明显生气了。

沈清源却拍了拍张教练的肩膀：“让他说。”他目光灼灼地盯着杜凌枫，“你之前和唐心去了哪里？”

“哦，也没什么，就是我一个世交的叔伯是脑部专家，请他来为令堂诊治。唐心总是怀疑我居心不良，我就带她一同去探望。”

“你想干什么？”沈清源拧紧眉头。

杜凌枫慢悠悠地说：“我是一番好意。叔伯说了，令堂恢复的可能性很大，就是要加强护理，进行促醒治疗。没别的。”

沈清源没说话。

“这是好事，多少植物人被医生判定永远不可能醒来，现在有一线希望，不好吗？”杜凌枫甩着手里的墨镜说，“哎我可告诉你，我的胳膊现在痊愈了，别忘了咱们的约定。”

沈清源语气简短，“知道，比赛。”

“你们要比赛射击？”张教练插了一句。

沈清源回答：“对，不会影响比赛。”

张教练生怕杜凌枫再多说什么，拉了拉沈清源的衣袖，“走吧，归队。回去还要准备决赛。”

沈清源点了点头，明显有些心不在焉。

杜凌枫站在原地，一副洋洋得意的模样。老七跑过来，狗腿子地将一杯咖啡递给杜凌枫，“老大，咖啡。”

“嗯。”杜凌枫接过咖啡，靠在栏杆上喝了一口。

老七好奇地问：“老大，你这样说完全是避重就轻，反而挑起了沈清源的好战心，为什么呀？”

“你没看到张教练在旁边的吗？我自有打算。”杜凌枫晃了晃咖啡，“老七，你知道射击场上，什么样的人最容易输吗？”

“当然是技术差的人。”

杜凌枫摇头，“不是，是欲望强烈的人。”只有无欲无求，才能凝神静气，一击即中。

唐心急匆匆地回了酒店。周祖光喊她，她也顾不上答应，闷着头就往沈清源的房间里冲。

房间正好虚掩着门，她一边推门进去，一边喊：“沈清源，你见到杜凌枫那个大尾巴狼了吗？”

话音刚落，数道目光齐刷刷地看向她。室内的情形让唐心有些发怔，沈清源只穿背心坐在床上，陈宁正在给他按摩肌肉。少女的手很有骨感，五指修长，正在肌肉上揉捏推拿。

另一张床上，队医在给陈海做腰背按摩。江一天像个没事人儿一样，正坐在沙发上玩手机。看到她进来，江一天嬉皮笑脸地说：“唐姐，我队长不是小白兔，不怕杜凌枫那大尾巴狼，你就别担心啦！”

陈海嘿嘿一笑，“真不巧，我们不是故意当灯泡的。”

陈宁白了陈海一眼，“别乱说，唐姐都尴尬了。”

唐心纠结的不是这个，而是陈宁又在给沈清源按摩。这种感觉就像大冬天里兜头一盆冰水，别提多沮丧了。她怏怏地往门外退去，“不好意思我走错门了，打扰了，再见。”

“等一下。”沈清源从床上起来，追了出去。他一把拉住唐心，说：“是我让队医给陈海按摩的，人手调不开，所以陈宁就只能给我按摩。陈海今天预赛成绩虽然不错，但肌肉状态不好。”

他的话像在解释。唐心不由得心头一松，嘴上却说：“我也没说什么，你们谁跟谁按摩，关我什么事？”

沈清源顿了顿，“既然你没误会，那我就回去继续按摩了。”

唐心这才想起正事，忙喊住他，“你等一下，我有话和你说。”

沈清源回头，一本正经地问：“你刚才不是说，你走错门了吗？现在又说找我有事？”

唐心被暗怼一句，气得跺了跺脚，还是说：“杜凌枫在多哈，你不要和他多来往，我怀疑他不安好心。”

“他就是想要我那块金牌。”沈清源靠在走廊墙壁上，幽幽地说，“那是我第一块金牌，我自然不能轻易让给他。我还想着，有一天妈妈醒过来，我要一点一点地告诉她，她睡着的这段时间里都发生了什么。”

唐心想起沈母的病，心头一沉。

沈清源却在此时扭头，问她，“你之前是和杜凌枫一起去了医院，是吧？专家说我妈妈醒来的可能性很大，真的吗？”

唐心一怔，知道杜凌枫还是向他透露了一部分消息。她犹豫了一下，点头，“对，是真的。”想了想，她不放心地问：“杜凌枫就说了这些？没有再胡言乱语什么吧？”

“没有。只是我没想到，他居然会告诉我这个好消息。”沈清源轻轻笑了起来。他本就长得好看，一笑，眉宇就舒展开来，眼睛也微微弯起，颇有几分盛世风华的意味。

唐心整个人都看呆了，她很少看到沈清源这样舒心坦然的笑容。

“谢谢你，唐心。”沈清源笑着说，“妈妈要是醒过来，我一定把你介绍给她。她会比看到我的金牌更开心的。”

他的意思有些暧昧，唐心脸红了，赶紧扭头，“我回去了，还得发简历呢！过几天回国，我要重新找工作。”人必须得接受现实，她八成得离开电视台了。这次亚锦赛的转播工作，是她对这个行业最后的回忆。

“唐心，决赛结束，我会送你一份礼物。”沈清源突然没头没脑地说。

“什么礼物？”唐心好奇。

沈清源却神秘一笑，什么也没说，伸出一根手指放在唇上，作了一个保密的手势，就潇洒地转身回了房间。唐心哼笑一声，“切，居然还保密，我才不感兴趣呢。”

可是刚走了两步，她就开始胡思乱想，沈清源该不会是要把决赛拿的金牌当礼物送给她吧？不太可能，金牌是荣誉的象征。那是要在走下领奖台之后，送给她一个吻？额，他好像不是能做出这种事的性格……或者，求婚？唐心被这个猜想震惊到了。她捂着胸口，转身瞪着沈清源的房间，自言自语，“臭小子，求婚之前要告白，懂不懂啊你！”

那边，沈清源回到房间之后，明显心情大好，嘴角微微弯起。江一天放下手机，张大嘴巴瞪他，“队长，你居然会笑！”

“什么叫会笑？我每天都笑，你看不见吗？现在我笑一笑，有这么稀奇吗？”沈清源怼了他一句。

“队长你……每天都有笑？”江一天和陈海异口同声地反问。开什么玩笑，他们见的队长最多的表情，就是面无表情……

“那当然。”沈清源说得理所当然。

江一天耸了耸肩膀，“队长字典里的‘笑’，和我们的肯定不是同一个定义，鉴定完毕。”

陈海哈哈笑了起来，队医啪的一声打在他背上，“别笑，老实点，按摩呢！”

房间里的每一个人笑起来，只有陈宁的笑有些发苦。那是一种青春期少女常有的落寞神情，每一寸眼神都是失落。

曾几何时，最能让唐心满血复活的就是邮件提示音，因为那代表着有offer抵达。可是现在，这些邮件却让唐心困惑不解。

才早上七点半，唐心就看着邮箱里一大堆的“不予录取”的邮件发呆。在她求职生涯中，如果对方单位读完简历不满意，一般不会特意回复一封邮件表达拒绝之意。可现在，他们就像上赶着刷存在感一样，纷纷对她评头论足起来。

随手点开一封邮件，唐心气笑了，“专业课不达标，英文不够好，气质不佳，没有国际思维？这都是什么鬼理由，睁眼说瞎话吗？”她一摔鼠标，又是悲哀又是愤怒。

房门就在此时，笃笃地响了起来。

唐心以为是服务生，站起来开了门，却倒抽一口冷气。门外，徐典拖着一只行李箱站着，旁边站着满脸尴尬的周祖光。

“小唐，徐典病好了，来接替你的工作。你不是正好住标间吗，就让她和你一间。”周祖光解释。

徐典扬起了精致的下巴，故意让目光居高临下地瞟着唐心。唐心顿时火起，这是冤家寂寞，上赶着要见面吗？

“徐小姐派头大，再开一间房得了，何必屈尊跟我挤一起？”唐心挡着门口，动也没动。

徐典却不由分说地挤了进来，返身对周祖光笑眯眯地说：“这儿挺好，我就凑合住了。”说完，她将房门关上。

唐心戒备十足，“徐典，你没必要跟我住一块吧？”

徐典拖着行李箱，继续往房间里走，边走边说：“我来看看失败者落魄的样子，不可以吗？”

“卑鄙者的胜利，胜之不武。”

徐典回头，对唐心露出一个妩媚的笑容，“是，我是不够光明正大，不过过程不重要，结果才最重要。”

她打量了下房间，看到垃圾桶里有未扔的外卖盒，继续取笑，“还有啊，就算处在低谷，你也要好好经营你自己，要保证妆容完美，房间整洁，东西归置井井有条，毕竟——”她故意拖长了声音，捂唇而笑，“毕竟以后你就要生活在乱糟糟的世界里了，能保持美好的时光多久，就保持多久吧。”

唐心冷冷地看着她，像在看一个小丑。“谢谢提议，不过你这碗毒鸡汤毒不死我。”唐心将行李箱打开，一件一件地往里面收拾东西。徐典表情夸张地捂住嘴巴，“你要搬出去？你别忘了，你其实不怎么算电视台的员工了，这样花钱可能报销不掉的。”

“我自费。”唐心收拾好行李，将桌子上的苹果笔记本一把合上，拎起来就往外走。

徐典也不拦她，乜斜着她的背影，哼笑了一声。唐心狠狠掼上门，将房门擂得山响。

走出房间，唐心才收去一身冷傲，脚步放慢。她所剩的钱不多，根本无力再开一间房，只能求助于丁芳了。

她在丁芳房间门口敲了半天门，也没有回应，估计丁芳一同去训练场了。唐心沮丧地蹲下来，感到从未有过的无助感。没工作，没住处，没亲人，没钱……这种感觉真的很可怕。

不知道等了多久，唐心腿都蹲酸了，总算听到电梯那边传来了叮咚声。她赶紧站起身，拉着皮箱藏到了皮草间。同时，她在心里默默地祈祷：一定要是丁芳学姐，一定得是她……

电梯门开了，沈清源和陈宁走了出来。

唐心从门缝里看到两人，不由得一愣。她正犹豫着要不要出去打个招呼，忽然看到陈宁满怀期待地仰头看着沈清源。那种眼神，唐心再熟悉不过了。曾经，她也用这种眼神望向同一个人，恨不得一颗心全扑在他身上。

“队长，队医顾不过来，晚上我再给你按摩肌肉吧，毕竟你明天就要决赛了。”陈宁说。

沈清源一边掏房卡，一边回答：“不用了，是让你来见识学习的，又不是让你干活的。再说这几天你也累得够呛。”

“为了你，我愿意。”陈宁说完，脸就红了。

“可是我不愿意。你这样会给我很大压力，知道吗？”沈清源礼貌一笑，向陈宁挥了挥手，“再见。”

房门关上，发出了“滴”的一声。陈宁转身走了几步，又恋恋不舍地回头看沈清源的房间，仿佛一寸都挪不开。

直到电梯门又开启，其他几名中国队射击手走了出来，陈宁才收回目光，和队员们打招呼。

走廊里一时喧闹，接着队员们各自回房，才渐渐安静了下来。唐心站在皮草间里发愣，半晌才慢慢走了出来。她现在已经确定，陈宁喜欢上了沈清源。想起少女充满憧憬的眼神，莫名地，唐心心里酸溜溜的。

“想什么呢？”丁芳的声音突然在耳边响起。

唐心扭头，看到丁芳正歪着头看她。显然，丁芳刚从训练场那边回来。

“学姐，我房间混进了一只大老鼠，不能住人了，只能投靠你了。”唐心可怜兮兮地说。

“行了行了，点到为止啊。”丁芳掏出房卡，将房门打开。唐心赶紧将行李箱拖进去，转身向丁芳鞠了一躬，“谢谢学姐收留我！”

丁芳看了她一眼，意味深长地问：“你还没告诉我，刚才在外面失魂落魄地想什么呢？”

唐心收了笑，表情一点一点地严肃起来。“我在想，我职业生涯的最后一天，应该要怎么度过。”她垂下眼睫，黯然伤神。

射击亚锦赛的决赛，是沈清源体育生涯中浓墨重彩的一天。可是对于唐心而言，这无疑是极具重要意义的一天。因为从这天之后，她就要被彻底踢出播音主持这个行业。

决赛那天，电视台摄制组早早到了现场。今天这场比赛至关重要，电视台那边要进行直播。

天没亮，唐心就跟着摄制组出发了。进入现场之后，望着空旷的射击场，她感到血管里的血液都沸腾了。

一想到几个小时后，人类体育史上又将增添几笔，她就感到一股热血沸腾。

“唐心，你来对一下资料。”周祖光将一叠资料交给她。

唐心答应一声，坐在一旁开始翻看资料。徐典走过来，斜看她一眼，忽然一巴掌将资料打得满地都是。

“你干吗？”周祖光火了。从徐典出现在多哈的那一刻起，他就嗅到了一股火药味。为了和气，他隐忍不发，没想到徐典越来越过分。

徐典抱着双臂，白了唐心一眼，“台里已经把她停职了，她没有资格进直播间！”

“我没看到停职文件。”唐心接了一句，弯腰拾起资料。

徐典冷笑，“你做了那样的丑事，还有脸赖着不走？唐心，你知道你现在像什么吗？一只将脑袋插进沙子里的鸵鸟。明明知道悲剧已经发生，居然还装作没那回事。”

“你说够了没有？说够了就赶紧去准备！今天是直播，谁都没那个工夫听你打嘴炮！”周祖光打断了徐典的话。

徐典气得满脸通红，愤愤地瞪了他一眼，昂着高傲的头离开了。周祖光看了看沮丧的唐心，安慰说：“别把她的话放心上，你就当刚才这里飞过一只苍蝇，嗡嗡嗡嗡的。”

唐心揉了揉眼睛，勉强笑了一下，“谢谢周主任。我没事，我只是在可惜，今天是我最后一天的工作，都不让我好好面对。”

周祖光沉默。的确，这件事想起来就让人憋屈。

时间紧迫，等到设备检查完毕，做好了各项准备工作，决赛也开始了。直播间里的每一个人，立即高度投入到直播工作中去，不敢有丝毫的纰漏。

唐心紧紧盯着靶位，默默地在心里祈祷。沈清源一定要超常发挥，一定不能出任何差错……

试射开始，射击赛场上方立即响起了音乐。观众席上也并没有像以前那样安静，而是充斥着谈话声、手机铃声等等。唐心忍不住皱了皱眉头，目光紧紧追随沈清源。沈清源旁边的射位，正站着阿卡图。他表现十分轻松，试射的成绩很不错，毕竟是预赛中名次靠前的选手。唐心几乎可以预测出，阿卡图是沈清源最大的对手了。如果两个人都能正常发挥，按照淘汰赛制，留在最后的将是他们的对决。

沈清源面无表情地擦拭着枪械，看不透内心在想些什么。他举枪试射，成绩很快出来，和阿卡图的不分上下。

“试射的成绩都还算不错，这说明中国队的射手状态都很好……”徐典和周祖光在进行体育讲解。

唐心依旧没有松懈下来。这种情况太多了，试射状态好，正式射击的时候成绩一落千丈，所以现在根本不能太乐观。

果然，沈清源第一枪的成绩不算太好，8.6 环。唐心一下子紧张起来，呼吸也凝滞了。不过沈清源并没有被影响到，依旧眼神淡淡，将手臂垂下，进行调整休息。好在他很快调整回状态，连续打出了几个10环，成绩排名和阿卡图不相上下。可以看出，最终金银牌的角逐，基本上是他们两者之间的较量。

“中国队的三名选手目前的排名分别是第二名，第四名以及第五名。第二名的选手是沈清源，和第三名拉开了差不多4环的距离。我们现在就可以做一个乐观的预估，沈清源至少能拿到银牌。”周祖光对着话筒进行体育解说，语气飞扬，充满了自信。

徐典微微一笑，接着说：“可是要保持现在的排名，需要沈清源保持良好稳定的状态。男子50米慢射里面，最后十枪是至关重要的，就看沈清源最后十枪的发挥了。”

虽然唐心很讨厌徐典，可她不得不承认徐典说的是对的。很多射击手刚开始成绩不错，结果打乱了得失心，枪枪成绩下滑，最后一败涂地。

她捏了一把冷汗，喃喃地说：“沈清源，稳住……”

射击场上不断有排名末尾的射手离开，留在赛场上的射手越来越少。眼看就要剩下最后十枪了，沈清源仍然没有和阿卡图拉开太多距离。这也意味着，阿卡图随时可能超过沈清源拿走金牌。

唐心一边在心里测算着，一边紧盯着沈清源。只见他再次举枪，瞄准之后，砰然开枪！然而，这一枪的成绩并没有显示！

唐心心头猛沉，不明白到底发生了什么事。她只看到裁判员走到沈清源身边，在和他交流着什么。镜头里呈现出沈清源的面部特写，依然是神情平静，然而他微蹙的长眉暴露了他的内心世界。那像是一种海面下的波澜，表面平静，可是暗流涌动。

很快，场内用英语开始播报赛况，唐心凝神静气地听着，猛然听到了“错射”这个单词，顿时懵了。

错射，即是子弹射中了他人靶上，是一种犯规行为。情况严重的，会按照脱靶处理。

徐典被这一幕惊得倒抽冷气，还是周祖光反应迅速，立即解释了错射的情况。他讲解完毕，回头往唐心看了一眼，目光充满担忧。

唐心太明白错射所产生的后果了。除了伤心和失落，她还有些疑惑：在这种国际型比赛中，很少有射击手犯规的情况。沈清源也算是身经百战了，他到底为什么……

“目前看裁判员如何裁定吧，如果按照脱靶处理，那么沈清源直接被淘汰。真是太可惜了。”周祖光收回目光，继续讲解。

唐心紧张得揪住衣服拉链，手背上青筋暴起。她默默地在心里祈祷，不要按照脱靶处理，不要……

终于，裁判结果出来，这一枪按照扣两环作处理。唐心松了一口气，但是也并没有乐观多少，因为沈清源的名次从第一名一下子掉到第八名。加上这一枪的失误，夺冠几乎是不可能的。如果沈清源的下一枪成绩不好，那么就面临直接被淘汰的局面。唐心从镜头中看到，阿卡图嘴角弯起，露出了志在必得的笑容。没错，冠军几乎可以锁定是他。

就连周祖光也开始有意回避这个令人伤感的话题，开始剖析起其他两名中国队射手的名次来。

比赛继续进行，射击手们纷纷举起了枪。因为沈清源很可能要被淘汰，所以镜头拼接了他和第七名选手的比赛画面。画面中，沈清源依然一副岿然不动的神情，眼眸乌黑，深不可测。然而唐心明白，他的内心一定承担着非常大的压力。

砰！砰砰！枪声陆续响起，射击手们纷纷落臂休息。电子屏不断地显示出这一枪的射击成绩。沈清源的这一枪非常不错，10.1 环。

观众席上响起了稀稀落落的掌声。

“好的，沈清源目前前进了两个名次，暂时不会被淘汰了。”周祖光长舒一口气。

比赛暂停，会有一段短暂的休息时间。唐心从镜头里看到，沈清源走到休息区的边缘，低着头和张教练在交谈。看得出，张教练一直在压抑着内心激动的情绪。从他的眉宇间，唐心看到了绝望，夺冠的希望十分渺茫。

直播间的话筒被暂时关掉了。徐典转过身，盯着唐心，“看来，他发挥得不怎么样嘛，连这种低级失误都犯了。”

唐心没理她。

“他身为一名中国队射击手，居然这样疏忽，我都怀疑他是不是故意的。”徐典语气中满含轻蔑。

唐心内心的火苗猛然变成冲天大火，她气得浑身发抖，“徐典，你不要出口伤人！你可以质疑沈清源的射击技术，但你不要像个惯犯一样，给他的人品泼脏水。”

“惯犯？”徐典目瞪口呆，“你到底什么意思？”

唐心冷冷地看她，“字面意思，直来直去，不带潜台词，就是说你不是第一次污蔑别人的人品了。”

徐典气得咬牙，却转念一想，嘲讽地回击，“算了，不跟你计较。因为不管你说什么，只要今天走出这个门，你就再也不是我的同事了。”

唐心顿时浑身冰冷，犹如许多年前，她站在大太阳底下，茫然不知沈清源去了哪个方向。阳光很暖，她却浑身发冷。走出亚洲射击锦标赛的赛场，她就要彻底和这个行业说拜拜了。

“又吵什么吵？这是直播，不是转播！”周祖光端着一杯水从外面进来，看到两人这副样子，立即猜到了发生的事情。他不满地看了看站在旁边的导演和工作人员一眼，他们刚才居然袖手旁观，没人去劝说一句。

唐心更加心凉。她不再是电视台的一员了，所以也没有人来管她和徐典的闲事。人未走，可是茶已经凉了。

“继续了继续，比赛要继续进行了。信号还正常吗？”导演插了一句，打破了僵局。徐典看唐心不说话，也不想再作纠缠，哼了一声，转身坐到讲解员的位置上。

比赛继续进行，射击手们重新上场。阿卡图明显轻松了许多，眉宇飞扬，步伐也轻快不少。唐心更加气闷，知道金牌几乎是阿卡图的了。

“好了，各位观众，比赛继续进行。接下来的最后十枪至关重要，关系着中国队的几名射击手的排名，以及金银铜牌究竟花落谁家……”周祖光开始了讲解。

一声令下，射位上的射击手们举起了手枪，瞄准了靶心。整个直播间顿时沉默，每个人都紧紧盯着显示成绩的电子屏。

枪响了。

唐心感觉心脏快要从胸腔里蹦出来，几乎不敢去看成绩。从目前来看，沈清源被淘汰的可能性还是很大的。

不过，出乎所有人意料的是，沈清源这一枪的成绩还算不错，陈海倒是直接打了个 5.4 环，淘汰出局！

“真是让人意外啊，不过射击手的成绩有高有低也是正常，只要射击手尽力了就好。”周祖光无奈。

画面里，陈海低着头从射位走向休息区，那里已经坐了不少被淘汰的选手。他往座位上一坐，很是懊恼。

镜头转切，屏幕里又出现了射击手。观众席上，中国队的观众们情绪都有些低落。毕竟刚淘汰了一名种子选手，剩下的两名中国队选手一个排名比较靠后，一个刚出现过低级失误，而能够燃烧人们的肾上腺素的，只有金牌。

场上，时间似乎静止了。

沈清源低着头，耳帽隔挡了一部分声音，护眼器让他看不到左右，可是心里的声音不断地冒出来。休息的那短短几分钟发生的事，还不断地在他脑中重复播放。

——不要去想奖金！我知道奖金能让你母亲醒过来，可是这是射击赛场，不允许有任何私心杂念存在！丁芳对他说的这句话，还历历在耳。

他不得不承认，自从杜凌枫告诉他这个消息以后，他的心活了。他几乎撇不开这件事。这是欲，也是一名射击手最大的敌人。

沈清源皱了皱眉头，极力让神思回归现实。裁判的“准备——”传来，他稳稳地举起了手枪。

当听到射击的命令时，他扣下了扳机。

观众席上一片静默，赛场上除了比赛要播放的音乐以外，没有人说话。所有目光都在注视着成绩的电子屏。

“10.9 环！慢射 10.9 环！”周祖光激动得连说两次。唐心呆呆的，以为自己听错了。直到周祖光确定说出这是沈清源的成绩，她才高兴地跳了起来，紧紧捂住嘴巴。

阿卡图的成绩也显示出来了，发挥失误，只有 4.1 环。

“排名重新来过，现在第一名的不是阿卡图了，而是哈萨克斯坦的一名选手。沈清源目前位列第四，他能否在最后几枪逆袭成功，让我们拭目以待。”徐典播报完，扫了一眼在旁边兴奋无比的唐心，有些不悦。

观众席的中国区顿时响起了掌声。在慢射中，能够拿到满环的现象不多。刚才还以为沈清源必定会在三枪之内淘汰的观众，再次打起了精神。

阿卡图握枪的手有些发抖。他强迫自己集中精神，再次射击。然而这一次的成绩是 8.9 环，虽然有起色，仍然不能让他重回第一。而沈清源的成绩仍然保持在 10 环以内，他的名次在稳步上升。

唐心一瞬不瞬地盯着电子屏幕上的成绩。她已经陷入了一种忘我境界，全神贯注着沈清源的成绩。很快，阿卡图被淘汰了，只拿到了第四的名次。

他走向休息区，发泄般地踢了一下椅子。因为顾忌到组委会，他没敢用全力，那种想发泄又克制的矛盾状态，让他看上去有些滑稽。

场上的射手也越来越少，最后，只剩下沈清源和那名哈萨克斯坦的射击手。

沈清源目前的成绩，落后对方足足有 0.5 环。他要想夺冠，必须要在最后一枪领先对手 0.5 环以上才有希望。如果沈清源那一枪没有错射，没有被扣掉 2 环，那他现在是妥妥的冠军了。可惜这世界上没有如果。

哈萨克斯坦的射击手进行射击，成绩出来后，观众席上掀起了小小的惊呼。那是一个很高的成绩，10.1 环。

沈清源要想在最后一枪达到 10.6 环以上，几乎是不可能的。满环很难复制，他只剩下一次机会。喧嚣远得恍若隔世，却是蓄势待发，仿佛在等他这一枪的子弹出膛，击靶，尘埃落定之后，再决定是以欢呼，还是以安慰的面容出现。

沈清源闭了一下眼睛，在这不足一秒的瞬间里，他已经温习了射出 10.9 的那一枪时，他瞄见准星的位置，手臂的角度以及呼吸的力道。温习完毕，他举起了枪。

砰！

唐心默默地闭上眼睛，没有再去看电子屏。很快，她听到观众席上响起了欢呼声，才大梦初醒般地问：“夺金了？”

没人回答她，周祖光和徐典在激动地播报这个喜讯，其他工作人员正在准备采访用的摄影器材。唐心望着屏幕里的沈清源，他面带微笑，正在向观众席招手致意。

直播间里的讲解结束，镜头转向领奖台。沈清源和银、铜牌获得者一同站在领奖台上，中国国歌在全场飘荡。

在射坛上，这样的逆袭式夺冠并不多见。周围高手环伺，而射手发生了严重失误，要想在这样的心理压力和环境压力下突围，简直是难上加难。所以这枚金牌，也更加可贵。

唐心望着站在领奖台上的沈清源，只觉得恍若隔世。万千光辉凝于他一人，而他却不自知。就是这种气度，才让他更加迷人。他已在巅峰，而她则在谷底。

“再见，沈清源。”唐心向领奖台方向深深地望了一眼，转身离开了直播间。身后，国歌响起，可她再也没有勇气留在这里。从今天开始，她要习惯说一个词，那就是再见。

唐心回到酒店后，开始收拾行李。她已经预定好了晚上的机票。只是收拾到一半，她忽然没了力气，颓然坐在地毯上。这一趟回国，这段职业生涯是真的结束了。

唐心正伤感着，手机忽然响了起来。她拨开屏幕，看到沈清源给自己发了两个微信红包。

她懒懒地发了一条消息：发红包干吗？庆祝？

沈清源回复：这是改签手续费，把机票后延。

唐心看着那一行字愣了半天，狠狠心关掉了手机。她一鼓作气将行李收拾妥当，一鼓作气退了房，紧接着到酒店门口打车去了机场。

机场的候机厅里，灯光在大理石地面上映出似水波影。唐心呆呆地看着，脑海中却抹不去那个人的身影。她掏出手机，犹豫着要不要开机。突然，一只手从前方伸来，一把夺走了她的手机。唐心惊愕地抬头，看到杜凌枫站在面前。

几日不见，他明显沧桑沉稳了许多。面对唐心，他微微一笑，“马上就要登机了，开机做什么？”

“不管你的事！”唐心没好气地抢回自己的手机。

“你不会想看沈清源给你发了什么信息，然后回去找他吧？”杜凌枫用肩膀轻轻撞了她一下，“别想了，他现在是亚锦赛冠军，等着接受多少人的采访。你回去，能为他做什么？”

唐心心头一痛，脱口而出，“杜凌枫，我一辈子都不想看见你！”说着，她拖起行李箱，快步往登机口走去。

“恐怕不能如你所愿了，因为我也是这趟飞机。”

唐心停步，惊讶地回头看杜凌枫。而杜凌枫一副得逞的样子，大摇大摆地越过唐心，从外套口袋里掏出护照和机票晃了晃。

“你！”唐心气得跺脚，却也无可奈何。

登机后，唐心发现自己的邻座是个肥头大耳的中年男子。他用一双被肥肉挤得只剩条缝的小眼睛，来来回回地瞄着她的胸部。唐心更是怒火中烧，向空姐要了一条毛毯，狠狠往头上一披，遮住了春光无限。肥肉男有些惋惜，拎起毛毯一角，问她：“小姐，你有这么冷吗？非要盖毛毯。”

“不冷，只是为了防止咸猪手。所以请你现在就把毛毯放下，不然我喊你流氓了。”唐心冷冷地回应。作为一名资深美女，她已经厌倦了各类流氓客套。

肥肉男有些恼羞成怒，“你什么意思？我这个人向来正派，从不做亏心事，你可别乱说话啊！”说着，他已经激动起来，霍然起身，“这位小姐，你把话说清楚，别随便污蔑人！我告诉你，我可是律师！”

唐心没想到肥肉男居然会嚷嚷出来，愣了一愣。肥肉男还以为她怕了，继续喊：“明明是你贴过来，我告诉你我有老婆孩子，你就反咬我一口。哎，我可什么都没干啊。”

空姐询问唐心，“这位女士，到底发生什么事了？”

“能换座位吗？这里有蟑螂。”唐心懒得和肥肉男废话，站起来向空姐要求。空姐有些为难，摇摇头说：“女士，这得需要您和其他乘客商议。”

肥肉男不禁得意，嚣张无比，“不行，你换座位了，就摆明是我欺负你！我得让大家明白，我是正经人……”

就在这时，一个懒洋洋的声音打断了他，“闭嘴行吗？你看看你的道德准线都低成什么样了。”

唐心扭头，看着杜凌枫从通道口进来。他一身雅痞气息，甚至有些无赖，用肩膀狠狠撞了一下肥肉男的肩膀，往唐心旁边一坐。

“你，你想干吗？”肥肉男警觉。

“头等舱，跟你换，换吗？”

“换，换。”肥肉男立即将羞辱唐心这件事忘到了九霄云外，乐颠颠地跟着空姐离开。

唐心气呼呼地将毯子往头上一盖，杜凌枫掀开一角，“怎么了？看见我跟看见鬼一样。”

“没有，就是觉得你心怀鬼胎。”

杜凌枫低头把玩着她毛毯上的流苏，“你要是想让我走，现在就可以对空姐说我是流氓。反正你不说这话，我是不走的。”

恰在此时，一名身姿窈窕的空姐推着餐车走了过来。唐心举起了手，“等一下。”

“这位女士，请问您需要什么？”空姐露出职业化的笑容。

唐心脑中天人交战，那一句“他是流氓，我想换座”怎么都说不出口。最后，她低声说：“一杯咖啡，谢谢。”

空姐微笑着答应，将一杯咖啡递给了唐心。唐心随手放到杜凌枫的桌上，心情很差地望向窗外。

杜凌枫笑了，喝了一口咖啡才说，“我知道你为什么讨厌我。放心吧，我从不欠别人。徐典给你制造的麻烦，我来摆平。你尽管回去，没人敢让你停职。”

唐心惊讶，“你做了什么？”

“我在电视台那边还是有点面子的，毕竟有这个。”杜凌枫搓了搓手指。

“你用钱摆平的？”

“不然呢？”

唐心冷笑，“杜少爷，我不需要。”

“那你就只能回去辞职，跟这个行业彻底说再见。”杜凌枫耸了耸肩膀，“你别忘了，污点洗不清，也影响你以后的路。”

“你……”唐心被堵得一句话也说不出来。她想了想，迟疑地问：“你真的只是为了弥补徐典犯下的错？”

“不仅仅是。”

“还有？”唐心立即紧张起来。

杜凌枫眼眸深深，忽而一笑，眼神里带着从未有过的认真，“还有，你和小辞这样像，我怎么舍得你难过。”

这话说得无比暧昧，唐心后背上顿时起了一层鸡皮疙瘩。她尴尬地笑了笑，“你，不会是看上我了吧？”

杜凌枫却答非所问，只淡淡地说：“下了飞机，该干什么干什么。记住，没人能把你从这个圈子里踢出来。”

CHAPTER TEN

10

他的轻吻

——唐心闭上眼睛，感受他的气息和味道，干燥而敏感，像加州的风，从海上呼啸着狂奔了万里，却在抵达陆地的时候化为绵绵雨风。

下了飞机，唐心用了一天时间倒时差，之后就去电视台上班。让她意外的是，电视台里的同事看到她之后神色如常，只有台长看到她后的神色有些意味深长。不仅如此，她还接到了明天去机场采访回国运动员的通知。

唐心脑中稍微转了转，就明白了原因。假的毕竟是假的，徐典就算是举报她，也不敢大肆张扬。说白了，徐典还是心虚。所以，估计知道这件事的领导也只有台长。

她去了编导组找到梨子，梨子见到她，高兴得眼睛都在发亮，“唐心，你总算回来了！台里没动静，这是不是代表你可以留下来了？”

“不代表，这是杜凌枫在帮我，但我还没想到要不要接受他这个人情。”

梨子顿时笑色全无，嘟着嘴巴摇晃着她的手，“那你就接受呗，反正是他女朋友作的怪，他弥补你是应该的。再说你舍得离开这里吗？”

“没那么简单。”唐心有些失落。她想起杜凌枫在飞机上的语气和神态，总觉得有些不安。

女人的直觉告诉她，杜凌枫会爱小辞一辈子，但不确定他不会对第二个女人感兴趣。

第二天，唐心跟着摄制组一起出发，早早地到了机场。一起在机场等候的有闻风而至的粉丝们，还有一些媒体记者。

她想起要再次面对沈清源，下意识地闭上眼睛，调整状态。不知道等了多久，有人在她耳边轻喊：“出来了出来了！”

唐心睁开眼睛，看到射击队一身轻简地走出来，为首的是张教练，丁芳在靠后，沈清源则走在中间的位置。

尽管他没在最前方，但唐心一眼就看见了他。她赶紧举着话筒迎上去，而沈清源正好在此时将目光转了过来。

他们四目相交，眼神里微微有些激动。在多哈的那一晚，他们的关系彻底破冰，可彼此间还有一层窗户纸没有戳破。

“你好，我是体育报的记者，请问你这次夺冠，回国后的心情如何？”记者们涌了上去，一名男记者率先提问。

“很累。”沈清源言简意赅，眼睛却望向唐心。

“为什么呢？是终于实现了梦想，也卸下了肩头重担，所以感到很累吗？”记者立即联想起来。

沈清源却耸了耸肩膀，“哦，坐了三十多个小时的飞机，谁都很累。”

男记者一脸尴尬，心里默默吐槽沈清源真是个话题终结者。他张了张口，还想再问，沈清源却一指唐心，淡淡地说：“你们都让一让，我想接受这位记者同志的采访。”

记者纷纷扭头惊讶地看唐心，不明白沈清源怎么会突然提出这样的要求。

唐心干干一笑，上前将话筒递到沈清源面前，“沈清源，这次你载誉归来，请问你此刻的心情如何？”问完，她在心里摇了摇头。其实她从踏入机场后，脑子就乱乱的，根本没有思考更好的问题，也只能问了一句废话了。

沈清源看着她的眼睛，“很幸福，很满足。”他的眼眸温柔似水，所有的焦点只集中在她身上。唐心脸红了，心口剧烈地跳起来。

站在唐心旁边的那位男记者都快哭了，不懂同样的问题，沈清源为什么给出了另一个答案。

唐心默默做了一个决定，再问一个问题坚决要把机会让给同行，不然整个机场都要变成粉红色。

然而就在此时，徐典突然从人群中冲了出来，将她狠狠一拉，“唐心？你没资格采访。”

唐心一个站立不稳，连续后退了两步。周祖光从徐典身后冲了出来，“徐典，你干什么？有什么事回台里说。”

“我再不说，她还死乞白赖着不走。”徐典眼神怨毒地盯着唐心，“她明明因为色情主播的事情被开除了，还在这里采访！”

周围顿时响起了倒抽冷气声，无数道惊讶、鄙夷的目光投向唐心。人群里响起了窃窃私语，“真想不到，她居然会做出这样的事……”

“上头默默处理她还不知足，非要厚着脸皮留下，真不识趣。”

……

唐心没想到徐典会当众宣扬这件事，顿时懵了。她只觉得那些目光像一把刀，一刀刀地割着她。切肤之痛原来这样痛苦。

丁芳走过来，冷冷地看向徐典，“事情还没查清楚，你就这样下定论？”

“这定论不是我下的，而且唐心也没有证明自己清白的证据。对吧，唐心？”徐典笑得人面兽心。

唐心有些无地自容，飞快地对摄像大哥说：“这一段剪掉。”接着才低声说，“我先走了。”

“站住。”沈清源突然开口，将她的手一把拉住，“没有犯错的人，不需要，也一定不要承担任何后果。”

“沈清源，求求你，让我走。”唐心几乎是哀求着望着他。这是她最不敢面对的场景，和徐典正面冲突，周围围满了道德审判者，每个人都能够对她评头论足。徐典这一招真是又毒又准，这是荡妇羞辱，能将一个女人直接钉死在耻辱柱上。现在，她正得意地望着唐心，眼睛里充满了复仇后的快感。她是真的疯了。唐心几乎可以确定，现在的徐典已经不顾忌杜凌枫，也抛弃了撒谎后的心虚了。她只想报复自己，不管捅上多少刀。

徐典冷笑，“沈清源，你这是要把我们每个人都弄得难堪吗？尤其是唐心，你这样对她不好。”她扫了唐心一眼，“是不是？”

唐心懒得辩解，只觉得疲惫，想要将手抽回来。沈清源却抓得更紧，看着徐典冷笑，“你不就是要证据吗？我有。”

“你有？”这次轮到徐典发愣了。

“我本来想回国后，跟唐心一起到台里解释清楚的，但既然你都不顾及脸面了，那我只能当着大家的面说清楚。”

徐典面上扫过一丝慌乱，却还是硬气十足，“本来就是唐心犯错，你能有什么证据？”

“你就这么确定？”

“确定。”徐典加重了语气。

“好，那我就让你明白，你的‘确定’有多草率。”沈清源往站在几步开外的陈宁招手，“手机。”陈宁忙不迭地将手机掏出来，丢给沈清源。

他点开手机，划拉了几下屏幕，举到徐典面前，“看清楚了，这是唐心所有的直播视频，每一帧都可以证明她的清白。”

视频里，唐心在对沈清源的比赛进行讲解，俏皮古怪的风格立即引起了一阵善意的笑声。

“这真的是她吗？这个风格我觉得还蛮可爱的。”

“这也算色情直播？指控这个视频的人是不是还活在大清朝？”记者们纷纷议论起来。

徐典看着视频发呆，脸上白得没有一丝血色。唐心震惊极了，都忘记将手从沈清源手里抽出来。

丁芳冷笑，“证据终于出现了。既然唐心是清白的，那指证她的人就是栽赃陷害了吧。”

徐典脸色发白，悄悄后退，后背却被人一把抵住。她回过头，看到满脸严肃的周祖光。

“我记得当初举报唐心的人，就是你。”周祖光眼睛里闪烁着愤怒，“你倒是说说，这究竟是怎么回事？”

“我……其实我不是很确定，当初那些截图都是别人发给我的，我其实也没有亲眼看过视频。”徐典结结巴巴地说。

周祖光更加恼火，“你都不确定的事情，就举报？就能轻易毁掉一个人的人生？”

徐典面红耳赤，灰溜溜地逃走了。周祖光瞪着她的背影，语气里满是嫌弃，“这次我一定不会善罢甘休，这件事必须要弄个清楚。”

“这种小人也敢欺负我学妹，看来你平时对唐心不怎么样。”丁芳搂着唐心的肩膀，白了周祖光一眼。

周祖光赶紧辩解，“我没有，不信你问唐心。”

唐心乖巧，使劲点头，“学姐，周主任对我是挺好的。谢谢你们对我的关心，祝你们早日复婚。”

这一把狗粮撒得突如其来，丁芳和周祖光被闹了大红脸，只好旁顾而言他，然而唐心的话在两个人心里都无异于埋下了一颗糖果。

张教练咳嗽了一声，唐心这才发现自己的手还被沈清源握着。她脸热心跳，赶紧抽出手来，掩饰性地捋了捋头发。

此时假装和沈清源不熟，还来得及吗？这个念头在唐心脑海中转了一转，就立即被无情地掐掉了。来不及了……她拿他比赛的视频进行直播，他为她挺身而出。四周众目睽睽，这下子怎么都撇不清关系了。

唐心懊恼地瞪了沈清源一眼，沈清源眼底却微微有笑意，显得格外白净俊朗。颜值是个好东西，摄像机顿时齐刷刷地对准了他，没人还想得起来，眼下有个现成的体育八卦。

机场的采访进行得十分顺利，唐心收工的时候，运动员们都已经乘上专用的大巴车离开，记者们也纷纷散去。她整理了下衣服，刚坐上台里专车，就接到了沈清源的电话。

“沈清源？”唐心下意识地看了看四周。

“我共享给你一个地址，你现在去这里，我有事和你说。”沈清源说完，就将电话挂断了。

“喂我没有答应赴约啊……”唐心看着手机屏幕，有些无语。

刚才采访的时候，两个人都表现得十分禁欲，一本正经加目不斜视，结果一转身就开始私下邀约。这种行为，简直像极了一对久别重逢导致欲火焚身、特别想要偷腥的猫！太像秘密恋爱了……

丁芳的短信也在此时冲了进来，“唐心，就在刚才，我简要地把你直播的原因告诉了沈清源，你和他聊聊吧。”

什么！唐心顿时有了一种想死的冲动。她哭丧着脸回复：“学姐，你把我的底细交代给他，是不是报复我劝说你和周主任复婚啊？”

丁芳很快回复：“没错。”

“你们复婚是顺应人心，学姐你就从了吧。”

“我把你的‘病情’告诉沈清源也是顺应人心，你记得加油。”丁芳毫不留情。

唐心在心里默默流下两行宽面条泪，回复：“好的，我决定向恶势力低头。”

出了机场，唐心在一个便利的地方下了车。她按照沈清源给的地址，找到了一家位置隐秘的咖啡馆。咖啡馆看上去有些年头了，门口的玻璃窗上垂下的绿藤，刚刚抽出了新芽。前台的服务员听闻她姓唐，立即将她引到了二楼的一个包厢。包厢里香气氤氲，沈清源坐在沙发里，正低头翻看一本杂志。

唐心走上前，将杂志从他手里抽出来，“你拿反了。”

“哦，我也是刚拿起来。”沈清源略微局促，伸手让了让唐心，“坐。你想喝点什么？”

“黑咖啡。”

“一杯黑咖啡，我要一杯气泡水。”沈清源对服务员说。

服务员应声说好，转身便出了包厢。一直到咖啡和气泡水都端上来，唐心才问：“你之前说要给我一份礼物，就是指视频吗？”她想起，他在酒店走廊外对她说过的话。原来是她自作多情，他的礼物并不是告白。

沈清源垂眸，微微点头。

“谢谢，可是你为什么不早点告诉我呢？”

沈清源顿了顿，“抱歉，本来想早点告诉你的，但是一直都在训练，都没有机会说。”

他的撒谎技巧十分拙劣，可是唐心却信了。她认同地点头，夹起一块方糖放入黑咖啡，低头用小银勺搅拌着。咖啡的雾气丝丝袅袅地浮上来，模糊了唐心的面部轮廓，让她多了一丝朦胧美。就在这一刻，沈清源后悔自己没有说出真相。从始至终，他一直都在掩饰自己的真实情感。他逼着她删掉了那些直播视频，自己却鬼使神差地下载了所有。在入眠之前，或者在训练的空暇，再或者是饭后小憩，他都会偷偷点开视频。只要看到她的笑容，他就会立即感到心里被填满，被温暖。可是因为他的掩饰，她可能永远都不知道他的这种心情了。

“沈清源，那你这次找我，要和我说什么？”唐心深呼吸一口气，尽量保持情绪平静。

“我想对你说，对不起。”

唐心有些失落，却还是不甘心，追问：“就只有对不起？”

“是的。”沈清源的回答十分坦然。

唐心莫名很失望，也很窝火。她一直以为，他们还是能走到一起的，可是他现在只是仅仅想要道歉？“如果你是介意我在直播里说你欺骗女生感情，为了这个而道歉，那我现在就可以告诉你不必了。”

“不是的，是丁医生告诉我，当年我的意气用事给你造成了很大伤害。我很难想象，当你在主持体育节目时，顶着什么样的压力才让自己不至于口吃。”沈清源看着她的眼睛，“对不起，当年我伤害了你的自尊，希望我能够弥补你。”

唐心心里有些苦涩，“那你告诉我，就算你当年要退学，为什么要和我分手决裂？你有必要做得这样绝吗？”

沈清源显然没有想到她会这样问，愣了一愣才说：“没什么，就是觉得我们的世界已经没有交集了。”

他的眼睛依旧那样漂亮俊秀，他半边身体都浸润在窗玻璃投入的温暖阳光里，可是唐心依然觉得他很冷。他的眼睛里没有对未来的期许，他也只是暂时坐在这个充满阳光的座位里，一边向她道歉，一边向她撒谎。当年那样伤害她，给了她一个长达五年的噩梦，就是因为这样一个似是而非的理由？唐心突然觉得很可笑。她也想解脱，也想放手，所以用了五年多，也就是一千九百多个日日夜夜来挽救自己。她原本以为她已经释然，可是当他重新出现在自己面前的时候，她才发现，伤口没有痊愈，因为他已然成了一根针，永远都扎在肉里。

唐心将咖啡杯重重地放回小碟子里，苦笑连连，“那你要如何弥补我呢？当年你离开的方式非常自我非常混蛋，那现在是不是要补给我一个温情版的分手方式？画一个圆满的句号，是这样吗？”

话音刚落，她就看到沈清源的五官在眼前猛然放大，接着嘴唇压上了一个柔软的事物，带着缠绵悱恻的气息。

他的吻压了下来。

唐心闭上眼睛，感受他的气息和味道，干燥而敏感，像加州的风，从海上呼啸着狂奔了万里，却在抵达陆地的时候化为绵绵雨风。这五年，他明显没有什么玫瑰往事，这个吻明显生涩而稚嫩，如同晨起的第一缕光，带着新鲜。

唐心想哭，泪水从睫毛下流了出来。沈清源一顿，轻轻地离开她的脸。

“这是五年前欠你的。希望这样能让你好受一些。”他脸上带着哀伤和疏离，“唐心，五年前的我，的确是很爱很爱你的。”

他爱她，是五年前的事，不是五年后的现在，也无关未来。他真的很有分寸，可就是这种分寸感，伤人于无形。

“你弥补得很差劲！说了是圆满的句号，可是你给了惊叹号。”唐心飞快地擦去眼泪，在多哈的那一夜的美好感觉，迅速离她而去。

沈清源站着没动。他的身姿映在窗玻璃上，成了一个孤绝的剪影。

唐心站起身，打开了包厢的门。在迈出包厢的时候，她的步伐有些犹豫——她是在等他的挽留。可是他没有挽留。

唐心仓皇地走下楼梯，脚步有些凌乱。她甚至在拐角的地方，一个没站稳，跌倒在台阶上。路过的服务生赶紧去扶她，“小姐，小心一点。”

“我没事，我一点事也没有。”唐心支撑着站起来，仍然往外冲。她此时心里只有一个念头，离开这里，越快越好！

出门的时候，她迎面撞上了一个男人。唐心连声说对不起，紧接着撇开那人，推开门就跑了出去。她全然没有注意到，那个男人是杜凌枫。

杜凌枫站在门前，目送唐心离开，表情十分严肃。片刻，他扭过头，一步步地慢慢上了二楼。他走到包厢里的时候，沈清源还没有离开，依然靠窗而坐，对面放着一杯冷掉的黑咖啡。

“许久不见，沈清源。”杜凌枫笑了笑，“我想，我们的约定该履行了，一场射击比赛，怎么样？”

沈清源回转目光，冷冷地回答："输的人，放弃射击。"

"可是我现在还想加一点筹码。"杜凌枫两手撑在桌子上，目光灼灼地盯着杜凌枫，"如果你输，那你不仅要把金牌奉上，放弃射击，还要离开唐心。"

沈清源一把揪住杜凌枫的衣领，"我说了，你别对唐心动歪脑筋！"

"干什么？你得不到的，还不让别人得到啊？"杜凌枫举起双手，唇角勾起，"你自己比谁都明白，这一辈子，你都不可能接受唐心！"

"你都知道些什么？"沈清源眸光一紧。

杜凌枫嘲讽一笑，"我什么都知道了……你妈妈之所以成了植物人，也和唐心有关系，对不对？"

窗外的天空，刚才还是晴空万里，此刻却乌云密布，风雨欲来。

沈清源攥着杜凌枫衣领的手，因为太过用力而青筋暴起。他紧紧盯着杜凌枫，眼眶红了。

"所以你根本就不会接受唐心的。"杜凌枫又补充了一句。

咔擦——阴霾密布的天空上，猛然响起一声炸雷。

命运有时候很讽刺。本来唐心觉得自己要离开电视台，没想到最后是徐典离职收场。诬陷同事，这是一个很严重的人品问题。只是台里领导还是给徐典留了几分颜面，让她低调离开。

徐典辞职的那天，唐心并不知道。她有事去徐典办公室，结果一推门，看到空空如也的办公桌，才意识到发生了什么。她赶紧坐电梯到一楼，正看到徐典抱着纸箱往外走。

"徐典，等一下！"唐心喊了一声。

空荡荡的大厅里，徐典驻足回身，眼神森冷，"你赢了还不满足，还要对我踩一脚才满意，是吗？"

“不是，我只是想告诉你，为了杜凌枫做出这样的事真的很不值得。你就算把我抹得全黑，全都毁掉，他也不会选择你。”唐心目光坦然。

徐典像听到什么好听的笑话，自嘲一笑，眼角浮出泪光，“我是为了爱情，你不懂。”

“那你的爱情就是大错特错。”

“你没资格对我进行道德评判！”徐典吼了出来，“唐心，你以为你就没有黑点吗？沈清源的悲剧都是你家造成的，你居然还好意思来评判我对杜凌枫的感情？笑话！”

唐心脑子一懵，下意识地问：“你说清楚，什么叫作沈清源的悲剧都是我家造成的？”

徐典白了她一眼，扭头就往外走。唐心上前几步拦住她，“你说清楚！”

“滚开！”徐典将她一把推开，快步往前冲。唐心跌倒在地，膝盖顿时火辣辣一片疼。她咬着牙站起来追了出去，可是徐典已经坐上了出租车，绝尘而去。

唐心脑子嗡嗡作响，总觉得哪里不对劲，可又说不上来。好不容易熬到下班，她心事重重地回了家，唐立奇凑了上来，“姐，告诉你一个好消息，你要不要听？”

“说。”

“沈清源已经入围世界射击锦标赛了，接下来还会有世界射联举行的各类射击比赛耶！”唐立奇闭起一只眼睛，嘴里发出“biubiubiu”的模拟射击的声音。

唐心疲惫不堪，懒懒地回答：“这已经不是新闻了。起开，烦。”

说话间，唐妈端着菜从厨房里走出来，笑呵呵地说：“小心，饿了吧？快去洗手，开饭了。”

唐心洗了手，回到餐桌前坐下，看着一桌子美味佳肴，满腹的疑问再也无法出口。最后还是唐妈看出了端倪，小心地问：“小心，是不是菜不合口味？”

“不是，我是有件事想不明白。”唐心认真地看唐妈，“妈，咱们家有没有谁放过高利贷，或者喜欢赌博？”

唐妈还没回答，唐立奇先跳了起来，“姐你别乱说！咱家根正苗红，清白做人，怎么会有这样的人？”

“我就是问问。”

“哪有这样的亲友啊？”唐妈满脸疑惑，“小心，你怎么会这么问啊？难道你遇上什么事了吗？你可别吓唬我啊！”

唐心赶紧说：“没什么，我就是看到一个高利贷新闻，觉得挺害怕的，就问问咱家有没有这样的亲戚。没事啊，吃饭吃饭。”

她赶紧低头扒饭，掩饰住脸上不安的神情。唐妈还是担忧，欲言又止。唐立奇夹了一只鸡腿给她：“妈，我姐本质上还是个中二少女，你别往心里去，快吃个鸡腿压压惊。”

“这是给你吃的。”唐妈这才转忧为喜，将鸡腿夹到唐立奇的碗里。唐立奇立即笑开了花，“妈你太好了，棒棒哒！”

唐心仔细观察两人，确实没发现有什么异样。唐立奇单纯，母亲温厚胆小，她幼年家庭离异，爸爸去了遥远的南方。怎么算，她的家庭都不可能去伤害到沈清源。一定是徐典信口乱说，唐心在心里默默安慰自己，吃完了一顿味同嚼蜡的晚饭。

饭后，她开始做工作日志。徐典临时辞职，体育频道的很多工作需要重新分配，她不能乱了阵脚。结果刚整理了半个小时，房门外就传来唐立奇咋咋呼呼的喊声，“姐，有沈清源的路拍！”

“没兴趣！”唐心没好气地回答。

喊完之后，她却失了神，手指不由自主地抚上嘴唇。自从咖啡馆那天后，他们就再也没有联系过。有时候唐心会在工作缝隙中突然想到，他们之间应该再也没有交集了吧？

她正在惆怅，身后房门发出震天的“砰”的一声。唐立奇捧着Ipad跑了进来，“姐，出事了！”

唐心头也没抬，“能出什么事？”

唐立奇将Ipad往她面前一放，“你自己看！”

这是一个粉丝的路拍，视频内容大概是沈清源和其他几名运动员在录制一档室外的综艺节目。围观群众很多，加上层层保安，只能远远地看到沈清源和其他嘉宾在做节目。

现场很嘈杂，镜头也不是很稳定，唐心看得头晕，“你到底想让我看什么？这很正常啊！”

“你别急，我返回让你重新看的！”唐立奇急得脸都红了。

话音刚落，视频里就出现了变故。那是群众提问环节，主持人随意抽取了一名幸运观众。根据规则，这名观众可以向沈清源问任何一个问题。

然而那名观众站起来，问的却是，“沈清源，据说你有一个植物人的母亲，我深表同情。但我最近听说的是，当初是你射伤自己母亲的，是有这么回事吗？”

这个问题像雪崩，瞬间引发了全场哗然。沈清源脸色大变，猛然激动起来，“不是！”

主持人赶紧出来打圆场，“这位同学，你的提问太无厘头了。让我们看看下一位幸运观众……”

可是那名观众却咄咄逼人地继续问：“沈清源，你敢对天发誓，你真的没有射伤过你母亲吗？”

在场的所有粉丝都开始尖叫起来，场面一片混乱，镜头更加晃动了。接着，视频完结了。

唐心震惊得目瞪口呆，狠狠一拳捶在桌子上，“无稽之谈！”

“姐，这到底是怎么回事啊？”唐立奇掏出手机，点开贴吧，“现在吧里都炸开了锅！我该怎么回复啊？”

唐心乜斜了唐立奇一眼，“好啊，你小子，过来套话了？”

“我这不是帮忙洗白吗？这次锦标赛吧，沈清源的表现让所有人的心情都像过山车，刚得了一个‘逆袭枪王’的称号。这人气正旺着呢，结果出了这档子事，你说窝心不窝心啊？”

唐心没空搭理他，一边掏出手机找电话号码，一边说：“你给我一边凉快去，我只解释一句，沈清源不是故意的！”

“天啊，真有这事？”唐立奇下巴都要掉下来了。

唐心狠狠在他头上凿了一个爆栗，“是有赌徒挟持他们，设计沈清源！沈清源根本就没有这个动机，你知道吗？”

唐立奇挠了挠头，闭嘴了。

唐心拨了沈清源的手机，发现关机，只好又拨了丁芳的手机。那边一接听，她就赶紧问：“学姐，沈清源现在怎么样？”

丁芳直叹气，“你给我打这个电话，看来你已经知道事情的缘由了。他离队了，谁都不知道行踪。”

“什么？”唐心急了，“怎么会这样？”

“其实锦标赛那次，我就建议沈清源不要再继续比赛，张教练也对他进行了劝说，可他不肯！”丁芳无奈地说，“很多人觉得他是‘逆袭’，可我看到的却是心理建设的崩溃！赛前他就知道了母亲的病情，取胜心太旺盛。现在又发生了这种舆论事件，我恐怕他会承担不起。”

唐心下意识地问：“克拉克现象？”

“没错。”丁芳的声音十分严肃，“你知道的，莱切娃是世界大赛中得奖最多、保持世界纪录最多的射击手，可是她总是会在比赛中输给成绩不如自己的选手。我担心沈清源也会成为这样的人。”

“不，不会的。我们先找到他再说。”唐心强迫自己冷静下来，“我大概知道他在哪里。”

事到如今，她能想到的地方，也只有一处……

酒吧里光怪陆离，音乐震耳欲聋，领舞在露台上跳着性感的舞蹈。在这种疯狂的气氛下，许多人在舞池里舞动着身体，到处都散发着一股颓废淫靡的气息。

唐心一迈进酒吧，就被几个男人包围了，“美女，能喝一杯不？”她的确太惹眼，身材高挑，气质出众，就算穿着普通外套和牛仔裤，那张脸也美过了全场的烟熏妆。

唐立奇从身后冲了出来，“我姐不喜欢你们这种类型的，再性骚扰我报警了啊！”

男人显然被雷到了，愤愤说了一句“出来玩还带个神经病”，转身就继续纸醉金迷去了。

唐心白了唐立奇一眼，“给我闭嘴，少说话。”紧接着就往舞池里挤。唐立奇跟了过去，嘴里喋喋不休，“姐，你没看到这里乌烟瘴气的吗？沈清源怎么会在这儿啊？”

“我找杜凌枫，给我盯紧点。”唐心踮起脚尖，四处张望。终于，她在吧台那边看到了一个熟悉的背影，正是杜凌枫。

他穿着黑夹克，紧身长裤，坐在高凳上一杯一杯地喝酒。一个身材窈窕的辣妹慢慢地蹭过去，笑着和他搭讪，“帅哥，一个人借酒浇愁啊？”

杜凌枫撇了撇嘴，表示没兴趣，结果一扭头就看到了从人群里挤过来的唐心。他回头向辣妹说：“让我发愁的人来了，帮个忙。”

“杜凌枫！”唐心气喘吁吁地问，“你见到沈清源了吗？”

杜凌枫一搂辣妹，将手放在耳朵旁，“你说什么，听不见。”他扭头和辣妹调笑，场面不堪入目。

唐心又问了几遍，杜凌枫不是托词喝酒，就是跟辣妹喝酒。最后，辣妹斜眼看杜凌枫，“沈清源是谁，要不喊他一起来玩。”

“喊他来就不好玩了，那个木头。”杜凌枫仰头喝酒。

唐心火起，冲到他耳朵边一字一句地喊：“杜凌枫！你不告诉我沈清源在哪，我就不走了！”

杜凌枫被喊得魂都散了，一把推开辣妹，斥了一声“滚”，才转身用手点着唐心，“好啊，你别走啊，有本事在我身边一辈子都别走啊！”

“别撒谎了，杜凌枫。你和他的比赛约定，我想不会取消吧？”唐心双目灼灼地盯着他，“直觉告诉我，他就算浪迹天涯，临走前也会把欠账还清。”

杜凌枫摇晃着酒杯，笑着说：“哦，你很了解他嘛！没错，沈清源有个赌徒老爹，所以血液里就有赌徒的疯狂和执着。我相信，他一定会履行约定！不过，你知不知道，他为什么非要离开你呢？”

唐心一顿，猛然就记起了徐典离职前说过的话。难道，杜凌枫也知道其中的内情？可是，眼下还不到纠结这个的时候。唐心往吧台上一拍，杀气腾腾，“说！他到底在哪儿？”

美人生气，也还是美人，无非是添了一些英爽煞气，更有嚼劲。杜凌枫不自觉地就看直了眼，一笑，“你陪我喝酒，到最后没喝趴下，我就告诉你。”

他果然知道沈清源的下落！唐心想也不想，立即回答：“好！”身后的唐立奇却开始打退堂鼓了，“姐，咱们俩的酒量都不怎么样啊……”

“谁让你喝了？我要是醉倒了，你就揪着这混蛋，逼他说出沈清源的下落。”唐心横去一眼。

唐立奇诺诺地答应了。

杜凌枫向酒保使了个眼色，酒保便倒了两杯酒，推到两人面前，“威士忌。”之后，他往唐立奇面前也推了一杯疑似果汁的东西，“含量很低，杜先生请你喝的。”

唐心一仰头，将威士忌一饮而尽。她完全 hold 不住这类烈酒，顿时眼冒金星，剧烈地咳嗽起来。杜凌枫故作大度地摆了摆手，“给她上点日本的清酒，毕竟我是男人，得让着她。”

酒保向唐心面前推过去五杯清酒。唐心试着尝了尝清酒，发现完全没有高浓度酒精的辛辣味道，很爽快地喝光了。杜凌枫也不甘示弱，将威士忌同样干掉了五杯。两个人不说话，铆着劲喝酒。唐立奇是一杯倒，早就被灌醉了，被人抬到一旁呼呼大睡。

喝到最后，杜凌枫有些微醺，唐心头脑还很清醒，只是舌头有点大，“我赢了。”

“你没赢，因为我还没倒。”

“你倒了怎么告诉我沈清源的下落啊？”唐心指着杜凌枫，“你说，你有必要和沈清源这样过不去吗？”

“当然有必要，”杜凌枫苦笑，“那天在多哈，我知道你们在一起一整个晚上。”他指了指自己的心口，“这里碎成了粉末，你知道吗？”

唐立奇原本醉得耷拉着眼皮，一听这话立即跳了起来，“姐！你和谁度过一个晚……呜呜！”

唐心操起酒杯，对着唐立奇灌了下去。一杯酒下去，唐立奇立即醉倒，趴在吧台上呼呼大睡。

“来露台上醒醒酒吧，我就告诉你。”杜凌枫指了指楼梯。那个螺旋状的楼梯通往二楼，二楼有个非常漂亮的小露台。

唐心跟着他上了二楼，刚走到露台上，夜风便凉凉地吹了过来。她忽觉神思恍惚，往后倒了下去。杜凌枫及时地伸出手，将唐心抱在怀里。他低头看怀中的唐心，正看到一张沉静的睡脸。清酒是不太烈，然而被风一吹，酒劲就全上来了。

“你输了。”他轻笑。

一名男服务生走了过来，“杜先生，你开几间房？”

“两间。”杜凌枫将唐心往肩膀上一扛，“把她和楼下那个醉酒的小子放一间，另一间我留着休息。毕竟明天下午我还有个射击比赛。”

唐心是被晃醒的。她从睡梦中醒来，听到唐立奇在她耳边大喊。醉酒的感觉很差，头昏昏沉沉得像是被打了一样。她一把捂住唐立奇的嘴，“吵死了。”

“姐，快起来！你不是要找沈清源吗？”唐立奇喊。

唐心一个激灵，清醒了。她拿起手机一看，上面已经有 32 个未接来电，其中有一半来自周祖光。旷工了，后果估计很严重。不过她已经顾不上了。

“杜凌枫那厮在哪儿？”唐心想起昨晚的醉酒事件，抓了抓蓬乱的头发。早饭和午饭都没吃，她的血糖已经很低，一站起来头晕目眩。

唐立奇摊了摊手，“不知道。”

唐心整理了下衣服，就往外冲。楼下的酒吧已经打烊，静悄悄的，只有酒保在擦拭着吧台。她冲上去就问：“杜凌枫呢？”

“刚走。”酒保头也没抬。

唐心冲出酒吧，立即被外面的阳光刺痛了眼睛。她四处张望，并没有看到杜凌枫。想了想，她往停车场跑过去，果然看到杜凌枫开着一辆黑色轿车出来。

“杜凌枫，停车！”唐心伸开双臂，想要拦下。杜凌枫猛地一打方向盘，轿车绕了过去。

"姐，危险！"唐立奇追出来，看到这一幕之后，吓得脸色发白。

唐心一咬牙，以百米冲刺的速度追赶着汽车，紧接着一甩手，苹果手机以一个漂亮的弧线飞入了半开的车窗里。杜凌枫对此浑然不觉，加大油门，汽车绝尘而去。

"姐，你干吗扔你手机？"唐立奇惊讶。唐心夺过他的手机，飞快地说："用 icloud 服务可以进行定位。"

唐立奇伸出大拇指，"高！姐，你不愧是国家射击二级运动员，刚才那甩手姿势，太帅了。"

两人在路边等了几分钟，终于等来一辆出租车。在车上，唐心根据追踪定位，发现杜凌枫一路往城东而去。

城东只有一家大型射击馆。唐心知道自己的预测没错，心口顿时怦怦乱跳起来。她不知道沈清源以什么样的心情离开，她只知道，他不能放弃！总算到了射击馆，唐心发现手机的追踪定位果然停止不动了。看来，杜凌枫已经到了。

进入馆内，唐心风风火火地跑进观众席，一眼就看到杜凌枫和沈清源双双站在靶位上。

短短几日没见，沈清源瘦了许多，原本就修长的身影更加清俊如竹。他握着手枪，戴着耳帽和护目器，正在低头准备。

杜凌枫似乎有所感应，抬头看到唐心，立即笑道："真的有几分本事，居然能找到这里来。"

沈清源下意识地扭头望去，也看到了唐心。唐心匆匆跑到靶台旁，近乎央求，"沈清源，你这不是比赛，是赌博！回射击队吧。"

"唐心，我和他终究有一战！他要么应战，要么被我追杀。"杜凌枫眼神渐渐变得阴厉，"一想到小辞没实现愿望就自杀了，我就告诉自己，这一辈子我不会放过他。"

“关沈清源什么事？”唐心气结，“是你自己技艺不精，没有拿到金牌！”

“是吗？那我现在和他赌一场，把金牌拿回来又有什么不可以？”杜凌枫的笑容很邪恶。

“别说了，唐心。”沈清源开了口，眸光清淡，“答应杜凌枫这个赌约的条件，是为了保住陈海的前途。君子一言，驷马难追。既然答应过他，哪怕我今天手断了，也要站到靶台上。”

唐心哑口无言，却还是僵持着不肯离开。唐立奇小声地劝说：“姐，这是他们的事，我看他们不进行到底，是不会罢休的。”

“走吧。”唐心看了沈清源一眼，他眉宇间坚定依旧。她知道，无论她今天如何规劝，他都不会扭转心意了。

唐心和唐立奇回到观众席上，开始观战。这场属于两个人没有硝烟的对决，很快开始了。

第一枪，由沈清源来打。他稳稳地举起枪，开始瞄准射击。砰！

沈清源垂下手臂，稍作休息。杜凌枫稳稳地举枪，眼神灼灼，精神全部贯注在靶心上。

砰！他射出了第一枪。

几秒钟后，杜凌枫的电子屏上显示他射出了8.9环的成绩，而沈清源，没有显示任何成绩！

“姐，沈清源的电子屏是不是坏了？”唐立奇问。

唐心嘴唇颤抖，喃喃地说：“不是，是脱靶了……”

她最担心的事，还是发生了。

CHAPTER ELEVEN

11

跌到谷底

——所谓的完美人设就是，一旦这个人失败了，他就再也无法站起来。完美，其实是脆弱的。

克拉克现象，也称作克拉克魔咒，是指优秀运动员在比赛中不能正常表现出所具有的竞技能力。克拉克这位澳大利亚最伟大的田径运动员，被人称作“最伟大的失败者”。这是很悲哀的境地，全世界都知道他可以站到最高处，可是他在赛场上一次次地被打败。

沈清源放下了枪，眼神有些茫然。他从来都是冷静沉着的，哪怕在亚锦赛上出现了最糟糕的情况，他也咬着牙挺到了最后。

“你输定了。”杜凌枫一边装弹，一边扭头看他，“我们的差距已经能够说明一切问题了，对吧？”

沈清源没有回答，依然低头装弹。杜凌枫嘲弄地反问：“还比？”

“比。”沈清源冷冷地说，“不到最后一刻，我不放弃。”

杜凌枫轻轻哼笑，“得了吧，剩下的几枪你就算全部打满环，和我还是有差距。沈清源，你完了。”

唐心再也看不下去，从观众席上冲了过来，“沈清源，就算不能翻盘，也要完成所有射击！”

“我知道你很关心他，但你要知道，他这样做只能是重复糟糕的状态。”杜凌枫说完，举枪对准靶子射击。只听砰的一声，十环。他自信地扬唇轻笑，眼神里充满轻蔑，更让人扎心。沈清源放下手枪，从口袋里掏出一枚金牌放到靶位上，转身就往外面走。唐心赶紧去抢金牌，却被杜凌枫眼疾手快地拿在手上。他居高临下地看着唐心，眼神像狼，残忍、嗜血，赶尽杀绝。

“愿赌服输，没什么可说的。”杜凌枫说，“唐心，就算我喜欢你，这枚金牌我也要定了！”

唐立奇望着离去的沈清源，又看了看杜凌枫，急得直跺脚，“杜凌枫，你懂不懂竞技精神啊？赌就赌，但你为什么要拿射击生涯做筹码？沈清源是射击天才，他又认死理，可能因此再也不会拿起手枪射击了！”

“那关我什么事？”杜凌枫把玩着手里的金牌，“他让小辞抱憾而终！就算他不是故意的，这仇我也永远忘不掉！”

唐心深呼吸一口气，盯着杜凌枫的眼睛，“可是你作弊了！你从一开始就在布局！”

“哦？”

“你故意传递给沈清源一个信号，就是只要有钱，他的母亲就能醒过来，以此激发了沈清源的得胜心。因为只要拿了奖牌，运动员就有奖金。之后，你再故意引发沈清源曾经伤母的舆论，让沈清源没办法静心射击。杜凌枫，你脸红吗？你做了这么多事，让沈清源心理崩溃，才赢了比赛。你胜之不武！”

“赢这个结果才是最重要的！”杜凌枫打断了她的话，“怪我做什么？还是沈清源自身的问题。难道没人跟你说过他的问题吗？”

唐心一时词穷，因为她想起了丁芳对她说过的话，沈清源太过纠细，这其实并不是好事。

“所谓的完美人设就是，一旦这个人失败了，他就再也无法站起来。完美，其实是脆弱的。”杜凌枫慢慢地说，“是沈清源自己无法原谅自己，他对母亲愧疚，他没办法正视有污点的自己，我只是逼着他看到自己的黑暗面。”

唐心扭头看到靶位上的枪，那把手枪上还带着沈清源的手温，以及枪膛里一颗没有发射出去的铅弹。她上前拿起，平心静气，瞄准射击！

砰！电子屏上显示出唐心的成绩，居然是满环。

杜凌枫惊呆了，几秒钟后才开始鼓掌，“我看上的女人，果然不是俗类。”

“杜凌枫，我只是想告诉你，沈清源以前能做到，现在做不到的事情，我们都会帮他重新做到。”唐心放下手枪，淡淡地说，“而你，很像一只生活在阴暗旮旯里的虫子，算计着一切，就是没有朋友。如果今天你在沈清源的处境，不会有任何人帮你。”她的眼神像结了冰，狠狠剜了杜凌枫一眼，潇洒地转身离去。

杜凌枫冷冷地盯着她的背影，攥紧了拳头。

“姐，你刚才怼杜凌枫怼得好，气场简直两米八！”走出射击馆的时候，唐立奇喋喋不休地夸着唐心。

唐心扭头，向他露出一个谄媚的笑容，“立奇，好弟弟，现在姐姐需要你帮个忙，回去找杜凌枫。”

“找杜凌枫干什么？”唐立奇警惕。

“你忘了，我把苹果手机扔到他车上了。”唐心一脸无辜，“我刚才才想起来这件事。还要拜托你帮我把手机要回来。”

唐立奇像一只踩到烧红铁板的猫，“哇，姐！你自己的手机，你自己怎么不去要！”

“我刚才两米八，这会儿觍着脸回去要手机，就只能是一米七了。”唐心将唐立奇往馆内一推，“要了手机，就请你吃饭。”

唐立奇闷闷不乐，一边往里走，一边说：“很尴尬哎……姐，这是最后一次，下不为例。”

唐心看着唐立奇的背影消失在门后，才向不远处的沈清源走了过去。他站在路边，脊背略微有些弯，午后的太阳将他的影子拖得很长，很长。

“沈清源，”唐心从后面将他抱住，“这只是一次比赛而已，每个人都输过，赢过。”

沈清源没说话，抬手将她的胳膊掰开，随后转身，“可是，这已经是最后一次了。”

“你完全不用理睬和杜凌枫的赌约，”唐心急了，“你是天才射击手，注定要在这条路上走到最后。”

沈清源一笑，笑容有些悲伤。他向着太阳的方向看去，微微眯了眯眼睛，说：“可能你们都以为，射击是我终身所爱吧。”

“难道不是吗？”

“其实我的态度是，无所谓。”沈清源垂下眼睫，额前碎发垂下，遮盖住了眼中神色，让他显得有些不羁，“你应该见过我爸吧？在我十五岁以前，他是我的偶像。哪怕他后来喝酒抽烟赌博，都还是我的偶像。但是就在那个夏天，他在我心里什么都不是。”

唐心讷讷地措辞，“可是他现在知道改正了……”

“改正错误，就能让伤口愈合吗？他一直想要我在射击这行有出息，但是那是他的想法，不是我的。”沈清源耸了耸肩膀，“其实，今天输给杜凌枫，我一点也不意外，也不伤心。”

唐心猛然一呆，“你……”

“找一个机会，放弃射击也挺不错的。”沈清源突然后退一步，挥了挥手。唐心还没反应过来，身后就驶来一辆出租车。沈清源抬手坐进副驾驶座，飞快地说：“先开，等会儿再告诉你我去哪儿。”

“等一下！”唐心想要拉开后座车门，出租车却已经启动。她徒劳地追在车尾后，喊：“沈清源，你不能这样一走了之！”

司机扭头征询沈清源的意见，“先生，需要我停车吗？”

“继续开。”沈清源面无表情。

唐心追着追着，和出租车渐渐拉开了距离。忽然，她脚下一滑，重重地摔在地上。

沈清源几乎一跃而起，攥起的拳头上青筋暴起。司机小心翼翼地问：“先生，真的不用我停车吗？”

“开！”沈清源吼了一声。

他咬了咬牙，将车窗摇上。深蓝色的车窗隔绝了视线，让他看不清楚后视镜，可是他却怎么都忘不掉唐心蹲在地上无助的样子。哪怕闭上眼睛，他的脑海中都会浮现出那样一双眼睛，充满着失望、哀绝和悲伤。一如当年，他转身离开学校，听见她在身后悲伤地哭喊。其实他也一样，每走一步，心都会碎裂开来。

“姐！你怎么了？”唐立奇拿着手机走出来，看到蹲在地上的唐心，赶紧去扶。唐心扶着他的手站起来，唐立奇才看清楚她满脸是泪。

“姐，你别吓我。”唐立奇望着远去的出租车，大概猜到是什么情况，“你要是心里不舒服，就拿我撒气！你不是坑弟小能手吗？赶紧坑我啊，开心一下！”

唐心将头靠在唐立奇的肩膀上，哇的一声号啕大哭起来。“你不知道，他当年也是这样走掉的……”

那是她无论如何，都不愿意去回忆的画面。那是青春里唯一的感伤，晴空里唯一的阴霾。

心理科诊室的墙壁，刷着淡淡的蓝色。每到下午三时，阳光不再照射墙壁，那片蓝色就会变得深邃一点，像一片沁蓝的海。丁芳不知有多少次凝视过这片海洋。她想，人心如海，海水再澄澈透明，也有阳光照不到的地方。有时候听到很曲折离奇的故事，她会将这些故事都记录在笔记本上，一笔一画地写好，放进铁柜子里，封存起来。

今天，这位病人有些奇怪。她是一名中年女性，身材高挑清瘦，年纪大概不到五十岁，但两鬓都夹着灰白的头发，岁月留痕很严重。不过，她看起来保养良好，五官精致，眉宇间风韵犹存。可见，年轻的时候，她是一个令人惊艳的美人。丁芳觉得她有些眼熟，但想不起来像谁。

“请问你有什么症状？”丁芳照例询问。

病人有些迟疑，犹豫了一下才说：“每天晚上都睡不着觉，心烦意乱，有点厌世，想一了百了。”

这是典型的抑郁症的症状。不过，丁芳并没有急着下结论，而是从桌子旁边抽出一套测试题递给她：“先做题吧，记得在右上角写上自己的名字。”

“好。”女病人拿起笔，开始写字。但是她还没写两题，丁芳就打断了她，“对医生要说实话。”

“啊？我没撒谎啊。”女病人惊呆了。

丁芳微微一笑，“你在写自己名字的时候，下笔犹豫，也没有底气。这说明你现在写的根本就不是真名。”

“我，我……这是我的名字啊。”女病人急了，“医生，让我做完题目，好不好？”

丁芳却将那套题目收了起来，“任何病人对医生有所隐瞒，都会造成治疗的偏差。目前抑郁症的治疗是从药物和心理两方面进行，但如果你连自己的真名都不敢写，那我不敢相信这套题目的客观性。”

“医生，我不是有意要隐瞒的，而是……有件事实在难以启齿。”女病人的声音里有了哀求的味道。

丁芳看着她的眼睛，“我是医生，我有责任保护病人的隐私。”

女病人才叹了一口气，慢慢地叙说起来，“这件事都已经过去五年了，一直是我心里的一根刺。我不敢对任何人诉说，就连血缘最浓的亲人也不敢宣之于口……”

这下子，丁芳被勾起了兴趣，“到底是什么事情？”

女病人沉默了几秒钟后，才说：“五年前的夏天，在一个风雨交加的夜晚，我从邻市出差回来，已经是晚上十二点了。雨水非常大，就算雨刷不停地来回扫动，前车窗依然看不清楚。我本来就刚学车不久，心里正打鼓，可是怕什么就来什么，就在我经过一个路口的时候，突然听到了一声凄厉的惨叫。”

丁芳眯了眯眼睛，第一反应是女病人撞到了人。

“我以为我撞到了人，但是不是，是路边有一对母子。”女病人浑身颤抖，“那个男孩子和我女儿差不多大，大概只有十五六岁，而那个女人……我看不清楚，因为她满脸是血，身上也都是血。”

丁芳脑中突然电光火石，慢慢地站了起来。她从医多年，可是这一次她也控制不住自己的情绪了。因为，她想到了某种可能性。

“你当时是怎么做的？”丁芳问。

女病人的眼中沁出了泪水，“我当时非常害怕！男孩子一边捂着女人的伤口，一边哭喊着求我，要我帮他把母亲送医院。他说他惹上了一帮赌徒，赌徒讨债，抢走了他们的手机，还将他们打伤了。我一听，头皮都麻了。我只是一个女人，家里还有两个孩子……我不敢惹什么赌徒，所以我并没有救那对母子，当时就转身上了车，将车开走了。”

尽管已经知道了答案，但丁芳依然呆住了。就仿佛一件事已经听说了很多遍，一颗心都已经麻木，可是时光倒流，她目睹了当年那件事的事发，还是会被震撼。

“那你当时，也没有报警了？”

女病人一边哭一边点头，“是的，我吓坏了……一路上我都在害怕，是不是已经有潜伏的赌徒看到了我的车牌号。直到第二天，我才想起来至少要报个警。我偷偷拐回到那个地方去看，就看到雨水已经将血迹冲刷掉了大半，那对母子已经不见了。”

丁芳慢慢地坐了下来，“这么多年，你一直在愧疚这件事。其实很多时候你都在后悔，报个警不会怎样，送个医也不会怎样，为什么自己当时就那样绝情地离去呢？”

女病人连连点头，“医生，我发誓，我真的不是故意的。”她只是胆小懦弱，只是一个老实的女人。这世上有一种罪，是老实懦弱的人犯下的，让人痛恨不已，也让人不忍苛责。

丁芳安慰了女病人一番，又对她的病情作了一番诊断，才开了药方。送走女病人，她找到了唐心的微信号，翻开了她的朋友圈。

大概一个月前，唐心在朋友圈里晒过自己和家人包饺子的照片。其中一张照片里，唐妈妈端着一整盘白白胖胖的饺子，笑得十分温雅开怀。她和今天的女病人一样，也有高挑的身材，灰白的两鬓，精致的五官。或者也可以说，是同一个人。

丁芳默默地关上了朋友圈，头痛地捏着眉心。唐心的母亲，五年前曾经对沈清源母子见死不救，间接导致沈母落了一个植物人的下场。这事情还能更巧合一点吗？

“为什么……这对小冤家。”她无奈地叹气。

就在这时，手机震动了起来，显示唐心来电。丁芳定了定神，接听，只听到手机那端的唐心在啜泣，“学姐，我找到沈清源了，但是他不肯回射击队，丢下我就离开了……”

“你来找我，我们去找张教练。”

“我不懂，为什么沈清源每次都对我这样绝情？他头也不回地就走了，为什么？”唐心泣不成声。

丁芳顿了顿，才回答：“唐心，你要知道，有些人的转身离去，比另一些人要残忍很多。”说完，她就挂上了电话。

她知道唐心听不懂她这句话。但是没关系，丁芳并没有打算让唐心明白。有些真相，还是不知道的好。有些人转身离开，比另一些人转身离开更残忍……

就比如唐心的妈妈，她的转身离开，造成了一个悲剧。这个悲剧，很可能影响沈清源一生。

唐心失魂落魄地从射击馆回来，已经是晚上了。唐立奇一天都没怎么吃饭，一下车就将唐心拉到一个饭店里，点了一桌子的菜。

“姐，我饿得能吃下一头牛，你怎么不吃？”唐立奇一边啃鸡腿，一边问。他饿得眼睛都绿了。

“吃不下。”

“那也要吃，不吃怎么行？”唐立奇将一碗炒肝送到唐心面前。唐心恹恹地吃了两口，忽然说：“我觉得学姐有些奇怪。”

唐立奇吃得满口流油，“所有人都奇怪，沈清源、杜凌枫，还有你，都很奇怪！”

“不是这个……是她最后对我说的话，我总觉得有事要发生。”

唐立奇放下鸡腿，狠狠灌了一口凉茶，“姐，我说个现实的，你得想想明天怎么面对你那个周主任。你今天旷工了一天，得幸好今天没有节目要录制，不然你就要失业了。”

“哦。”提起这个，唐心有些颓唐。她向来对工作严谨敬业，还从来没有今天这种情况。一想到明天周祖光的脸，唐心就有些惧怕。正想着，她的手机响了，来电是一个陌生号码。

唐心有些奇怪，接听了电话，立即听到了陈宁焦急的声音，“唐姐，大事不好了！沈哥要退出射击队！”

“啊？什么情况？”唐心顿时感到一颗心都被揪了起来。

“今天下午，张教练收到一封邮件，是沈哥发的，是退出射击队的申请。”陈宁声音里带着哭腔，“这还是我弟告诉我的，我听到以后就赶紧给你打电话。唐姐，你知道到底是怎么回事吗？”

唐心知道解释起来一句话说不完，只能问：“你先告诉我张教练什么态度？”

“他很生气，立即回复邮件，说沈清源要申请退出射击队，就当面和他说！唐姐，怎么办？”

“张教练这样说，就表示不会真的答应沈清源退出，肯定是想让他先回来，好好开导他。你放心吧，等我消息。”唐心说完，又安慰了陈宁几句，随后挂上了电话。

唐立奇问：“姐，怎么了？”

唐心捏了捏眉心，“算是……知道明天该如何应付周祖光了。”

发生这么多事，唐心一夜无眠。第二天，她刚到电视台，果然就看到了周祖光的一张黑脸。

不等周祖光开口，唐心抢先说：“周主任，我昨天去做一个体育新闻了，所以没来得及和你汇报。”

“什么新闻？”周祖光果然被话题带跑。

唐心回答：“亚锦赛射击冠军沈清源，也就是奥运会的拟定参赛运动员之一，他失踪了。”

周祖光倒抽一口冷气，半晌瞪了唐心一眼，“今天不是愚人节，开什么玩笑？”

“没有开玩笑，千真万确。”

“体育头条……那你和Q大射击队联系一下，这条新闻要不要制作播出？”周祖光问。

唐心很爽快地答应。她之所以这样说，是有私心的。一是为了应付周祖光，二是她想利用媒体的力量，逼迫沈清源现身。她不要让他再逃避下去。

十分钟后，唐心来到了Q大射击队，顺利见到了张教练。张教练眼眶红红的，显然是没有睡好。

唐心说明来意，张教练立即拒绝，“我怕最后不好收场，所以还请不要进行任何报道。”

听到这番话，唐心忍不住感叹，张教练果然还是护犊子。他这样处理，其实还在给沈清源留后路，生怕擅自离队的消息放出去，影响沈清源的声誉，反而引来上头对沈清源的处分。

唐心沉默了一下，才说：“张教练，其实昨天我有看到沈清源。”

“什么！他在哪儿？”

“他和杜凌枫进行了一场射击比赛，输掉了。”唐心艰难地说，“脱靶两次。”

张教练呆住了，仿佛一尊雕塑。

唐心继续说：“关于沈清源的情况，可能比你想象的更加严重。我不知道他现在在哪里，但是当务之急是逼他回来。如果他一直这样不出现，可能就真的……废了。”

张教练两手交叉，眉心蹙起川字纹，“我知道，当初发现他的时候，沈清源的心理状况就很严重。我和丁芳费了很大工夫才帮他进行了心理建设。”

“是什么样的？”

张教练望向窗外，眼神苍茫，“有件事你应该不知道……当时沈清源的母亲被射伤之后，如果立即进行救治，是可以避免现在的悲剧的。可是在那个雨夜，沈清源向路过的车辆求救，一名女司机下了车，却扬长而去。”

唐心愣住了。

“如果当时救治得及时，沈清源的母亲不会是植物人。虽然现在一直在进行促醒，可是收效甚微，关键是她患上了肺炎……”张教练面露痛苦之色，“所以唐记者，如果只剩下报道这一条路，那就报道吧。最糟糕的情况也无非就是眼下这样，沈清源再也不能射击。”

唐心慢慢地站起来，“谢谢张教练的信任，我会处理好这件事的。”说这句话的时候，她心里充满了悲哀。无论她如何报道，对沈清源而言，都无疑是一种酷刑。她从未想过会有这样一天，她手中的笔会成为折磨他的工具。

很快，一篇澄清“射击明星伤母”的新闻就出现在各大网站的头条。新闻讲述了沈清源的家庭被赌债缠身，赌徒们设套的来龙去脉，瞬间吸引了不少网友的关心。

不仅如此，新闻还顺带提到了沈清源母亲的植物人状态已经五年了，最近患上了肺炎，生命垂危，因此沈清源精神压力巨大，外出寻求更好的治疗方案，却失去联系的事情。

这个帖子用词煽情，催人泪下，很快就博得了很高的关注。网站编辑给唐心打电话，要她赶紧提供后续的新闻报道。唐心哭笑不得，她倒是想提供新闻报道，可是也得沈清源出现才行啊。

现在社交app和体育论坛，都有各种相关的热帖。有的论坛相关话题的发帖量一天居然超过了十万。

唐心随手点开一个论坛，就看到一个火红的帖子飘在最上方：对不起！沈清源，我们等你回来！点开帖子，唐心读了下主楼的内容。楼主先是反省自己在看到沈清源伤母这条新闻时的激动和愤怒，结果没想到后续会有反转，不知道这件事的背后另有隐情。楼主用义愤填膺的心情批判，现在不仅有人造谣，有脑残粉拥护，还有营销号专门带节奏，真是造谣一张嘴，辟谣跑断腿！这个帖子的阅读量不断攀升，跟帖的无数，足足有十来页。网友的观点分四个阵营，一方怀疑沈清源私德很差，也有人坚信有人故意抹黑，还有一方化身为福尔摩斯，对沈清源的去向进行各种推理，同时认定，沈清源其实并没有危险，肯定只是逃避现实，最后一方是学术派，对如何治疗植物人的肺炎引入医学论文，展开各种讨论。

三方吵得不可开交，一方还在贴各种医学理论，可是最有精力的还是这位楼主，简直是怼天怼地怼所有，堪称怼人界的杠把子。只是这语气，这用词，唐心怎么看怎么眼熟。

唐心站起身，直接去了梨子的办公室。一推开门，她就看到梨子坐在电脑前，在键盘上十指如飞。

她靠在门框上，“梨子，小豆虫是不是你？”

“天啦噜！唐心我们现在都心有灵犀了，你一下子就猜出是我了？”梨子扭头，不好意思地说，“别这样，帮我捂紧马甲啊……”

唐心一点她的额头，“你的风格这样明显，想不认出你来都难。不过平心而论，我希望这件事不要影响到你。”

“为了你，我愿意当一回键盘侠。”梨子说着有些伤感，“我真心希望，沈清源能够尽快回来。”

唐心也有些伤感。现在铺天盖地都是关于沈清源的报道，除非他躲到了没有网络没有电视的山区，否则他一定能够看到她想传递给他的信息。他迟迟未归，难道出了什么意外？唐心的右眼皮一直突突地跳，让她觉得总有不祥的事情要发生。而这种感觉，终于在两个小时后得到了印证。

下班后，唐心去了趟医院，结果刚走到护士站，她就一眼望见张教练和丁芳在休息椅上坐着。

“出什么事了？”唐心快步走了过去。

张教练站起身，语气有些沉重，“医生有通知，沈清源的妈妈之前的肺炎一直在输液抗炎，但是效果不够好。今天突然发热。”

“那会怎样？”唐心开始紧张。

丁芳叹气，“就看这几天了。”

唐心脑子里懵了一下。尽管知道对于植物人来说，肺炎几乎是要命的病症，但临到跟前，她还是无法接受。那是沈清源的妈妈……本来沈清源就因为母亲的事愧疚不已，以至于影响到了射击事业。如果再发生不测，那他还能挺过来吗？

“不会的，一定有转机的。”唐心喃喃地说，也不知道是安慰丁芳和张教练，还是安慰自己。

丁芳说：“植物人本来免疫力就弱，给治疗增加了很大的难度。如果发热的情况能控制下来，就能挺过这一关。”

唐心往病房里望了一眼。她看到病房里，四名医生正围着病房，对照病历说着什么。沈父则坐在病房一旁，头发蓬乱，比上一次见要沧桑许多。他双眼呆滞地望着沈母，眼角有泪光闪动。病房里传来各种监测仪器有规律的“滴、滴”声，没能让人平静下来，反而更让人痛苦。

“医生在会诊，确定下来的方案一定是最有效的。”张教练站到唐心身后，也望向病房。

唐心正在胡思乱想，忽然听到身后一阵喧闹。她扭头，看到沈清源正匆匆往这边奔来。

三个人吃惊，下意识地上前挡住沈清源，“你冷静一点！”“别进去，医生正在会诊！”

“让我进去！”沈清源双眼通红，铆着劲就往病房里冲。张教练怒了，连撕带扯地将他拽到一个走廊拐角处，往他肩膀上就是一拳。

沈清源被这一拳打得连连后退，最后撞到了墙壁上。他总算冷静下来了，眼神却惊人地冷锐。他消失了几天，虽然没有落魄模样，但人还是清瘦了许多，眼睛里布满了血丝。

唐心忍不住心疼，想要上前扶他，却被丁芳一把拉住。她惊讶地回头看丁芳，丁芳却摇了摇头，示意她不要上前。

“现在是他们的事。”丁芳说。

三个人里面，最生气的人就是张教练了吧。

“臭小子，说走就走，你知道这些天我顶着多大的压力？上头几次来问，我拿我自己的教练职位去保你！”张教练指着他的鼻梁，“你小子平时怎么看不出来这么混？再不回来就被开除了！”

沈清源抬眼看着张教练，语气桀骜，“那就开除啊。”

“你说什么？”

“我说了要放弃射击，就放弃！”沈清源站了起来，抖了抖运动服，“我，愿赌服输。”

说着，他给张教练深深地鞠了一躬，足足有三四秒钟。等到直起身体，他才说：“张教练，五年前我最痛苦的时候，是你挖掘了我，是你让我重新站上靶位，是你让我知道这个世界有多大多精彩。所以，为了这五年，我可以欠你一辈子！一辈子，我都会好好报答你，去还这五年的恩情。”

张教练咬牙切齿，“我不需要你报答我！我只要你留在射击队！”

沈清源眼眸低垂，声音落地有声，“我说了，愿赌服输。”

说完这句话，他转身就往病房的方向走去。唐心幻想过沈清源再次出现的场景，却没想到他会以这样无所谓、决然的态度出现。她心里又是生气又是伤心，总觉得自己要说点什么，不然心口闷得简直要爆炸。他戴着一张面具，让她看不清他的真正表情。做点什么吧，或者说点什么，只要能打碎那张面具就行！

“沈清源，你是故意输给杜凌枫的吧？”唐心忽然喊了出来。

沈清源脚步一顿，一两秒钟后才回过头来，“不是。”

“可你亲口对我说过，你还挺渴望这个机会，能让你放弃射击。”唐心决定无论如何都要激怒他，“沈清源，我喜欢了你那么多年，但是从来没有这一刻，让我觉得你是个懦夫！你不是失手，你是不战而败！”说出这番话来，唐心自己都觉得字字诛心。

沈清源盯着墙角，两手紧紧攥起，发出轻微的咔擦声。许久，他才说：“没错，是我故意的。”

张教练怒极反笑，“你故意的？沈清源，你太让我失望了。今天你必须给我说清楚，为什么非要放弃射击！”

沈清源沉默。

丁芳一直没说话，此时开了口，“我知道为什么。”她走到沈清源面前，直视着他的眼睛，“你是没办法集中精力了，对吗？”

沈清源被说中心事，忍不住微微皱眉。

“真的？”张教练脸色一变。

沈清源看向一边，淡淡地说：“其实我输给杜凌枫，一半故意，一半无奈。”

“到底是怎么回事？”张教练继续逼问。

沈清源靠在墙壁上，微微仰头，目光迷茫。他的声音依然很淡，但每一个字都重重地捶在每个人的心上，“你们大概想不到吧，每当我站到靶台上，脑袋里都会很吵闹。我听见许多种声音从四面八方涌过来，其中叫喊得最厉害的声音，是指责我打伤了我的母亲。”

“可是当年不是你的错……”唐心忍不住说。

“现在他们认为就是我的错！”沈清源加重了语气，“唐心，你还不懂吗？这不是一个会听你辩解的世界。你以为你在网络上帮我发帖，给我辩解，他们就能理解吗？在他们口中，这叫洗白！”

唐心急了，“可是大部分的人都相信你了呀！”

“可还是有人不相信我。”沈清源苦笑，“没用了，是我自己过不了我这一关。”

唐心无奈。她想起了杜凌枫对沈清源的评价，他说沈清源是一个完美主义者，完美其实是脆弱的。她原本不太懂这句话的真正含义，现在看到沈清源这样，才明白了——他追求纯粹，最是受不了一丝一毫的质疑。

“沈清源，如果你累了，可以休息一下，但是千万不要说放弃这种话。就当我求你……”唐心低声央求。

然而丁芳却打断了她的话，“算了，唐心，如果沈清源真的做了决定，那就答应他好了。”

“丁芳！”

“学姐！”

唐心和张教练同时惊讶出声。尤其是张教练，那表情简直是亲眼看到家中失火。

沈清源也愣住了。

丁芳不急不慢地说：“现在都什么时代了，不流行强按牛喝水那一套了。张教练，你就算把他绑到赛场上，他还能射击吗？不如就放他走，就祝他转行顺利，前程似锦。”

张教练憋得满脸通红，像一座即将喷发的小火山。沈清源反应过来，快速说了一声“谢谢”，就往病房那边去了。

等看不到他的身影，张教练这才叹气，“丁芳，你这是说的什么话？队里好不容易培养的苗子……你让他转行，他出去就是个肄业，能干什么？”

“任何伤痛都需要时间来消化。如果打算要帮他，就不能让沈清源对我们有敌意。而消除他的敌意的方法是，先顺着他。”丁芳侃侃而谈。

唐心觉得有些道理，现在沈清源是铁了心要走，强留也留不下来。她点头，“那先这样吧，学姐，我等沈清源情绪稳定了，就告诉你。”

丁芳却扭过头，认真地看着唐心，“唐心，我想给你一个建议，你不要再接近沈清源了。”

“为什么？”

丁芳目光灼灼地看着她，并没有打算解释。唐心突然心慌意乱，总觉得丁芳的眼神里别有深意。

“学姐，我不管你怎么想，在这种关头我不会丢下他不管。”唐心有些生气，说出这句话就转身离开。

为什么，丁芳的态度变了？唐心的悲愤慢慢化为满心的疑惑。她心事重重地来到病房外，看到沈清源已经在病房门口的休息椅上坐下，目光望着病房里的母亲。

“怎么不进去呢？”唐心在他身边坐下。

沈清源只是望着病房，回答：“不知道。”

灯光柔和，悠然抛来的光丝落在他的眼睛里，映出清亮的光点。有某一个瞬间，唐心突然觉得，他不是在看着母亲，而是看着自己另一半的世界。他其实，在看自己另一半世界，如何一点点地崩塌。

唐心相信，如果沈母去世，沈清源的另一半世界也将毁灭，再也无法重建。她叹气，“沈清源，放过你自己。”

沈清源扭头看她，眼神莫名。

“还记得在多哈的那一晚吗？你说过，我的世界里发生着一场灾难，愿灾难成就我。”唐心弯唇轻笑，“现在，我同样把这句话送给你。”

愿灾难同样成就你，沈清源。

经过三天的输液治疗，沈母的发热居然退了下去。虽然医生说还有再起烧的可能，但也同时指出，她身体的各项指标已经趋于好转。在这期间，沈母的情况时好时坏，沈清源脸上的表情也阴晴不定，不过好在事情没有到最糟糕的地步。

唐心这几天也天天往医院跑。她生怕最坏的情况出现，沈清源又会抛下一切远走他乡。她将这个猜想偷偷告诉丁芳，丁芳却笑了笑说：“唐心，你这是矫枉过正。”

“为什么？”

“沈清源的心理建设是不太稳定，但是抗打击能力也不是零，我们要相信他。难道你没发现，沈清源一看到你脸就拉得老长吗？”

唐心猛地一拍胸口，承认扎心了。原来就算她不说出自己的疑虑，沈清源依然猜出了她的想法。难怪这几天，沈清源和她之间又出现了那种疏离感。

“那我该怎么做？”唐心摇晃着丁芳的手，半是撒娇地问。

丁芳微微一笑，“你现在要做的就是，回家，再不过问他的事。”

“时限多久？”

“一辈子吧。”

唐心吃惊，仔细看丁芳的神色，发现她并没有开玩笑。丁芳猜到她的所思所想，慢慢地说：“你还不明白吗？你和沈清源在一起，是不会幸福的。”

“学姐……”唐心勉强挤出一个笑容。

丁芳在心里叹了口气。她也想告诉唐心，关于沈母成了植物人背后的其他故事，比如五年前那个雨夜里，沈清源求助的那个人其实是唐心的母亲。可是很多话到了嘴边，她才发现，真相太残酷，一个字都难出口。

“以后再说吧，现在都晚上九点了，我们该回去了。”丁芳催促唐心。正好张教练走过来，听到两人对话，也说了句，“我送送你们。”

唐心无奈，踮起脚尖望了病房一眼。沈清源和护工在为沈母做一些康复训练，身旁的床头柜上放置着一个饭盒。那是她送来的晚饭，沈清源一筷子都没动。就算是看出她不信任他，他也没必要对她避之莫及吧？唐心这样想着，终于生气了，跺了跺脚。

三人各怀心事地走到电梯前，看着楼层数字慢慢增加……终于，电梯门开了，走出来的却是她们再熟悉不过的人——江一天、陈海和陈宁。

“你们怎么来了？”张教练直瞪眼。

江一天条件反射地要折返回电梯里去，被陈海一把揪住衣领。陈海中气十足地说："找沈哥有事！"

"都给我回Q大！"张教练训斥，"一个个给我胡闹，下个月还有比赛，你们就这样偷跑出来？看来我平时对你们太松了。"

陈宁是女孩子，身形纤细，手脚细长，最不容易被防备。她眼珠子滴溜溜一转，一猫腰就跑到了走廊上。

"哎，给我回来！"张教练赶紧去追，陈海和江一天瞅准机会，也跟着往病房的方向跑。唐心和丁芳对视一眼，决定跟上去看看情况。

三个不速之客的到访，让护士站有些头疼。一名小护士出来阻拦，"哎，你们是谁？医院马上要关门了，病房不能留太多人。"

"五分钟，就五分钟！"江一天一边跟小护士交涉，一边向陈宁姐弟使眼色。陈宁和陈海身手矫健，很快就找到了沈母的病房。沈清源正好一回头，看到两人后愣了愣，赶紧走了出来。

他严肃地问："你们两个人这么晚出来干什么？最近赛事紧张，这种关头你们还训练不训练了？"

江一天摆平了小护士，笑呵呵地跟了上来，"沈哥，还有我。"

"就知道少不了你！惹事精！"沈清源没有一点好脸色。

张教练小跑追了上来，面色肃然，"你们三个，半夜不在宿舍休息，来这里到底做什么？"

说话时，唐心和丁芳也都追了上来。

江一天耸了耸肩膀，语气无畏，"张教练，丁医生，唐姐，既然大家到得齐，那就帮我们做个见证呗！我们今天来找沈哥，就是为了告诉他一声——他要是从射击队里退了，那我们也退。"

这句话仿佛一颗炸弹，顿时引爆了氛围。张教练立即发火，低声呵斥，"你们反了！"

“是反了，跟沈哥共进退。”陈海看着沈清源说，“兄弟，给个准话，要不要我们退？”

陈宁说：“沈哥，你一句话，我们三个将来都不当射击运动员了。”

张教练刚才光顾着生气这三人违反门禁，现在总算咂摸出了门道——他们其实是挽留沈清源来了。

沈清源要退出射击队，在他这里已经把话说死了。但是面对这些朝夕相处的兄弟，沈清源想要退，没那么容易。

张教练哼哼一笑，“行啊！一退退四个，还给我凑个双数。江一天，你们是不是觉得沈清源会被我劝回来，所以有恃无恐地胡闹？告诉你们，我已经答应让沈清源退出 Q 大射击队了！他什么时候回队里，什么时候办正式手续！”

陈宁大吃一惊，“你同意了？”

“对，有她们作证。”张教练指了指唐心和丁芳。

陈海一咬牙，“既然这样，那也不用说什么假设了。我退！”

“我也退！”

“退就退！”江一天和陈宁异口同声。

“我的事和你们无关。”沈清源一拍陈海的肩膀，“陈海，你姐姐不容易，你怎么能把她也拉下水？快跟张教练道个歉，回去了就没事了。”

陈宁上前一步，眼睛里微微有泪光，“就不！沈哥，你不回射击队，我们也不回。”

“你们可以啊！”沈清源彻底怒了，“都给我回去，我没工夫和你们扯皮。今天谁也别想退。”

陈宁歪着脑袋看他，少女的眼睛亮晶晶的，“那你还退吗？”

沈清源没理她，径直走到沈母病床前，继续给沈母做康复训练。江一天和陈海赶紧凑过去，“沈哥，我们也来帮忙。”

陈宁则倒了一杯热水塞给沈清源，“沈哥，喝水，有他们呢。”

“别瞎忙。”沈清源嘴上傲娇，却接过那杯热水，并没有往外赶人。

张教练低声对唐心和丁芳说：“有戏。”

丁芳自信满满地说：“我就说了，对付沈清源这类人，就不能对着干。你看吧，他退不了。”说着，她用手肘捅了捅唐心，“咱们快走吧，医院要关门了，估计这几个小家伙也待不久。”

唐心站着没动，眼睛微微睁大。

“你怎么了？”丁芳感到不对劲，伸手在唐心面前晃了晃手。唐心一把将她的手抓住，声音都颤抖了，“别，别动。”

江一天扭头看她这副样子，赶紧推了沈清源一把，“沈哥，我唐姐看你看傻眼了，跟三岁小孩一样，你快去看看啊。”

沈清源头也不抬，“她本来就是三岁小孩。”

唐心哭笑不得，顾不上跟沈清源计较，指着病床的方向，激动得话都说不利索了，“阿姨的……脚趾头，刚才动了！”

满屋子的人都惊呆了。

沈清源一呆，赶紧攥住母亲的手。足足有三十秒钟，病房里谁也没说话，所有人都屏住呼吸，静静地盯着病床上的沈母。突然，沈清源脸上现出光彩，“动了！是真的动了……”

他蹲下来，凑近沈母的耳边，轻声呼唤，“妈，你能听到我说话吗？”只说了这一句，他就无法再说，喉咙里哽咽起来。

唐心激动地捂住嘴巴。从来都没有这样一刻，让她这样开心过。就仿佛夜空炸开了烟花，她也是感同身受，幸福着他的幸福。

奇迹真的发生了，沈母醒了过来。五年以上的植物人，能促醒的寥寥无几。就连医生也惊叹，说这种情况简直是少之又少。虽然刚开始无法活动四肢，生活无法自理，但语言功能恢复了不少。

唐心每次来医院探望，都会发现沈母比上一次进步一点。渐渐的，她不仅能流利地说话，两只手臂也恢复了些力量，可以抓取东西。

沈母恢复得不错，对她格外关注。每次她一进病房，沈母都会笑眯眯地打招呼，“小唐来啦？”

除了沈清源一脸别扭，其他人都很欢迎她。唐心不高兴地想，沈清源这究竟是不好意思呢，还是傲娇呢？不过，她面上却还是依然如常，“伯母，我这次来想让沈清源帮个忙。”

“他能帮什么忙？”沈母温雅地笑。

唐心将梨子写的策划案递给沈清源，接着对沈母甜甜一笑，“这次世界射击锦标赛在杭州举行，我想对几个世界级的射手作一个专访。听说沈清源跟他们私交不错，所以就来找他帮忙。”

沈清源咳了一声，说：“这次比赛我没参加，估计帮不了你这个忙。”

“你怎么没参赛？”沈母紧张起来。

唐心赶紧回答：“没什么，沈清源有孝心，要照顾您，所以才没参赛。”

沈母却愧疚得不行，“不行啊，小源，你不能因为我耽误了比赛……再说，这五年，你们照顾我肯定浪费了不少精力。”

唐心赶紧说：“不会的，沈清源平时训练都很认真，他还是Q大射击队的队长呢！还有，他就算这次不参赛，亚运会肯定也要参加的。”说着，她调皮地看了沈清源一眼，“对吧？”

沈清源不情不愿地说：“对。”

“那你就快帮帮小唐。”沈母嗔怪地瞪了沈清源一眼，“人家找上你了，你肯定有办法。”

唐心笑嘻嘻地说：“那伯母，到时候要麻烦沈清源去一趟杭州，你会答应的吧？”

“会，当然会。”

唐心像得了鸡毛令箭，得意扬扬地看了沈清源一眼。就这一眼，她发现他也在看她，只是眸深如墨。

送她从病房出来的时候，沈清源和唐心肩并肩走着。忽然，他开了口，“你故意的吧？”

“是啊。”唐心知道他是什么意思。她故意在沈母面前提及射击，就是变相地给沈清源压力。

“你明明知道我要退出射击队。”沈清源加重了语气，显然有些怒意。

唐心抿唇一笑，面对着他后退着走了几步，“沈清源，我知道我拦不住你走，但是我能让你走得不那么痛快。”

“为什么？”

唐心停住脚步，沈清源却还是照样往前走。他一直走到唐心面前才停下，盯着她的眼睛重复地问：“为什么？”他略微弯下腰，鼻尖几乎触碰到她的。唐心睁大眼睛，看着自己的倒影映在他的眼瞳里。

“为什么？因为不公平。”唐心的声音有些苦涩，“张教练要辞职了，你这边走得潇洒，太不公平。”

仿佛是一只重锤猛然钝击在心上，痛楚太绵长，以至于沈清源好一阵没缓过神来。辞职？

CHAPTER TWELEV

12

身在地狱

——身在地狱，才发现不过苦难尔尔，并没有想象中那么可怕。

Q 大射击队除了日常训练，也要上文化课，一般是早上 10 点。这个时间，射击队刚刚进行一轮基础训练，正是体内“快乐因子”比较活跃的时候。按照张教练的话说，在一天中最快乐的时候去学习，事半功倍。

江一天照例在课堂上打瞌睡，身旁的陈海正在认真地听讲。讲到关键点，陈海捅了捅江一天，“别睡了，起来听课。”

“听什么课，反正在别人眼里，我们也就射击成绩值钱啊。”江一天半睁着眼睛咕哝了一句。

陈海不依不饶，“听不听？这次考试别想抄我的。”

江一天这才懒洋洋地坐直身体，翻了翻课本。只是他的眼睛没往黑板上瞄，而是往窗外溜达。不经意间，他就看到了拎着行李箱的张教练。张教练穿着平常的那件红蓝棉 T，走在教学楼下，步履有些迟疑。

“张教练去哪儿？”江一天示意陈海往外看。陈海停笔，往外看去的时候，正好沈清源从外面跑进来，身后还跟着唐心。

陈海立即目测出，沈清源的速度跟田径全国纪录差不多了……唐心是国家二级运动员，田径速度也不差，可还是被沈清源甩在身后老远。只见沈清源到了张教练面前，似乎在交涉着什么。

陈海看到这一幕，缓缓将笔放下，“我去，张教练这是把沈哥的行李都给收拾好了呀……”

江一天倒抽一口冷气，霍然起身，“我不答应！”

其他运动员们不知道缘由，看到江一天像个二愣子一样喊了出来，纷纷大笑起来。讲台上的英文老师转过身，气得几乎要将粉笔捏碎，“江一天！你发什么癔症！给我出去罚站！”

“好嘞，遵命！”江一天一溜烟地跑出了教室。陈海犹豫了半天，慢腾腾地站了起来。

英文老师柳眉倒竖，“陈海，你站起来干吗？想回答问题？”

“报告老师，我刚才听课走神了。那个，我出去罚站了哈。”陈海尴尬地笑着，离了座位，转身走出了教室。

陈宁就爽快多了，唰的一下站了起来，大声说：“老师，我刚才做小动作了，也去罚站了！”

她不等英文老师回答，扭头就跑了出去。青春期的少女身材瘦长，两条长腿一迈，轻松地跃过了身后的桌子，敏捷地消失在教室门口。

英文老师气得将手里的粉笔掰成两段，“行！你们行！以后上课都罚站好了，反正你们都是练射击的，不怕站！”

三人将英文老师的话抛诸脑后，火急火燎地跑到楼下。此时，张教练正在和沈清源对峙，两人谁都不让谁。唐心使出冲刺的力量，总算是跑到了跟前。

“唐心，你把我辞职的事告诉了沈清源？”张教练一脸严肃。

唐心苦笑着说：“本来我不想说，可是直觉告诉我，如果他知道你要辞职，可能思想上会有一个拐点。毕竟，我不想让沈清源退出射击队嘛。”

张教练无奈，“的确是拐点，不过这拐的弯也太大了。你看看他，自己都退出射击队了，还管我走不走！”

“张教！”沈清源口中迸出两个字，掷地有声。

他退出射击队，跟得知张教练辞职，是两种完全不同的感觉。潜意识里，沈清源认为自己就是一摊烂泥，被水冲走也就冲走了。可是张教练不同，那是曾经将他从泥泞里拔出来的人，不啻于海上灯塔，沙漠绿洲。一滴水被卷走，一粒沙被吹走，这都不算个事儿。可要是灯塔塌了，绿洲荒了，他会六神无主，像被抽了主心骨。沈清源一路跑过来，早累坏了。少年呼咻呼咻地喘着气，眼睛微微带着泪光，就那样一眨不眨地看着张教练。

张教练心头一暖，感慨自己到底没有白对沈清源好。他正想说什么，忽然看到不远处有三个熟悉的身影。

“张教练，你不能放沈哥走！”江一天最猴急，第一个跑到张教练身边大喊。随后，陈宁一步上前，抱住沈清源的胳膊，“沈哥，你说了我们要一起决战的，现在食言算怎么回事？”

唐心忍不住盯了陈宁一眼，心里有些犯酸。年轻就是好，没顾忌没疑虑，可以大胆地抱住心上人的胳膊。而她虽然只比陈宁大了几岁而已，可到底是已经工作的人，心态上还真拼不过。

“是张教练要辞职，不是我。”沈清源说。

张教练点了点头，“本来不想和你们说的，一个人悄悄走掉算了。结果……哎！”

江一天、陈宁和陈海都傻了眼。陈海讷讷地问：“教练，你开玩笑的吧？你为什么要走？”

张教练沉默了几秒钟，才说：“别问了，新教练很快就到位，没有我也是一样的。”

“不一样！”陈海刚说完，眼眶就红了。张教练赶紧搂住他的肩膀，“你这孩子，多大了，还掉金豆……”

江一天捂住眼睛，哽咽着喊起来，“张教，我不逃训练了，你别走行不行？”

“都说了，这是上头决定的。你们懂事点！”张教练狠了狠心，拉起行李箱就要离开。

行李箱的拉杆，被人一把抓住。沈清源紧紧抓着拉杆，低声问：“是因为我吧？”

“不是，你别乱猜，我辞职是因为我个人原因。”张教练摇头。

江一天却放下双手，睁大眼睛，“沈哥，肯定是因为你！因为你要走，所以张教练也觉得留下来没意思了。要不你别退，张教练不就不走了？”

唐心忍不住说：“你们都别乱猜了，事情不是这样的。”

五个人的目光顿时齐齐地看向唐心。唐心一股脑儿说了出来，“沈清源，你失踪的事队里根本就瞒不下来，张教练是顶着压力才保住的你，代价是如果你不回来，他就要辞职！很多事情不是说走就走这么简单……”

“唐心,别说了！”张教练打断了她的话,“我不想再给沈清源任何压力，既然他决定要走，就让他离开得毫无牵挂！”

“可是……”江一天欲言又止，想了想才说，“算了，如果这真的是沈哥的决定，那我就尊重他。只是张教练，你以后要记得常回来看看我们。”

陈海和陈宁却还是接受不了，眼巴巴地看着沈清源，“沈哥，你真的决定走了？”

唐心偷偷看了一眼沈清源。他站在绿荫下沉默不语，眼睛里有光点明明灭灭，那都是挣扎的痕迹。

“张教练，我留下，你也别走了。”沈清源去拖张教练的行李箱。张教练却冷笑一声，将他的手拨开。

“张教练！”陈宁不可思议地说，“沈哥好不容易答应留下来……”

张教练一本正经地问：“我问你们，这世上最稀缺的东西是什么？”

陈宁和陈海相视一眼，摇了摇头。江一天抽了抽鼻子，大声回答：“是钱！”

“钱可不是稀缺品！在这个世界上，除了空气和阳光免费，其他的都要收费。而且只要你有能力，你总能挣到钱。”

唐心想了想，试着问：“是后悔药吧？”

张教练点了点头，指了指远处的露天靶场，“你们都是练射击的，应该知道子弹一旦出膛，就再也没有回头路。所以在射击之前，你们就应该做到心中无悔，每一枪都要打得有底气。”

他转而看向沈清源，“可是你呢？因为你不愿意直面那段往事，所以你退出射击队。好，我尊重你的选择！可是现在你为了挽留我，又决定回到射击队。你想过没有，这是一种妥协的态度。你带着这样的态度去射击，能做到心中无悔、每一枪都有底气吗？你不能！ Q 大射击队，不需要这样方寸大乱的射击手！沈清源，如果你想留下，那就让自己配得上 Q 大射击队。否则，我看你还是退出比较好！”

沈清源静静地看着张教练，什么也没说。江一天在旁边抓耳挠腮，半天才央求道：“张教，我嘴笨，不知道该怎么让你留下。我不管你说的这些道理，今天你们一个都别走！”

“凭什么？我也在赌，赌沈清源这小子能懂点事。可是他不懂事，我赌输了，愿赌服输。”张教练火了，“凭什么沈清源赌输了，他一言九鼎。我赌输了，就要食言妥协？”

一席话说得江一天他们哑口无言。唐心知道再也没有挽回的余地，伸手和张教练握了握手，“张教练，保重。”

“大家都保重，我可能去省队任教，有机会你们可以去省队和我切磋。”张教练最后说了一句，拖着行李箱就往外走。

沈清源突然喊了一声张教练，向他深深地鞠了一躬。在医院的那一次鞠躬，是决然。这一次，是后悔。

张教练站在五步开外，并没有转身。他叹了口气，最后还是拖着行李箱走了。可能是满腹心事压得他的背影略弓，明明周围阳光明媚，却让人看得心中充满凄凉。

亚运会即将开幕，各国参赛的运动员都已经抵达了亚运村。唐心奔赴杭州，每天都在做亚运专题，还要对运动员进行专访，忙得脚不沾地。虽然身体很疲惫，但她很满足，因为这样可以让她暂时忘记沈清源已经不会再出现在赛场上的事实。那个集万千光芒于一身的时刻，可能只存在于记忆里了。

唐心有些伤感，心里觉得空落落的。前几日，沈清源带着她结识了世界射击冠军托尼斯等人。当他们得知沈清源缺席这次亚运会和后面几场世界级别的射击比赛后，非常惊讶。沈清源并没有告诉他们自己已经退出射击队，但言谈举止中也没有流露出对射击的半分留恋。

“小唐，想什么呢？”周祖光的声音打断了唐心的思绪。她歉意地笑了笑，“不好意思，刚才走神了。”

“别光愣神，等会儿观众的回答万一放飞自我，你得提前有应对的策略。”周祖光提议。

现在是亚运会射击赛场的资格赛时间，比赛还没有开始，但是观众席上已经人山人海。各项体育运动都有自身的魅力，随着国民运动热情的高涨，越来越多人被射击的魅力所感染。

根据电视台的安排，唐心就要对观众进行一个随机采访，问题会涉及为什么喜爱射击这项运动等等。本来周祖光打算提前安排几个特定的观众，但被唐心拒绝了。她觉得，真正的随机采访才不至于僵化。

“我会安排好的。”唐心扫视了观众席一圈。她打算抽取从70后到00后几个年龄阶段的观众进行采访。

“我知道，沈清源这次没来比赛，你这个小粉丝肯定失望。”周祖光语气中饱含失望，“你都不知道，‘原子弹’差点没把体育论坛给轰炸了。”

唐心恍然明白“原子弹”就是沈清源粉丝们给自己起的名字，顿时哑然失笑，“真的？”

“你看看。”周祖光掏出手机，给唐心看论坛评论。

网友甲：你们这群键盘侠把沈清源攻击得退赛了，现在开心得要死了是吧？

网友乙：造谣传谣真是没有成本，所以这群苍蝇才舞得放肆。

网友丙：呜呜呜，我的清源小天使，不要啊！谁知道他的伤势严不严重啊？

网友丁：受伤都是借口，沈清源肯定不是因为这个弃赛！这背后有内幕，谁能查查？

唐心沉默了好一会儿，才将手机还给周祖光，“以前我也不喜欢网友过多关注他，现在我改变观点了。”

她捋了一下长发，握紧了手里的话筒，“不管是好的言论，还是坏的，都表示有人还记着他，想着他还会继续射击。”

周祖光也叹气，“我也希望他能回头。”

两人分别带着摄像走向观众席，开始进行采访。唐心挑了两个中学生模样的男生，开始采访，“你好，能采访一下你们吗？请问你们为什么对射击这项运动感兴趣呢？”

男生大大咧咧地说：“当初被沈清源圈粉，所以才喜欢上射击运动。结果没想到这次他弃赛了！”

沈清源退出射击队的事情还没有正式公布，唐心不想过多地讨论他，所以只能干笑一声，“没想到沈清源还有男粉。”

“原子弹群体很庞大的，什么粉都有。”男生一副信口开河的架势，每一个细节都荡漾着中二之气。

唐心后悔，早知道就应该采纳周祖光的意见，找几名内定观众，现在就不会这样尴尬了。她一眼瞅见男生旁边坐着一名戴鸭舌帽的年轻人，赶紧将话筒转移过去，“这位先生你好，能采访一下您吗？”

这个年轻人看上去二十多岁，应该比十几岁的小孩子稳重许多吧。不料，那年轻人直接摆手，拒绝采访。

唐心直接傻眼，这下好，气氛更尴尬了。她只好半开玩笑地说：“看来这位先生比较害羞，那我们再采访其他……”

“沈清源？”唐心还没说完，就听到那名中学生轻喊出声。他抓下年轻人的帽子，惊喜连连，“真的是你！”

唐心有些懵了，这才看清楚那年轻人果然是沈清源，只是他剪短了头发，刚才鸭舌帽压得极低，才让她一时没认出来。

沈清源伸出手指放在唇上，作出一个“嘘”声，同时拽过男生手里的鸭舌帽，“我的帽子，谢谢。”

“我会保密的。”男生激动得脸都红了，“你能在帽子上面签个名，送给我吗？或者，在我衬衫上签字也行。”虽说是征求意见，但他扯着帽子就是不松手。

沈清源哭笑不得，从衬衫口袋里掏出水笔，在帽子后面刷刷签上自己的名字，随后递给了男生。

男生千恩万谢地接过了帽子。唐心轻咳了一声，将话筒递给沈清源，“沈先生，亚洲射击纪录的保持者，没想到能在观众席上见到您，真是意外。”

大乌龙，简直是大乌龙！采访观众居然能采访到射击冠军，这小概率事件真是醉人。

“我也很意外。”沈清源耸了耸肩膀。

唐心目光灼灼，“不知道你今天为什么会出现在这里呢？”

“我想为我的队友们加油。”沈清源言简意赅。

唐心微微一笑，“哦，相信你的队友们一定能够收到你的祝福，也祝你的伤势早日康复。”

“谢谢。”沈清源煞有介事地点头致谢。唐心转过身才开始腹诽：两个熟人非要装作陌生人，太别扭了有没有！

采访完观众，唐心暂时没有工作，可以在观众席上稍作休息。她望了一眼沈清源刚才的座位，发现他已经不见了。

“奇怪了，人呢？”她正嘀咕着，忽然眼角余光瞥见一个人在身旁坐下。她扭头一看，正看到一张熟悉的侧脸。

鸭舌帽遮住了他的眼睛，可是那秀挺的鼻梁，线条爽利的下颌却是她曾在脑中想过千万遍的。唐心忍不住就红了脸，“你刚才去哪儿了？”

沈清源将帽檐往上抬了抬，露出了一双明澈的眼睛，“刚才被发现了，为了免得惹麻烦，我跟别人换了座位。”

“那你现在给我一个正确的答案，”唐心一本正经地说，“你今天为什么会出现在这里？我才不信，你只是来加油的。”

沈清源淡淡一笑，仰头看向上方。射击馆里灯光亮如白昼，照亮了绿色赛场。

他淡声说：“唐心，我的确不是来加油的，我只是想身临其境地看一场射击比赛……以前在射击馆，我从未在观众席上待过。你知道我有多害怕这个位置吗？从准备阶段，我都不敢往观众席上看一眼。”

唐心一顿。身边的这名年轻男子，只要手中有枪，不是在训练就是在比赛。射击给他带的压力，是非常巨大的。他这样惧怕观众席，也是因为最近谣言所造成的阴影。当年的心结不可能一次性斩断，他站在靶台上，身后是人山人海，各种非议排山倒海地向自己涌来，每一个浪头都是没顶之灾。她明白那有多痛苦。可是，他还是来到了这个不亚于修罗场的地方。

唐心忍不住心酸，靠近他说：“那就好好看比赛吧。”

她忽觉手心一暖。沈清源居然握住了她的左手。唐心顿时心跳如雷，那五根手指所渡来的温度，灼热得像烙铁。

他却轻描淡写地说：“陪我看比赛，好吗？”

唐心已经不太清楚自己是点头还是摇头了，她所有的注意力都集中在左手上，仿佛那里已经是心之所在，被他捏着，攥着，囚禁着，根本无法自由畅快地呼吸。

资格赛开始了。

这是男子速射的赛场，运动员们已经各就各位，站在各自的靶台上，手臂下落 45° ，等待着“开始”的射击口令。

几秒钟后，裁判下发了命令。显靶之后，枪声纷纷响起。手枪速射和慢射不同，需要射手们在运枪中就进行瞄准，显靶之后果断迅速地进行射击。

电子屏上开始显示成绩，前后左右的观众开始交头接耳地小声议论，有人惊喜，有人淡定。

一场比赛下来，只有前八名选手才能进入决赛。有人坦然晋级，有人黯然离场。不管是坦然还是黯然，落幕之后，都已成为过去。

沈清源默默地看着这一切，若有所思。

“感觉怎么样？”唐心问他。她抽回手，才发现手指上都是汗水。愣了一下，她才意识到，这都是沈清源手心里的冷汗。

“原来，射击这样优雅，又充满力量。”他沉声说。

唐心了然一笑，“用旁观者的视角，你会发现这世界美多了。”

“没错，从另一个角度看这个世界，真的挺有意思的。”沈清源微微一笑，“我还有事，先走一步，再见。”

他站起身，离开了座位，往后门走去。唐心愣了半天才反应过来，匆匆忙忙地追了上去。走到安全通道，一股风飒然吹来，将她的长发吹起，有几缕头发蒙在脸上。

唐心眯起眼睛，不管不顾地喊：“沈清源！”紧接着没仔细看路，她猛然撞进了一个温暖的怀抱。原来，他正好停住脚步回头看她，是她撞了上来。

唐心面红耳赤，顾不上后退，只是拉起他的手，急切地说：“如果你还需要看比赛，我可以陪你！”

沈清源没有说话。

走道里，不时有观众提前离场，从他们身边经过。他们向唐心和沈清源投来惊异的目光，开始气愤这一把猝不及防的狗粮。

“哪里都有人秀恩爱！”一个抗议的声音飘了过来。

唐心脸一红，往后退了两步，离开了沈清源的怀抱。沈清源倒还牵着她的手，轻轻地说：“谢谢你，但是不需要了。”

“为什么？难道你真的彻底讨厌射击了吗？”唐心眼前蒙了一层泪光。这是她最不能接受的结局。

沈清源摇头，“不是，我说的不需要，是因为我已经走出来了。其实身在其中，才发现很多事情也没什么可怕。”

害怕目光，就直视目光。恐惧非议，就亲耳倾听。他站在那里，目光炯炯，身姿笔直挺拔，如同重新站起来的负伤战神。

“身在地狱，才发现不过尔尔，并没有想象中那么可怕。”他继续说，“唐心，我一定要回来。”

他说，唐心，我一定要回来。

他要回归射坛，变回那个原来的自己。每次想到沈清源说出的这句承诺，唐心都会从心底涌起一阵幸福。

只是第一天的资格赛结束，唐心发现自己成了焦点。推开宾馆房门，唐心看到了乌压压的人头。丁芳、周祖光、张教练、江一天、陈宁、陈海六个人坐在沙发上，六双眼睛静静地看着她。

梨子吃着薯片凑到她耳边，低声说：“奇哉怪也，我今天人气飙升啊，他们一个个都来找我叙旧。哎，太受欢迎也很累。”

唐心：“你想多了。”

梨子：“……”

其实不用六个人开口，唐心也知道他们都是来找她的。无奈啊，谁让她今天和沈清源有接触。想到这里，唐心甚至有些忿忿然。他们每个人都是冲着沈清源的啊！

周祖光率先说话了，“唐心，今天的采访环节收视率很好啊，观众们来短信说，肯定是提前安排好的小惊喜。”

“对于我来说，是惊吓。”

唐心回想起刚才掏出手机翻看网络评论时的心情。网友们是这样评论的：

网友甲：呵呵，肯定是提前安排的小插曲，记者调皮了，演技还挺好。

网友乙：我就想不通了，现在只要颜好，就算不参赛，也要被采访一番是吗？

网友丙：怼上，不然你以为呢？

网友丁：不是说沈清源训练受伤吗？我看他人好好的。

网友戊：废话，被你看出来的话小天使该退役了！很多伤是看不到的好不好！

唐心哭笑不得，不过一路翻下来，没有人提及沈清源曾经伤母的事情了，心里稍稍有些安慰。

“唐姐，沈哥真的出现在赛场了吗？你看他状态怎么样？”陈宁忍不住问。她一双又黑又亮的大眼睛，急切地看着唐心。

唐心知道她对沈清源的情意，心里咯噔了一下，还是说：“嗯，他说了，他要回来。”

“真的？”江一天和陈海异口同声地说。

唐心慢慢点了点头，“千真万确。”

张教练松了口气，“这孩子，总算是迈过了这道坎。”

唐心斜眼看他，“张教练，你不是去H省的省队了么？”

“交流任教而已，过几天还回来。”张教练爽朗一笑。唐心擦了擦额头冷汗，“张教，你的戏不错啊。”

“事先没告诉你们真相，不好意思了。不过不这样说，你们在沈清源面前怎么能演得天衣无缝？”张教练叹气，“这孩子太倔，容易钻牛角尖。总之，这一次我不能再让沈清源走上他爸爸的老路。”

在张教练碎片式的描述中，唐心了解到很多往事。沈清源的爸爸当年也是一名射击运动员，拿过全国冠军，但是在国际大赛上表现平平。一名天资平平的射击手退役后，没有品牌的赞助，没有含金量高的奖牌，很难适应平淡无奇的生活。于是，他失去了生活的靶心，沉迷在酒精里，流连在赌桌上。而他当年的战友则成了Q大射击队的教练。某次偶然的机会，当张教练得知沈父的生活现状后，不由得扼腕叹息。

“就算有一天沈清源要退役，也要在功成名就之后，反正不是现在。”张教练斩钉截铁地说。

“唐心，如果你再见到沈清源，有什么情况记得和我们说。”丁芳叮嘱道。

唐心还没点头，周祖光却已经抢先说：“好。”

丁芳白了他一眼，“我和唐心说话，你回答什么？”

“我们是电视台的，整天待在赛场，我见到沈清源的概率也很大啊。”周祖光一脸无辜。

丁芳打了个哈欠，“说你情商低，果然还真的不高。”

从房间里出来的时候，唐心送丁芳回房间。四下无人，丁芳突然问：“唐心，我以前让你帮我调查，周祖光为什么和我离婚。他后来有说过吗？”

唐心一凛，立即想起在多哈的时候，周祖光曾经谈论过这个话题，于是便将当时他说的话原封不动地转述给了丁芳。

“他未必是不爱了，而是不懂你。”唐心小心翼翼地说，却发现丁芳的脸色越来越差。

丁芳冷笑，“你不觉得很可笑吗？他无法掌控我，所以干脆失去我——这是一个自私男人的狭隘爱情观。”

唐心挠了挠头，“也不是……学姐，我想他的意思是，他看不透你的内心，所以总感觉这段婚姻岌岌可危，并不是要控制你的行为。”

“那又怎么样呢？看不懂我，那他应该试着主动去理解我，而不是转身就走。归根结底，他是一个懦夫。”丁芳语气里充满了失望。

此时，她们已经走到了宾馆的小阳台。丁芳抬头看了看吸烟区的标志，掏出打火机，点燃了一根烟。烟雾缭绕中，丁芳的面容变得朦胧。

唐心无奈地说：“学姐，每次我都觉得，你和周主任的想法是两条岔路。你们最好面对面地深谈一次，才能更好地理解对方。”

丁芳垂手，将烟在烟灰缸缸沿上磕了磕，才说：“你这样教一个心理学专家如何谈恋爱，合适吗？”

“当局者迷。”

丁芳抽了一大口烟，缓缓吐出几个烟圈，才幽幽地说：“谁又不是当局者迷？唐心，包括你也是如此。”

“我？”

“等沈清源这件事过去之后，你和他就别再来往了。或者说，当普通朋友。”丁芳看了唐心一眼。

唐心只觉心口猛然痛楚，一句话懵懵懂懂地说了出来，“可是，我爱他，自始至终。”

“就算你们在一起，也不会有什么好结果，相信我。”丁芳将残烟在烟灰缸里按灭，离开了小阳台。

唐心怔怔地目送丁芳离开。丁芳的话让她犯起了嘀咕，她总觉得丁芳知道些什么，可她真的没有勇气去问。这是讳疾忌医吧，明明知道哪里出了问题，可就是不想面对真相。

亚运会开幕的第三天，是男子50米慢射的资格赛。Q大射击队有几名队员参加了比赛。

从入场开始，唐心就预感到沈清源也会观看这一场。果然，在比赛开始前十五分钟，她收到了一条短信："我在第二十三排23号。"

唐心根据提供的方位望过去，果然看到了那顶熟悉的鸭舌帽。她心头狂跳，难道沈清源还要拉着她的手，让她陪自己看比赛?

她娇羞，回复："真是的，干吗只告诉我呀？"

很快，短信回复了回来，不过并不是唐心预想的内容。沈清源的短信是这样说的："哦，怕你不小心采访到我。"

唐心气结，关机。

资格赛的竞争很激烈，陈海上次在亚洲射击锦标赛失利，这次扳回一局，成功入围决赛。江一天虽然没能入围，但是名次和成绩都比上一次好很多。看来这家伙的确开始认真训练了。

唐心配合周祖光解说完毕，才将手机打开。她的心怦怦乱跳，期待着什么，又怕落空。一条短信映入眼帘："下午结束，来香榭街12号，一起吃饭。"

唐心开心，结果一看发件人，顿时心凉了半截。发件人是陈宁。

五秒钟后，一条补充短信也冲了进来，仍然是陈宁发的："唐姐，忘了告诉你，我见到沈哥了，现在我们在包厢里，等你哦。"

唐心不知道该怎么形容自己的心情。

CHAPTER THIRTEEN

13

吻即天堂

——所有人都知道她爱他，像知道桃花必然仰慕着春风，知道鲸鱼必然归于深海。

只有他不知道，像春风来了又去了无痕，像深海平静悠闲终无言。

香榭街 12 号是一家火锅店，二楼是一个又一个的小包厢。

唐心到达的时候，还以为找错了地方，因为里面静悄悄的，一点声音也没有。可是她推门进去，才发现沈清源和陈宁在桌边正襟危坐，陈宁一副快哭的表情。

“怎么了？今天陈海表现还可以啊。”唐心打趣说，“你别太担心，资格赛比分不计入决赛成绩，陈海排名是挺靠后，但决赛状态好的话也能拿奖牌。”

陈宁靠近唐心，低声说：“唐姐，不是这个……是沈哥真的好闷啊，什么话题都接‘哦’这句，我都要被他闷哭了。”

唐心瞪向沈清源，只见他丝毫没有意识到自己已经荣升为聊天终结者，依然很自然地打招呼，“唐心，喜欢吃什么自己点。”

这么说起来，高中的时候沈清源就不是很爱说话。可是他跟自己在一起的时候，并没有闷成这个样子啊。

唐心一边在心里嘀咕，一边点了餐。轮到陈宁点餐，她兴致勃勃地用铅笔在菜单上画了两道，“有螺蛳粉，要三份吧？”

“两份，她不爱吃。”沈清源说。

唐心愕然，瞪向沈清源。沈清源似乎已经猜到了她的疑问，淡淡地说：“你每次吃螺蛳粉都皱眉头，上次吃还哭了。”

“啊？被螺蛳粉难吃哭了？唐姐，真的呀？”陈宁惊讶。

唐心无语。上一次她吃螺蛳粉是什么时候？对了，是在百育中学的食堂里，他提前离席，而她对着一碗冷掉的螺蛳粉流眼泪。她哭的不是螺蛳粉的难以下咽，是他的无情。

“没什么，我对螺蛳粉里面的酸笋过敏。”唐心开始信口胡诌，“我现在主持体育频道，这张脸要好好保护。”

陈宁笑起来，“对啊，就像我们射击运动员，最重要的是手。听说国外有一些运动名将，都给自己的手啊、腿啊上保险呢！”

“我们也可以买保险。”唐心开起了玩笑，“我给脸买保险，你和沈清源就给手买保险好了。”

“对呀！万一毁容，或者是手废了，还能有一笔保险赔偿度日，对吧？”陈宁口无遮拦。

唐心差点喷茶，想什么呢这孩子，不用净说大实话吧？

沈清源却严肃地说：“我觉得，我应该和唐心一样，给脸上保险。”

“啊为什么？”唐心和陈宁都很好奇。

“没什么，就是我觉得我毁容，应该比手废了赔偿得更多。”

唐心看了看沈清源那张脸，觉得很有道理。虽然说沈先生在射击上已经做到了世界前列，可是……他的脸更美啊。

三人吃完火锅，吹着空调都微微出了汗。趁沈清源离席接电话，唐心问陈宁，“你怎么找到沈清源的？”

“是他来找我的。”陈宁将一块肚片放入口中。

“啊？”唐心百思不得其解。沈清源向来是神龙见首不见尾，居然主动找陈宁？一想到这里，她心里又泛酸了。

“唐姐，我知道沈哥喜欢你，你也喜欢沈哥。我想，你也应该知道我喜欢他吧？”陈宁忽然说。

唐心吓了一跳，“你……”

“没关系，我不会妨碍你们，我只要你允许我默默地喜欢沈哥就好了。”陈宁笑得无邪，“我想一天天地变得强大，强大到有一天能帮到他，再也没有其他的想法了。”

唐心下意识地拒绝，“不行，你难道就没有为自己着想过？”

陈宁懵懂地摇头，马尾辫在背后甩来甩去，“想过的，我只想报答沈哥。不管他怎么想我，我都喜欢他，喜欢定了！”

话音刚落，包厢的门开了。沈清源站在门口，一脸冷漠和严肃。

“沈哥，你……”陈宁顿时面白如纸。她没想到这番自白居然会被沈清源听到。

“这就是我今天来找你的原因。”沈清源在陈宁面前坐下，很认真地说，“陈宁，从今天开始我不会再和你有什么关联。什么时候你对我没感觉了，什么时候我再和你说话。我说到做到！”

陈宁被吓到了，嘴唇颤抖了几下才说：“为什么？要和我绝交？我谁都没有妨碍到……你们是我的恩人，我想……”

“感情无关报恩，我也不需要你的报答。你一天天地变得强大，目的不是帮我，而是要对得起你自己的人生。”沈清源直视着陈宁，“所以，忘了我。”

陈宁终于落泪了，“沈哥，为什么你这么残忍？”

沈清源没有说话，面上表情纹丝不动。唐心也不知道该劝慰些什么，好像说什么都不对。陈宁坐不下去了，哭着站起来，哽咽着问：“沈清源，多一个人喜欢你不好吗？你就当不知道我的心思，不行吗？”

“不行。”他很绝情。

陈宁哭着跑了出去，却没有听到沈清源后来说的话，“陈宁，总有一天，你会知道在一段感情里，最重要的是平等。”

爱和平等同样重要，可是这世上的爱情里总是充斥着不平等。其实爱就是爱，不是古代折子戏里仙妖狐怪的报恩故事。爱和报恩无关，和努力无关。如果有缘无分，那么百分之百的努力也未必能获得一人心。

包厢里安静了下来。唐心担忧地望了望外面，“要不，我追上去看看，我怕她出事。”

“不用，长痛不如短痛。”沈清源说，“她现在没比赛，我觉得还是现在说清楚比较好。”

唐心有些无力，“你既然决定要和她说清楚，那为什么要喊我来呢？当着一个同性的面被男人拒绝，这是很残酷的事情！”

“我只是想让她知道，谁才是我爱的人。”他气息稳定地回答，尾音稍微模糊，带着一丝宠溺的味道。

唐心愣了愣。这是……在告白？

“沈清源，我已经治愈了，就算报道有关你的消息也不会口吃。我现在不需要假象来治愈。所以……”唐心有些艰难地说，“请你不要再制造美好的假象骗我了。”

她心里乱糟糟的，转身拿起手包就要离席。沈清源却一把将她拽住，拥她入怀，“一直都是真的。”

他的声音就响在耳畔，像穿脑魔音，瞬间软了她的骨头。唐心挣扎不得，抬头看他，“我不信，你一直都拒我于千里之外。”

“那是因为……”沈清源红了眼睛。那个夏天的往事，他永远都不想去回忆。瓢泼的大雨，怀里流血的母亲，转身离去的女人……他无法将那个绝情的背影和唐心重合起来。当他得知那个女人是唐心的母亲后，第一反应就是去学校，和唐心分手。她其实不知道，他这辈子只哭过两次。一次是雨夜中抱着受伤的母亲，一次就是从学校退学之后，他坐在公交车上，透过车窗看唐心无助地站在学校门口。她哭，他也模糊了眼前的一切。

“没什么，我只是不习惯。”沈清源转移了话题，“如果不是杜凌枫告诉我这些，我还不知道我欠下这么多情债。”

“杜凌枫？”唐心讶然。

沈清源点头，慢慢讲述起两天前发生的事情。唐心这才知道，杜凌枫这次误打误撞做了一次神助攻。

让我们把时间调整到两天前，就在唐心无意中采访到沈清源这位特殊观众，引起轩然大波的第二天。沈清源接到了一个电话，是杜凌枫打来的。

杜凌枫很不客气，“你该不会是想重归射击队吧？我警告你，你一旦迈出这一步，我就要采取措施，让你翻不了身。”

“哦，好的。”

“哦好的？”杜凌枫咬牙切齿，“沈清源，你害得小辞郁郁而终，这是对你的惩罚，你一辈子都别想摆脱！”说着，他开始发散思维，“我知道了，肯定是你的红颜粉丝团把你劝回去的。呵呵，到处留情债的家伙。”

沈清源就是从这时候感觉不对劲的，“你说谁到处留情债？说清楚！”

于是杜凌枫就开始滔滔不绝地数落起来。他先告诉沈清源，虽然当年唐妈妈对他们母子见死不救，但唐心是无辜的，沈清源这样做只能让自己痛苦，让唐心痛苦，谁都落不到一个好。

“父债子偿的那一套是旧社会的，现在都二十一世纪了，你居然还抱着这些古董思想，觉得唐心她妈做下的错事，就得唐心去承担？有时候，老子真不想和你说这些鸡汤玩意儿，但我还是要说，要这事发生在老子身上，老子永远都会原谅自己喜欢的女人，就仗着老子喜欢她，咋地了？沈清源，你是不是个男人！”

沈清源就这样被骂醒了。不过，他还是冷静地问：“还有呢？”

“还有，就你身边那个小姑娘陈宁，人家爱你爱得要死要活，你居然还亲自指导她射击，还给她按摩肌肉。你这是变相的勾引！格欧勾，易恩引，勾引懂不懂！”

沈清源倒抽一口冷气，追问：“如果这事发生在老子身上，老子会怎么做？”

“要是发生在老子身上，很简单，不爱她就不给她任何希望。太认真的女人绝对不要招惹，是个麻烦不说，严重的还能出人命。趁她还没有情根深种，赶紧断了吧！话说得狠一点，别模棱两可，像射击一样直中靶心，让她这辈子想起你来就恨得牙痒痒。”

“哦，好的。”

“哦好的？”杜凌枫气得七窍生烟，“你就没点别的话说？”

“谢谢。”

“谁要你的感谢，我的意思是说，你必须承诺我再也不进射击场！”杜凌枫咆哮。

可是他没有听到回复，因为沈清源已经把手机挂断了。杜凌枫绝对没有想到，他有一天也会成为沈清源的情感导师。

沈清源在这番对话之后，认认真真地反思了自己和唐心，和陈宁之间的关系。他明白了那些不讨人喜欢的螺蛳粉，那些欲言又止的细节，也明白了陈宁眼神中的渴望从何而来。总之，他反省了，醒悟了。

当然，沈清源讲给唐心听的时候，还是隐去了五年前雨夜的那段往事。唐心笑得前仰后合，连声说：“杜凌枫果然没白混脂粉堆，分析得很透彻！”

“严肃点，他是仇家。”沈清源煞有介事地说。

一个念头闪入唐心脑海里，她喃喃地说了出来：“其实杜凌枫也挺可怜的。”

“为什么？”

“小辞的死对他的打击应该很大，这么多年，他一直生活在仇恨当中。你知道吗？杜凌枫在小辞的墓旁边，买了一块墓地，是留给自己的。”唐心想起石小辞的日记本，心里说不上哪里怪怪的。

I want to go to heaven. 那个重病的少女，在弥留之际一遍遍地写着这句英文，却没有留给杜凌枫只言片语。难道石小辞不爱杜凌枫？可她偏偏提出了一个愿望，想要看他夺金牌。如果不是心理上就很亲密的人，是很难提出这样的要求的。

“怎么了？”沈清源摸了摸她的脸。

唐心这才回神，整理了下思绪，“我觉得我们应该跟杜凌风说清楚，石小辞最后是绝食而死，她心甘情愿选择了死亡，并没有什么遗憾。”

“嗯，我正好也要找杜凌枫，我和你一起去。”沈清源开始收拾东西。

“你找他干什么？”

沈清源微微一笑，“把金牌拿回来。”

恰好唐立奇这几天嚷着要来看亚运会。唐心给唐立奇打了个电话，让他速速来杭州，自己报销他吃住，但是条件是他把石小辞的日记本带来，唐立奇就屁颠屁颠地坐高铁来了。

出了火车，唐立奇几乎要流下激动的泪水，“姐，杭州美食甲天下，你一定要带我去吃小吃。”

“是山水甲天下。”

“我不管，我是你弟弟，你要管饱。”唐立奇开始耍赖。唐心从他的背包里翻出石小辞的日记本，在他眼前晃了晃，“你暂时不是我弟弟，是我的人肉搬运工。我还有事，先走一步，自己去酒店办理住宿。”唐心转身上了一辆出租车，留给唐立奇一管汽车尾气。

唐立奇当街流下两条宽面条泪，“什么人肉搬运工，我是有尊严的唐立奇，姐！”

半个小时后，唐心约了沈清源在一家露天餐厅外见面。当她把日记本拿出来的时候，沈清源微微皱了一下眉头。潜意识中，他不太赞同用日记本去说服杜凌枫。因为石小辞已经过世，解读她的遗言并加以利用，这其中意味有些微妙。

“我知道这样有些不厚道，可是杜凌枫的心结就在石小辞身上，只能用这个方法试试了。”唐心将日记本推给沈清源。

沈清源刚想拿起日记本，忽然看到桌子上的手机震动了起来，“杜凌枫”的名字赫然出现在屏幕上。他用眼神暗示唐心一眼，接听了电话，声音清淡，“喂？”

“沈清源，如果你违反约定，我会让你彻底身败名裂。”杜凌枫的狞笑传了过来，“你还记得你输给我的那块金牌吗？我会放话出来，说那是你出售给我的，目的是换一笔钱去赌博，就像你爸爸当年那样。”

“无凭无据，空口污蔑。”

“呵呵，你爸爸曾经是个赌徒，这就是证据。”杜凌枫嚣张地大笑起来，“龙生龙，凤生凤，老鼠的儿子会打洞。我不用证据，只需要证明你爸爸是老鼠就可以了！”

“如果你敢乱说一个字，我们就法庭上见。”沈清源眸光一紧，握紧了手机，手背上青筋暴起。

“OK，上法庭就上法庭。”杜凌枫很轻松地说，“看法院的案子多不多吧，少的话，一两个月能轮到我们的案子，多的话可就说不准了！你真的打算告我吗？在开庭的这段时间里，真不知道网络上会有什么样的轩然大波。”

沈清源冷笑，“时间会证明一切。”话虽如此，但太阳穴还是一阵刺痛。他几乎可以想象得出，那种后果并不比前段时间的舆论风波弱多少。当时的他几乎挣脱不开那种压力和阴影，现在他虽然好很多，可难免心情受影响。

杜凌枫收了笑，声音阴沉下来，“别罩了，尽快给我答复。要么废掉自己的右手，要么选择身败名裂。”说完，电话便被挂断了。

沈清源面色阴沉地放下手机。

其实在国外，很多运动员都会把金牌进行拍卖或出售，并不会引来非议。

可是如果杜凌枫这样造谣生事，污蔑沈清源出售金牌是为了赌债，那么真的可能会将他的名声打入谷底。

刚才两人对话的时候，声音不大不小，唐心在旁边听了个七七八八。她忧心忡忡，“他疯了，为了抹黑不择手段。”她不担心黑白会真的颠倒，倒是担心沈清源又会陷到当时的情绪低谷，从而真的退出射击。

没想到，沈清源晃了晃气泡水，声音凉凉，“随便他吧，我倒是有点同情他了。”

“同情？”

“嗯，同情。”沈清源用理所当然的语气说，“毕竟这世上已经没有他爱的人，可是我爱的人就在我身边。”

他爱的人就在他身边？这意思是，说她？唐心眨巴了两下眼睛，脸颊有些发烧。沈清源这是一言不合就开启了告白模式吗？

她正窃喜着，沈清源已经翻开了日记本，看着那一行行的“I want to go to heaven”出了神。

“就凭这一句话，就断定石小辞是自杀？未免太武断了。”

喂，沈先生，别岔话题啊！唐心在心里咆哮着，表面上却只能回答：“我想去天堂——这句话带着深深的厌世情绪，如果不是自杀，那还能是什么呢？”

沈清源伸出手，修长白皙的手指划过那些英文字母，摇了摇头，“这绝对不是在厌世情绪下写的。”

“为什么？”

“所有的厌世情绪都是激烈的，暴戾的。”沈清源说，“可是你看这些英文的书写，每一笔都带着女性的温柔和情怀，没有任何不安暴躁的情绪。这怎么可能包含着自杀的情绪呢？”

唐心怔住了，她还真的没有发现过这个问题。“可是，小辞是以什么样的心情写下这些句子的呢？”唐心一筹莫展，“我不认识她，根本无从查起。”

沈清源也摇头。

事情又走到了死胡同。

亚运会如火如荼地开展，中国队这边拿了不少金牌。唐心忙着体育讲解、采访以及参加赛后运动会，整个人都忙得飞起，连喝水的工夫都没有。

每天回到亚运村，唐心紧赶慢赶也只剩下半个小时的洗漱时间。不过临睡前，唐心总会把石小辞的笔记本拿出来翻看，希望能发现更多的信息。然而，她盯着那一行行英文看得眼睛都酸了，也没发现什么玄机。

一转眼，亚运会即将闭幕，唐心总算能喘口气，也能思考一下怎么破解石小辞的日记本。她随手翻了翻前面的日记，发现石小辞还写过绘画日记，都只是寥寥几笔。

不过，石小辞的日记里，提到了一个名叫“图点点”的网站。唐心搜索了一下，发现石小辞在那个图片网站注册了个人主页，里面存放着她的画作。只是那些画作都以水彩静物为主，很少有特别突出的。

唐心一张一张地翻看，发现石小辞的水彩画美则美矣，可惜并没有太多内容。她正想把网站关上，忽然发现一张画下面注明的名字居然是，heaven。

天堂？

唐心仔细看那幅画，这是唯一的印象派画作，画面上色彩的河流，但看不出来那是什么。

“奇怪了……”唐心百思不得其解，正想到沈清源，便下载了那幅画，随手给他发了过去。

沈清源直接打电话过来，“这是谁的画，石小辞的？”

“你怎么知道？”唐心吃惊，“石小辞的这幅画名字是 heaven，我想肯定和那行英文有关系。可是我看不出画的是什么，所以就让你也看看呗。我还没来得及和你说呢！”

“如果我猜得没错，这几天你肯定有空就琢磨我的事。”沈清源的声音温润而深情，“唐心，谢谢你。”

唐心被直戳心事，嘴上却口是心非，“不用客气，我就随便翻翻，其实……我没怎么想你。”

他低低的笑声从手机那边传来，“没关系。没怎么想我，说明至少有一秒钟想了。就算只有一秒钟，我也很开心。”

这通电话甜得齁人，唐心冲动之下脱口而出，“沈先生，我们这样说话，算不算谈恋爱？”

“你说呢？”他反问。

“我就让你说。”她紧张得手心出汗。

手机里一阵沉默，他似乎在酝酿一个答案。唐心的心顿时怦怦跳了起来，几乎拿不稳手机。

“不算。”只听他的声音清晰地传来。

唐心呆住了，心迅速往下沉去。

然而下一秒钟，他又说：“我以为我们都可以谈婚论嫁了。唐心，嫁给我吧，我会……”

他还没说完，唐心就听到手机那边传来一阵爆笑声。江一天的声音传来，“嫂子，快答应嫁给沈哥吧！”

唐心吓得赶紧把电话挂断。她思前想后，心头涌上一股愤慨：这个人，果然情商糟糕，越过告白就求婚了！

“沈清源，我要是答应你，我就跟你姓！”唐心气得将手机关机。梨子从浴室里出来，正往脸上涂抹化妆水，见状问她，“怎么了，看你这愤愤不平的，和你家的小天使吵架了？”

“说清楚，什么叫作‘我家的’？”

梨子“啊”了一声，停下在脸上拍水的动作，“之前你不是采访了他吗？你们看彼此的眼神……哎，全国人民都能猜到你们将来肯定要结婚的……”

“不会结婚，因为连男女朋友都不是！”唐心打断了她的话，气呼呼地钻进被窝。

那边，沈清源皱着眉头听手机里传来，“对不起，你所拨打的电话已关机，请稍后……”

“你们吓到她了。”沈清源将手机关屏，冷冷地说。

江一天和陈海面面相觑，满脸尴尬。沈清源今天来到亚运村，和张教练谈了一天，已经确定亚运会结束后就正式归队。他们都高兴坏了，刚才偷听到沈清源在阳台上求婚，就兴奋地跳出来助阵了。谁能想到，唐心居然生气关机了呢？要是怀疑他们沈哥求婚的诚意，那就事大了。

陈海咳嗽一声，“沈哥，江一天刚才笑的声音比我大，你找他赔你新娘子吧，咳咳。”

江一天顿时一脸恶寒。

沈清源一脸嫌弃，“不要，看不上，我也是有标准的人。”说着，他往门外走去。

江一天冲着他的背影喊：“队长！你赔我少男心！”

第二天是亚运会的闭幕式，唐心一早就起来化妆。梨子在床上一边刷手机，一边打哈欠。

“快点准备吧，不然赶不上了。”唐心看了一眼时间。

“我在刷脸书，打算收集一些国外网友的评价，给你提供素材。”梨子振振有词。

唐心无奈地摇头笑了笑，继续化妆。可是她刚将口红按上嘴唇，梨子就发出了一声惊叫。

口红歪了。“梨子，保持安静！”唐心不满地擦唇边多余的口红。

梨子举着手机，“有人在脸书上爆料，沈清源卖金牌去赌博！唐心，沈清源都快成悲情小天使了，你说他黑粉怎么这么多啊！”

唐心回过身，手中口红“啪嗒”一声掉在地上，断了。

“你的口红……”

唐心一把抢过梨子的手机，认真看那条脸书。这个国外博主不仅爆料，还放出一张杜凌枫炫耀金牌的照片。显而易见，这是杜凌枫开始了他的报复。是她疏忽大意了，她原本以为杜凌枫怎么也会等到亚运会结束。

唐心立即掏出手机，给杜凌枫打了个电话。电话响了很多声，才传来杜凌枫懒洋洋的声音，“喂，小美人？”

“脸书是怎么回事？”唐心质问。

杜凌枫哈哈一笑，“那个呀，是沈清源违约行为所导致的后果。再说，我也恨他。”

“你不该那么恨他，他什么都没做！”唐心加重了语气，“石小辞的遗愿不是看你拿金牌，她只是随便找个理由把你支使出去，然后选择自己离开人世！你懂不懂？”

说完，唐心就开始后悔了。因为她听到杜凌枫咬牙切齿的声音，“石小辞不可能是自杀的！她从小到大都没有骗过我，她说了要等我回来，就一定会等我回来！”除此以外，就是呼哧呼哧的声音，看来杜凌枫真的发怒了。唐心也有些生气，“醒醒吧，杜凌枫！看你拿金牌，并不是石小辞的临终遗愿！我可以证明！”

“你怎么证明？”杜凌枫哼笑，“要不然，你来找我。”

他随口说了一个地址，是杭州郊外的一家射击场。

挂上电话，唐心快速收拾东西，“梨子，今天帮我跟周祖光请假，我有事外出。”

梨子呆住了，“可是他三令五申不让请假！”

“那帮我辞职。”唐心摔门而去。

梨子啧啧地摇头，自言自语，“还说连男女朋友都不是，你为了他都要辞职了……”

一个小时后，唐心来到和杜凌枫约定的地点——城郊的一处靶场里。

这里是室外靶场，杜凌枫正举着猎枪打飞碟。抛靶机将一只飞碟抛起，他举枪射击，只听“啪啪”两声，半空中散开了五颜六色的烟雾。这表示，成功射中了飞碟。旁边几名射手鼓掌，发出欢呼声，大概是杜凌枫的朋友。

唐心眯了眯眼睛。杜凌枫的这个动作太有攻击性，她预感今天的谈判不会太顺利。可是要消除杜凌枫所造成的影响，这是最好的办法。

唐心定了定神，上前一步，“杜凌枫，我有事和你谈。”

杜凌枫回头看了她一眼，将猎枪放到一旁，目光落在唐心手中的笔记本上，神色微微一变。

唐心走过去，将日记本递给杜凌枫。杜凌枫眸光一紧，“她的遗物怎么会在你手里？”

“是金缘给我的，她一直都不敢当面和你说石小辞的事情，后来拜托我找机会和你说。”

杜凌枫没说话，将日记本拿过来翻开，目光顿时凝滞。唐心发现，他脸上居然闪过一丝温柔。

“这么多年，你一直恨错了人。石小辞弥留之际想要的根本就不是什么金牌，而是找个借口让你离开。她最后写下的这些句子，就是最好的证据。”唐心指了指那些英文句子。

杜凌枫呵呵冷笑，“骗三岁孩子的吧？”

几步开外，那些身穿迷彩服的男人们哈哈大笑起来，笑声里充满了对唐心的嘲弄。有人怪叫着喊：“我作证，你只要打中五只飞碟，我就说服杜凌枫信你！你要是没射中，就陪我们喝酒去！”

“好！”唐心试探地看了杜凌枫一眼。他微微点头，补充道：“连续射中五只飞碟。”

唐心当初练习的是手枪，飞碟只是偶尔玩玩，再说这五年很少摸枪练习。加上今天阳光有些刺眼，连续射中五只飞碟的可能性太小了。

“她怂了，哈哈哈！”

“就知道美女不敢！”射手们看唐心犹豫了，立即开始大声嘲笑。

唐心怒了，所谓输人不输胆，她怎么着也要答应了！

她正要回答，忽然背后传来一个清冷的声音，“杜凌枫，你跟女人较什么劲，有意思吗？”

沈清源？唐心愕然回头，正看到沈清源迎光而来。他已经换上了一身战术衣，脚上是两只战靴，显得他威风凛凛。

“你怎么来了？”唐心惊讶。

沈清源淡淡地说：“我问了梨子。”

杜凌枫哼了一声，“我的手下败将来了。”站在他身旁的男人们顿时发出了一阵阵嘲弄的爆笑。

沈清源不以为意，眯着眼睛看他，“是我故意输给你。”

“哈哈，这个人不承认了！闻所未闻！”杜凌枫哈哈笑着，对唐心说，“很可惜，你爱上了一个怂货。不然你和我在一起吧。”

沈清源一把将唐心拽到身后，冷声说：“你不信，可以再比一次。如果我赢了，你立即把脸书上所有的言论删掉。”

“可以啊，但是你之前已经输给我，承诺不再射击！”杜凌枫面目狰狞，

“你，已经没有机会了！要么你就让唐心来。”

沈清源举起左手，“我有机会。”

“什么意思？”

“我不用右手，用左手。”

杜凌枫和男人们张口结舌，唐心也惊呆了。据她所知，沈清源并不是左撇子，左手射击的赢面太小了。

“你怕了？心里一定在想，我平时一定用左手偷偷练习，对吧？”沈清源轻蔑一笑，“问题是，如果我左手比右手射击水平高，那我比赛的时候为什么不用左手？”

这是很现实的问题。国内射击比赛关系到 Q 大射击队，而国际性射击比赛关乎国家荣誉。沈清源不可能在这样重要的赛事上掉以轻心，他拿出的一定是他最好的水平。

“好，赌就赌！”杜凌枫狠狠地说，“10 米手枪慢射！”

唐心手里握了一把汗，心里急得发毛。沈清源却安慰地碰了碰她的手，低声道：“放心吧，我已经摆脱心理压力了。”

“谁担心你了？”唐心忍不住吐槽。再说这不仅仅是心理压力的问题，这是拿自己的短板去和别人的长处比，好不好！

“哦，你不担心我。”他一副看透所有的模样，“那你今天来这里，是为了什么？”

唐心张口结舌，被噎得半天说不出话来。沈清源附在她耳边说：“石小辞的事情我也查出来了，等会儿我来说。”

不是吧？唐心怀疑地看了沈清源，发现他气定神闲，不像是强撑面子。

到了手枪射击场馆，杜凌枫和沈清源分别站上了靶位。他们做完预备动作之后，拿起手枪。

杜凌枫率先打出一个 10 环，挑衅地看了沈清源一眼。沈清源没看他，而是稳稳地举起了左手。

唐心紧张到了极点。她知道，习惯用右手的射击手改用左手射击，太难了。不过射击史上倒是有这样的例子。那是匈牙利的射手塔克克斯，他原本在世界体坛颇有名气，可是一次意外，他的右手被截肢。为了自己的射击事业，他开始用左手练习射击。经过一年的时间，塔克克斯重新站上了全国射击冠军的领奖台。那已经是20世纪的故事了。

就在她思绪飞扬的瞬间,沈清源已经射出了一枪。“砰”的一声枪响过后，场地里久久无人说话。

沈清源的成绩出来了，也是10环。

这么巧？唐心疑惑，眼看着杜凌枫也是一脸茫然。不过，他并没有太过在意，而是开始准备射出第二枪。

这一枪，杜凌枫的射击成绩有所下滑，只有9环。

沈清源再次举起左手，平整准星之后，他射出了第二枪。很快，成绩出来了，同样是9环。

唐心看到这个结果，呆了呆，忽然笑了出来。她已经明白沈清源要做什么了。

“小丫头，笑什么笑？”身后一个五大三粗的男人不悦地说。

唐心耸耸肩膀，“我笑杜凌枫输定了。”

接下来，无论杜凌枫打出几环，沈清源必然会射出几环。他在精确地复制着杜凌枫的成绩！不，准确地说，他在羞辱杜凌枫。他明明可以打出更好的成绩，然而他偏不。他一次次地复制着杜凌枫的成绩，就是在羞辱杜凌枫!

终于，杜凌枫打到第十枪的时候，受不了了。他放下枪，一把抓住沈清源的衣领，“你想干什么！”

“你输了。”沈清源目光坦然。

杜凌枫目光阴森，“我是输了，但你的行为举止一点也不光明磊落。你到底想干吗？”

“想告诉你竞技的精神，想开阔你狭隘的心胸，以及告诉你，石小辞临死前究竟想要什么。”

杜凌枫松开了沈清源的衣领。“你？”他失笑，“你们一个个不就是想说服我，告诉我石小辞并不想看我夺金牌吗？是，她可能真不是那么想的！可是她现在人在哪儿呢？我已经很久很久没见着她了！除非她亲自站在我面前告诉我，她想要什么！我才信！”说到最后，杜凌枫已经是吼叫。他眼眶充血，微有泪光。身后的朋友们也都低下头沉默了。

唐心忍不住唏嘘，这样一个二世祖，也算个情痴。

沈清源依旧是淡然模样，“我不能让石小辞亲自告诉你，但是有些话，我可以替她说出来。”

杜凌枫皮笑肉不笑，“说。”

“你们看，这是石小辞的日记本，最后几页写满了一句英文‘I want to go to heaven’，中文意思是‘我想去天堂’。很多人都会觉得，她是忍受不了病痛，才选择死亡。可是，我有不同的看法！”沈清源说，“这些英文书写流利，下笔有女性的柔美，说明石小辞是在一种清醒安静的状态下写下的。另外，这些句子还变换不同的字体风格，你知道这意味着什么吗？”

杜凌枫茫然。

唐心试探地问：“表达？”

“对，就是表达。”沈清源赞赏地看了她一眼，“这不是一个令她痛苦的句子，她想用这个句子告诉别人自己的想法。可是她说不出来，就只能一遍一遍地书写，变换字体风格。”

杜凌枫不耐烦地说：“那又怎样？这能说明什么啊？”

“我再给你看一幅画。”沈清源从手机上调出一张图片，“这是石小辞命名为‘heaven’的画作，但是风格和她以往的完全不同。这就很耐人寻味了，她究竟想要用这幅画，组合那些英文句子，一起表达什么？”

杜凌枫走上前，看了那幅画一会儿，“印象派，这是一条河流。”

“不是河流。”沈清源说，“这里同色系的色块，其实是有规律地扭曲的。左边和右边分别扭曲了30° 和45° ，才让人看上去感觉像一条河流。但如果在电脑上将扭曲的角度修复，再将中间蓝色色块变成淡红色，那这就变成了……”沈清源拨了一下，另一张图片出现在眼前，“一个微笑的嘴唇。”

杜凌枫僵住了。

“眼熟吗？”沈清源又拨了一下，“我找了你所有的照片，发现了一张你在某商场出席活动的照片，照片上你笑得假仁假义，可是那唇线弯起的弧度，和石小辞画的嘴唇，可真是像啊。”

杜凌枫看他，眼神通红，可是里面的恨意开始土崩瓦解。

“想必你也猜出来了。石小辞想说的是，她想要你一个吻，吻即天堂。”沈清源说，“她不敢说，只好用这种隐晦的方式来表达。”

杜凌枫眼神涣散，弓着背走了几步，随后坐在了地上。唐心看他这反应，心里明白，沈清源全部都说中了。

“至于石小辞为什么没有告诉你真实想法，而是说想要看你夺金牌，那我就不知道了。”沈清源松了一口气，又说，“有一名心理学家告诉我说，你和石小辞青梅竹马，可能根本没把她当作女人看待，于是给石小辞一种误解，你不爱她。所以，她才没有说实话吧。”

杜凌枫突然摇了摇头，“不仅仅是。”

“嗯？”

杜凌枫没回答，而是从口袋里慢慢掏出手机，拨打了一个电话。唐心下意识地想，他一定在打石小辞的手机号码。虽然石小辞死了，但杜凌枫肯定会保留她的号码，当作念想的吧。不过，唐心很快发现自己错了。因为电话通了。

“喂，爷爷，我问个事，”杜凌枫的声音沙哑，“石小辞病重的时候，是不是你让她和我说，她想看我拿金牌？那个时候，你天天要我去参加比赛，别整天玩些实战射击……是你让她说的吧？”

不知道手机那端的爷爷说了什么，杜凌枫无力地垂下右手，手机啪嗒掉在地上。他慢慢地从地上站起来，“别跟着我，我有事要去做。”

“杜凌枫！”唐心喊了一声。

杜凌枫回过身，神色颓唐，“你想让我别继续跟沈清源作对，是吧？放心，我言出必行。”

“不是，我只是想问，你要干什么去？”唐心怎么看，都觉得杜凌枫一副要出事的表情。

杜凌枫摆了摆手，“我没事，我只是想一个人静静，想想怎么去满足小辞最后的愿望。再见了——”

他爱小辞，爱得很深。可是直到小辞去世，他都没有告诉她这件事。他也不知道小辞爱着他，爱得那样那样深。

所有人都知道她爱他，像知道桃花必然仰慕着春风，知道鲸鱼必然归于深海。只有他不知道，像春风来了又去了无痕，像深海平静悠闲终无言。

CHAPTER FOURTEEN

14

最强射手

——山川终相逢，星海无尽头。愿你陪我看遍山川，愿我爱你如星海。

唐心接到杜凌枫的电话时，是在一个明媚的上午。秋日的阳光总是少了些许温度，空气微凉，却是没有多少水分的干涩。不过，好在世射联的最新赛事燃起了这个秋天的热情。

办公室里，唐心点开网站上的一则新闻，面带微笑地看着一张张赛事照片，那些照片的主角大部分是沈清源。

停训数月，他重归Q大射击队，风格比以前更加稳重，资格赛中的成绩已经十分亮眼，决赛的成绩更是打破了世界纪录。如今的沈清源炙手可热，媒体以前将他比作中国射坛的一匹黑马，现在改口称他为射击名将。

不过只有她才知道，这些光鲜亮丽的背后，沈清源付出了多少艰辛和汗水。人们看到的，所崇敬的永远只是表象。唐心一边在心里感慨，一边拨了一下桌面。键盘下的一张申请表露了出来，周祖光的话还响在耳畔。

“这是台里一个去欧洲的外派项目，需要长期驻外。唐心，我觉得你可能不会考虑。”薄薄的一张纸，关系到离别和思念。

唐心却没有一口拒绝，“也未必，我会慎重考虑。”

一年多的工作经历，让她成长了不少，可是也产生了一种对稳定状态的厌倦感。在这个世界上，很多人都追求稳定状态，认为稳定等于安全。可是讽刺的是，最危险的状态就是稳定。听说过温水煮青蛙吗？危机潜伏在周围，可是青蛙从头到尾都没有想过跳出危局。因为稳定状态会麻痹本该警惕的神经。唐心觉得，是时候出去看看了。

就在这时，一个陌生号码的电话打进来。唐心接听，里面传来一个男人的呻吟声，“来源水公墓陪陪我吧，唐小姐。”

尽管室内阳光充沛，唐心还是被这句话激得头皮一麻。过了两秒钟，她才反应过来对方是谁，咬牙切齿地说：“杜凌枫，你神经病啊。”

第二次来到源水公墓，还是和上次来的时候一样，绿树葱葱，一排排黑色的墓碑沉默地伫立着。

唐心根据上次的记忆，很快就找到了杜凌枫。他坐在石小辞的墓碑前，身旁堆着小山似的啤酒易拉罐。

“你再这样喝下去，那就一辈子都没办法拿起手枪了知不知道！”唐心踢了下易拉罐，“酒精会麻痹神经，影响你在射击时的稳定性。”

杜凌枫低头一笑，将一罐啤酒递了过去，“谢谢唐小姐的关怀，来，这是给你留的。”

唐心蹲下，将啤酒打开喝了一口，“味道不错，不过啤酒再好喝，你也不能喝到天长地久。如果小辞还在，一定不希望看到你这个样子。”

“唐小姐，我让你来，只是想和你说说话。”杜凌枫苦笑着说，“不是让你帮我戒酒的。”

唐心知道他心情不好，向他举了举啤酒，一饮而尽。“小辞是一个什么样的人？”她其实真的很好奇。

杜凌枫仰起头，表情里出现了一丝温柔，“她是一个很害羞、很腼腆的女孩子。身材瘦瘦的小小的，有着这世界上最无辜的眼神。我曾经想过，要一辈子保护她，不让她有所乞怜，不让她无处依仗。可是……”他低下头，一滴晶亮的泪水从脸上滑下，“可是我能护她在人前，却挡不住病魔。”

唐心轻轻地抓住杜凌枫的手，以示安慰。

“对不起，我真的不知道你最后的愿望是……”杜凌枫抬手擦眼泪，喃喃地说，“我早该猜到的，是我不好，没有给你说出来的信心。”

唐心也有些难过。虽然她和杜凌枫只能算是半个朋友，但是看到他为情所困，她也很堵心。“杜凌枫，我听说一个人的灵魂，只有在没有遗憾的时候才会离去。”唐心轻声说，“不如，你就满足小辞的愿望吧。”

杜凌枫怔怔地看着她，半晌才点了点头。他站起身，往墓碑前走了两步，郑重其事地蹲下来，双目平视着石碑上的黑白照片。石小辞，她的笑容永远定格在这一刻。

杜凌枫默默地看着照片，像是执行着一个庄严的仪式，也像是一种无声的交流。很快，他轻轻地吻了上去。吻得那样深情，那样长久。山间的风忽然大了许多，吹动树木哗啦作响。大概眨一眨眼睛的工夫，山风远去了，就像是什么人，带着被满足的心意，离开了。

许久，杜凌枫才站了起来。

“我相信，小辞已经没有遗憾了。”唐心扯了扯杜凌枫的衣袖，“走吧。”

杜凌枫点了点头，临走时不忘将空掉的啤酒瓶都收拾起来。走出公墓，他忽然说：“唐心，我送你。”

“不用了，我刚才已经喊了网约车，大概五分钟就到。”唐心晃了晃手机，“沈清源忙着训练，经常不在我身边，我已经习惯独来独往了。”

杜凌枫顿了一顿，“你现在和沈清源在一起？”

“对呀。”唐心笑得灿烂。

杜凌枫脸色有些难看，犹豫了一下才说：“有件事我想你有必要知道，可能沈清源和你在一起不是很开心。当然，这个我也是后来调查才知道的。”

“啊？你开玩笑的吧？”唐心很意外。这个话题来得太突然，让她整个人的大脑有些发懵。

“不是开玩笑，我认真的。”杜凌枫看着她的眼睛，一字一句地说了起来。

说起了五年多前，那个发生了很多意外的雨夜。说起了当年在高中时，沈清源为什么决绝地和她分手。说起了他们后来重逢之后，为什么沈清源对她避之不及。

唐心越听，心越是发凉。恍惚中，她仰头看了看太阳。日光刺眼。

楼道很逼仄，暗沉沉的，只有狠狠拍一下手才能激亮声控灯。

唐心记得小时候，她很怕走这段黑路，所以总要加快上楼的步伐。可是如今，她一步一步地慢慢地走上楼梯，犹豫了几下，却没有拉开面前的那扇门。门后是明亮的灯光，亲爱的家人，可是却有她不想面对的问题。

正在恍惚间，房门却开了。唐妈愕然地看着站在门口的女儿，“心心，你怎么不进来？我正嘀咕着要下去接你。”

“啊，我正要掏钥匙呢。”唐心尴尬极了。

“快进来，饭要好了。”唐妈将唐心拉进门内。唐心一边换鞋，一边向室内张望，“唐立奇没回来？”

唐妈撇嘴，“那小子估计交了什么女朋友，一连几个周末都不回来。还是女儿好，知道回来陪妈妈。”

唐心干笑，“那如果我也要出去了呢？”

笑容迅速在唐妈脸上凝固。她怔怔地问：“去哪儿？”不等唐心回答，她自顾自地说，“我知道早晚有这么一天，你那么优秀，不会甘心就在当下这个位置的。”

“看你说的，我又不是不回来了。”唐心故作轻松地坐到沙发上。唐妈妈紧挨着她坐下，叮嘱道：“我不管你将来去哪里，一定要记住不可以晚归，不可以泡店，要对陌生人有戒备心，不要多管事……”

唐心将头靠在唐妈的肩膀上，喃喃地问：“你总是担心我会受伤，会遇到意外。那我要是遇到一个受伤的人，你建议我救吗？”

唐妈浑身一僵。

“我救他，是多管事吗？”唐心将头扭过去，认真地看着唐妈。

唐妈一阵恍惚，似乎眼前的灯光都化为飞彩，扭曲成漩涡。漩涡越来越快，带着她的思绪回到了五年前的那个雨夜。她一遍遍地回忆起那个男孩子求助的眼神，以及遍地的鲜血。

“救。”唐妈温声说，“唐心，你要做一个有担当的人，不要像妈妈一样。”

唐心眼眶忽然有些发热。她忍住泪意，简单地“嗯”了一声，闭上了眼睛。她其实也很想要问其他的问题，可是喉咙已经哽到一个字也说不出来了。当时过境迁，就算一件事再重要，也已经失去了追究的意义。

毕竟，伤害已经造成，永难抹平。

几日后，唐心去了 Q 大射击队。这次她不是以电视台主持人的身份去 Q 大的，没有摄像机镜头的跟随，感觉上轻松了许多。

训练场上，射击各项目的运动员正在进行体能训练，一行行人围绕着操场进行变速跑——而这仅仅只是体能训练中的一种。在射击术中，最核心的就是稳定性，而要保持一流的稳定性，躯干体能和四肢体能必须要保持最佳状态。

唐心一眼就看到了沈清源。天很蓝，云很白，仿佛世界所有的光都凝聚于他一身，让她不得不瞩目于他。她贪婪地望着，仿佛下一秒钟，她就看不到了。

沈清源劲头很猛，一直都跑在第一位。他的头发飞扬起来，跑姿很标准，速度很快，唐心的目光几乎追不上。绕过跑道最远的那个弯之后，教练吹哨，示意运动员们从快跑转为慢跑，于是许多运动员顿时追赶了上来。这一下，唐心忽然找不到他了。

唐心急了，往前走了两步，四处张望，却还是没找到他。就在这时，身后忽然伸出一只手，“唐姐，沈哥在那！”

唐心回头，看到江一天正冲着她嘿嘿傻笑。她恨铁不成钢，“江一天，你又逃训？”

“没，我没逃训！”江一天捂住腰部，一脸痛苦的表情，“我受伤了，这几天停训，队医在给我做康复性训练。不过，还是有点不对劲。”

“啊？你没事吧？”唐心赶紧上前查看。

江一天赶紧后退，“别，男女有别！唐姐你这样我会被沈哥打死的！”

唐心一脸黑线。

既然被发现了，唐心也就不好再待下去。她将遮阳帽往下拉了拉，“那回头见，江一天，祝愿你能早日拿奖牌。”

江一天赶紧拦住她，“唐姐，好不容易来一趟，不来见见沈哥就走吗？”

好小子，现在都会替他沈哥办事了。唐心懊恼，只想赶紧离开，却在这时听到身后一声长哨，变速跑训练结束了。她回头，看到教练正在集合队伍。不过有一人离开了队伍，向这边跑了过来。

沈清源经过一上午的训练，运动服已经汗湿，刘海滴着汗，但步伐依旧沉稳有力。

“我去找教练去了，你们聊。”江一天很有眼力见儿地开溜。

唐心尴尬到有些不知所措。她和沈清源有好一段时间没见面了，加上心里的那个疙瘩，唐心不知道该以何种表情面对沈清源。

“训练结束了？”唐心生硬地打招呼。

“没有，只是因为你来了，所以我早退。”沈清源笑了笑。

唐心“啊”了一声，忙说：“那你继续训练，我先走了，等有时间再来。”

“唐心。”他攥住她的手，声线温柔，“我很想你。”

唐心只觉得悲哀。她等到了他的告白，可是她却不能表现出分毫的欣喜之情，只因为她在策划一场离别。

“沈清源，现在不是说这个的时候。”唐心硬起心肠，回头盯着他的眼睛。

沈清源有些意外，下意识地问：“那什么时候才是时候？”

“等你拼尽全力，赢得比赛的时候。”唐心望向远方，“我希望你能把所有心思都放在比赛上。”

他弯下腰，眼睛和唐心的视线在一条水平线上。唐心看到他那双眼睛里，黑山白水，有浓浓的落寞，“你的意思是，不要想你。”

唐心深呼吸一口气，说：“对。”

“我做错什么了吗？”

“如果你因为分心而耽误比赛，那就是做错了。”

沈清源凝视着她，眉头越皱越紧，“到底发生什么事了？你是不是对我有什么误会？”

“没有误会，只是我想让你用实力告诉我，谁是最强射击手。”唐心不安地挪动了一下双脚。

“那好，我会用行动告诉你，谁才是最强射击手。”沈清源直起腰，似乎有些生气。

唐心笑了笑，“拭目以待，这个就当是我们的约定吧。再见，沈清源。”

一想到要和他分开，她心里就感到一阵撕心裂肺的痛楚。但是说真的，她已经不知道该用何种面目再面对他。对不起。

可是还是要说，再见。

离开训练场，唐心遇到了丁芳。

丁芳好像是特意在校门口等唐心。她依旧是简洁利索的打扮，头发比以前剪得更短，拂到了耳后。见到她，丁芳了然一笑，“你来得很巧，这几天队里为了让运动员放松心情，训练不是很紧。”

“其实我今天不是来找沈清源的。”唐心此地无银三百两。

“我想也是，两天后就是奥运会资格选拔赛了，你是来默默地送上祝福的，对吧？”丁芳眼神更加犀利。

唐心不安地整理了下包带，仓促地点了点头，“他会入选的，没问题吧？”

丁芳有些黯然，走了两步，回头说：“沈清源国内国际上的比赛都拿过金牌，本来是十拿九稳会入选的。但是上次亚运会他弃赛，所以积分上有些危险。现在就看他选拔赛的发挥了。”

唐心轻轻叹了一口气，表示理解。国内射击运动劲头强势，十几岁的黑马小将不断涌出，老将众多，并不是只有一个天才射击手沈清源。所以奥运会参赛选拔赛，竞争十分激烈。毕竟奥运会集中了全世界所有的目光，是最高规格的体育盛会。

“学姐，你放心，我不会再去打扰他的。”唐心说完，转身就往校门口方向走去。

丁芳追了上来，“唐心，你会怪我吗？”

“为什么要怪你？你也是为了我好。”唐心苦苦一笑，“那件事会永远成为沈清源心里的一个包袱，我和他都不会快乐。”

“你接下来有什么打算？”

唐心奇怪地看丁芳，“你问这个问题，是看出什么了吗？”

丁芳叹气，“好吧，其实是周祖光，他告诉我你可能会申请离开国内一段时间。”

“对。我想，时间和距离会冲淡一切。”

丁芳笑着摇了摇头，“可是五年过去了，你和沈清源之间的感情还在。所以我个人觉得，你应该在奥运会结束之后，和沈清源摊牌说清楚，而不是带着似是而非的态度离开。”

“说不清楚的，学姐。”唐心叹了一口气，“就交给时间和距离吧。五年冲不散我们，那就十年。十年冲不散，那就二十年。”

二十年还不够，就一辈子。用一辈子去忘记一个人，总可以了吧？总之，她没办法坐到沈清源面前，告诉他，对不起，我不爱你。她根本，撒不了这个谎。

射击选拔赛那天，沈清源的状态还不错。

从靶位上下来的时候，周祖光带着一名摄像在等他。梨子看到沈清源，立即俏皮地向他摆了摆手。作为一名编导，她有时候也需要实地收集素材进行加工和策划。

沈清源向梨子笑了笑。

周祖光见他心情不错，也开起了玩笑，“沈清源，这次成绩这么好，能多给我们一些采访时间吧？”

“不行。”

周祖光没想到自己遭到了拒绝，“多给一分钟都不行？”

“她要是来了，多长时间都行。”沈清源收起笑容，显然心不在焉。

梨子装糊涂，“她？你说的这个‘她’，是 she，还是 he 啊？”

沈清源没说话，只是低头整理行李，“没什么，开始采访吧。”

周祖光无奈地笑了笑。丁芳之前已经对他和梨子三令五申，要他对唐心离开的事情三缄其口，所以他这会儿还在构思该如何向沈清源解释唐心的去向。幸好沈清源没有接着问，周祖光暂时放了心，梨子也暗中松了一口气。

周祖光将话筒递给他，“你好，沈清源！听说射击运动员年龄越大，越容易失误，原因就在于心理建设没有年轻选手集中、稳定。不知道你有没有这种担心？”

“没有。”

“那你对这种现象有什么看法吗？”

沈清源耸了耸肩膀，“我觉得自己不会这样，所以我没有看法。”

“你对奥运会有什么期许吗？”

对于这个问题，周祖光觉得沈清源要么给一个狂妄的答案，比如拿金牌之类的，要么就是低调一点，回答希望能够发挥出最好的水平。可是两者都不是。

沈清源说：“没什么期许，我现在打算把所有的比赛都当成日常，就跟吃饭睡觉一样。”

周祖光提示，“你这样回答有些普通。”

沈清源看着他，“难道你要我说套路？”

“咳咳，也不是，我的意思是，”周祖光比画着，“你对自己在奥运会的成绩有没有一个预估？”

沈清源仰头看了看天花板，一本正经地回答：“没有。”

周祖光在心里默默地吐槽，沈先生你这样聊天是会把天聊死的……他顿了顿，再问：“你在射坛上已经有了一定影响力，那你对今后的职业生涯有没有一个宏观的规划？”

“没有规划。”沈清源有些奇怪，“已经决定了一辈子都要射击，还要规划做什么？”

周祖光“哈哈”了两声，“可能你以后会退役啊，退役了之后做什么呢？”

“退役之后啊……”沈清源重复了一遍，嘴角忽然露出了一个笑容，“可能会和某个人一直在一起吧。”

周祖光一愣。梨子的眼睛已经开始发光发亮，追问：“是谁？可以透露一下吗？看起来是一个很重要的人。”

沈清源唇角笑意更深，回答：“She.”

说完，他背起行李包向外走去，摆了摆手，算是结束采访。

“哎，其实就说一些套路又能怎样？”周祖光想起今天的采访没什么重点，开始头痛起剪辑。

梨子则如释重负，掏出手机给唐心打电话，“问题已经问完了，沈清源对答如流，没有任何心理负担，所以你可以放心了。另外……”她故意卖了个关子，在唐心催促之后才说：“另外沈清源还说，退役之后打算和你一直在一起。”

手机那头静默了一会儿，忽然传出唐心的声音，“哦，然而并不会。”

“啊你要不要再考虑一下……”话没说完，唐心已经说了一句“谢谢”，紧接着挂断了电话。

“好啊梨子，原来你和唐心暗中通气？”周祖光故意板起面孔。

梨子扁了扁嘴，“周主任，这两个人之间就差一层窗户纸了，我们帮他们捅破，也没什么的吧？”

周祖光正想说什么，身后忽然传来丁芳的声音，“他们之间可不是窗户纸那么简单。”

两人回头，看到丁芳走了过来。她礼节性地向两人点了点头，说：“听说唐心要去驻外了，我支持她的决定。有时候要冷却感情，还真的要狠一狠心才可以。”

“为什么要冷却感情？他们明明很般配啊！”梨子睁大眼睛。

丁芳摇了摇头，“很多事你不懂。”

梨子“哼”了一声，“我是不懂。”

“简单来说，就是唐心的妈妈曾经对沈清源母子见死不救，导致沈清源的妈妈成了植物人，卧床五年。我一直都很了解沈清源的心理状况，他是一个太过认真的人，是不会对这段往事轻易释怀的。现在，你们明白了吗？”

梨子瞠目结舌，周祖光倒是皱起了眉头。

“丁芳，你又是用你那些心理学的理论分析出来的，对吧？”周祖光冷笑着说，“在我眼里，你这套理论烂透了。”

丁芳冷冷地说："愿闻其详。"

"判定别人幸福与否，首先自己就要做到幸福，也能让别人幸福。"

丁芳似笑非笑地看着他，"你觉得我不幸福？"

"当然了，至少离开你的我，就过得非常痛苦。"周祖光眼眶红了，"你不是一直都想知道我为什么离婚吗？其实原因很简单，我压根没想离婚，我其实只是想看到你心痛、不冷静的样子。可是你把我的话当真了，甩甩手就走了，我真的……"

丁芳睁大了眼睛，"你居然是这样想的？"

"我对唐心说过，因为我发现无法掌控任何东西，所以我干脆选择失去，因此才离婚。你应该听唐心说过吧？"

丁芳点了点头，为了掩饰内心的激动，她抬手推了推眼镜，可是她的手指却在颤抖。

"你以为我想掌控什么呢？"周祖光往前走了几步，逼视着她，"我想再看到的，就是你在婚前的那种放松的姿态，那个时候我知道你爱我，你也知道我爱你！可是后来，你对婚姻分析得太过精明冷静，反而让我们愈来愈远。"

"别说了！"丁芳猛然转过身。

周祖光狠狠捋了下头发，"现在的你也是一样！你断定沈清源和唐心不会幸福，可是问题是，每个人爱的程度是不一样的啊！可能沈清源爱唐心已经爱到可以忽略一切过往。你没有爱到那种程度，你不了解。"

丁芳沉默。

周祖光转过身，看到梨子和摄像大哥呆呆地站在那里。他睨了两人一眼，"当电灯泡没当够，还不走？"

"啊……当够了。"梨子在嘴上做了一个拉拉链的动作，"我会当作没听见，一个字也不对外说的。"

周祖光点点头，提步往外走，却听到梨子的嘀咕声，“我会说两个字以上。”

他气结，扭头瞪梨子，“你说什么？”

“我的意思是说……”梨子挠了挠头，转移了下话题，“周主任，你可能对心理学家有误解。心理学家不是你肚子里的蛔虫，你不说话，她们也和普通人一样，照样不知道你心里在想什么啊！如果你早点把想法说出来，可能就不会闹到这一步。”

周祖光愣了愣，扭头去看丁芳。可是丁芳已经踩着高跟鞋离开了，只留给他一个冷漠的背影。

“算了。”他转过身。

梨子撇了撇嘴，“你看，你还说丁芳没有爱到那种程度。请问你爱到什么程度？你连追上去的勇气都没有。”

周祖光望向出口的方向，静默三秒之后，忽然转身向丁芳的方向追了过去。他忽然发现，其实他也是不舍的。他说爱能让一个人解开所有心结。可是他又何尝没有陷到心结里去，纠纠缠缠，浪费了这么多本该厮守的时光。

今夏的巴黎奥运会是最火热的体育盛事，就算有时差，国内还是有很多观众熬夜看比赛。于是，路边的啤酒和小龙虾又火爆了起来。

闷热的夏夜已经夜深，大排档还有不少客人。油腻的炒锅旁边放着一台液晶屏幕的电视机，正在播放奥运会赛事。这个时间正是男子50米手枪慢射的决赛现场，比赛已经进行了一半左右。正是紧张的时刻，许多客人手里抓着小龙虾，牢牢盯着屏幕，暂时忘记了虾肉的麻辣鲜美。

只有大排档老板还光着膀子炒菜。他一个不小心，锅里的水扑到了插板上，插板上顿时有火花。

“啊快整理啊！”

“电视机黑屏了！”

“正看到激动的时候啊！”

食客们不满地叫嚷。老板赶紧换上干净的插板，可是重新启动的液晶电视机却没了声音。失望的叹气声纷纷响起，食客们甚至有了去意。老板赶紧挽留，“别急别急，这不还有字吗？大家听不到声音，可以看字幕！”

“看什么看！成绩都不咋地。”

“对啊，成绩完全没有气枪项目高！”一名食客狠狠饮了一口酒。

其他食客纷纷附和起来，“步枪项目经常有满环，那看得好爽。”

一个清冷的女声响了起来，“手枪射击的难度比步枪大很多，满环的情况少之又少。加上步枪的服装是皮衣，从一定程度上减少了心脏跳动对身体稳定性的影响，因此步枪的成绩一般比手枪高，也就不那么奇怪了。”

食客们循声望去，看到大排档的角落里坐着一名容貌俊秀的女子，都愣了一愣。看她的容貌气度，和大排档也太违和了……

唐心并没有在意周围异样的目光，而是喝了一口啤酒，看着电视机开始讲解了起来，“现在是三号选手沈清源开始射击，他已经甩开第四名差不多4环的差距，现在最重要的就是保三进二求一……好，这一枪成绩不错，打出了9.7环！”

食客们收回目光，又津津有味地看起了比赛。反正电视机没声，现场还有一个人讲解，效果也是一样的。

唐心一边看着电视，一边讲解着赛况。每当镜头切到沈清源的时候，她的心脏就会多跳一拍。

他们已经有大半年的时间没有见了。唐心每天都埋头工作，让自己没有任何闲暇工夫去想念沈清源。可是关于他的消息，还是一点点地传来。他经过几轮的筛选，终于在奥运会选拔赛中胜出；他又参加了青奥会和城运会，拿到了很多金牌；他的伤病发作，却被人说成矫情……每次看到这样的消息，她的心都揪成了一团。

后来过了几个月，某日，唐心收到了来自丁芳的邮件，让她意外的是，丁芳的邮件主题居然是“对不起”三个字。

丁芳在邮件里写道：唐心，对不起，我低估你和沈清源之间的感情了。关于五年多前的那件事，沈清源已经释怀了。你是无辜的，他没有必要迁怒于你。他亲口告诉我，他早就想通了。所以，请你再回到他身边吧。

唐心将那封邮件只看了一遍，就点了“删除”。想了想，她还是给丁芳发了一封回复：谢谢学姐，其实现在不是沈清源的问题，是我过不了自己这一关。

这些往事如同电影般从眼前飞快流过，那些遗憾、伤感的情绪也一一划过心头。可是，随着比赛的深入，唐心渐渐凝聚起所有的精神在赛况上。

电视机里，沈清源举起了手枪，这已经是最后一枪了。

整个大排档立即沉默下来，烤肉在烤架上滋滋流油，小龙虾在锅里咕嘟嘟地滚着，没有人说话。

子弹出膛，沈清源迅速放下手枪。电视机依然没有任何声音，可是在人们心中，都不约而同地响起了那声“砰”的枪响。

很快，屏幕下方出现了一个成绩框，最上面的是一个五星红旗的标识，后面跟着沈清源的英文名字和成绩。

唐心哽咽着说：“赢了。”

“啊啊啊赢了！”

“这是首金！”

食客们高兴地一跃而起，纷纷向老板喊道：“老板，再上三盘小龙虾，一箱啤酒！”

唐心低头擦了擦眼角，嘴唇却不由自主地弯起笑纹。

“通！”有食客将一瓶啤酒放在唐心面前，“姑娘，今天辛苦你了，请你喝！”

“谢谢。”唐心利索地打开啤酒盖，向食客示意，倒了一杯酒。

众人都在欢呼和畅饮，没有人听到唐心低声说了一句话，“这一杯酒，祝贺你。”

她将那杯酒喝完，电视机屏幕里正好在播放沈清源的特写。记者说了什么，可是依然没有声音放出。大排档老板终于忍不住了，气得狠狠一拍电视机外壳，“破电视！”然而就在这时，电视机突然发出了声音，众人为之屏气息声。

“请问你此时的心情是怎样的呢？”记者问了一个明显不太营养的问题。

果然，沈清源说了一个标准答案，“心情很激动。”

“那你现在最想对电视机前的观众说什么话呢？”记者又问。

沈清源举起拳头，挥舞了一下，“中国队加油，祖国加油。”

“谢……”记者心满意足，决定结束这次短暂的采访。沈清源却突然拿过话筒，“我还想对一名特殊的观众说几句话。”

“可以啊，是谁？”记者顿时兴趣高涨。

沈清源微微一笑，“她叫唐心，我想对她说，我会用实际行动告诉她，最强射手是谁。”

“难道最强射手不是你吗？”

“真的不是我。”沈清源神秘兮兮地说，“唐心，来我们约定的地方，我就告诉你最强射手是谁。”

记者哈哈一笑，“看起来另有隐情啊，也希望这位观众现在就坐在电视机前，已经听到了你的邀约。”

不仅全体观众茫然，整个大排档也都看得一头雾水，“这是什么约定？

为什么沈清源会说最强射手不是他啊？”

“开玩笑，一定是开玩笑！他都是世界第一了，还不是最强！”

“哈哈！”

只有唐心怔怔地看着电视机，一句话也不说。他……居然通过这种方式隔空喊话？三秒钟的感动之后，是长达一分钟的愤怒。唐心狠狠灌下一口酒，恨不得跳上桌子咆哮。这种关键时刻，居然说自己不是最强射手。到底是什么逻辑啊！这样说很容易被键盘侠盯上，上纲上线说你不是心甘情愿为国争光的，知不知道啊！就算现在粉丝云集，也会被人说‘怂’的！更关键的是，他说了她名字？

Excuse Me？生怕她上不了微博热搜？不能当面吐槽他，真是太气人了！

奥运会结束后的第一天，唐心来到了百育中学。在前一天，她收到了丁芳的短信：“唐心，明天晚上六点去百育中学，沈清源会在那里等你。”

唐心看到短信后，内心戏顿时变得很丰富。她挣扎在“去”和“不去”之间很久，最后决定去。理由是，当然要吐槽他面对记者乱说话啊！他当然是最强射手，虽然不是永远的最强射手，但这一刻，他就是！

那天是傍晚，晚风清凉，西边的天空云霞万里。唐心提前到了一会儿，并没有发现沈清源。她逛了一会儿，干脆靠着双杠，望着远处跑跳的学生们发呆。

等会儿见到他，第一句话该说什么呢？恭喜？呵呵？吃过了吗？

唐心在心里草拟了几句开场白，每一句都觉得又苍白又俗气。她正在气恼，忽然就被人从后面一把抱住。那双手臂十分温暖，顿时圈出了一个天堂。她转身看到沈清源，浑身僵住，刚才草拟的开场白，全部忘光。

“你终于肯见我了。”他是笑着的，声音却微微哽咽。

“沈清源，那一年的夏天……”唐心如鲠在喉，说得十分艰难。

“不用说了。”他将她抱得更紧，“唐心，我今天来是要告诉你，最强射手是谁。”

“谁？”

“丘比特，他射中了你和我，这世上再也没有比我们更相爱的人。”耳边的声音温柔而深情，“唐心，我爱你。”

她愣了愣，破涕而笑，伸手抱住了他的肩膀，算是回应。

原来如此。果然是最强射手，这一点她没有争议。

因为被爱神之箭射中的她，也是同样深深地爱着他。

山川终相逢，星海无尽头。愿你陪我看遍山川，愿我爱你如星海。

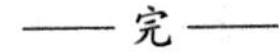

后记

写《你好，神枪手》的时候，正是秋天。一转眼，又到了秋天。

秋天是个好季节，临近一年的终点，懒癌患者可能会因为负罪感而勤劳，拖延症会因为时间轴而奋起，还有许多少年和少女会相遇，或者重逢。

为什么要写射击?

写这本书的时候，我正在突破写作上的瓶颈，每天的状态都很迷茫。所以选择射击，也有另一层意义——致敬在 1984 年中国奥运金牌“零”的突破。这也是我激励自己的一种方式，一定要突破瓶颈，补上短板。

秋天是个好季节，我已经找到了自己的靶心。

可能《你好，神枪手》这本书还不是那么完美，但尽心下棋，落棋无悔，就无畏输赢。批评和赞美，我都乐意接受，因为这是创作的必经之路。

中二时期，我曾经说，如果有一天我死了，那肯定不是病死，不是老死，也不是无聊死，而是失去了创作能力。

也可能是因为这种态度，身边所有人都觉得我走火入魔了。许多人一遍遍地向我证明：写故事会饿死的。

他们是基于一个贫瘠的现状，从而推理出我的未来。然而幸运的是，我赶上了一个网络文学高速发展的时代，未曾落魄潦倒，反而深得厚爱，让我得以继续写作，一写就是七年。“希望”是一个好东西，它会让贫瘠的东西变得丰盈，会让不可能的事变成有可能。

感谢心怀希望的人，感谢命运和机缘，感谢所有一切可知或者不可知的因素，让我这辈子能成为一个写故事的人。生命因此而丰盈，灵魂因此而充实，犹如枯枝抽芽，沉舸扬帆，令人鼓舞，令人欢喜。

你看，这就是爱。

爱并不完全是快乐的，她会折磨你，给你磨难，让你痛苦。可是爱绝对不会拿走你的希望，只要坚持下去，你会感受到她的甜蜜。只有历经磨难并最终到达，才会珍惜，才会懂得，才会更爱。

女主角的姓名——唐心，寓意也在于此。

这世上有很多很多的糖心，常常被痛苦的现实所包裹。但是只要坚持下来，就总能让你得到甜蜜。这一点，也就是《你好，神枪手》这本书中所说的爱情，兜兜转转，终究能迎来晴天。

希望你们在这本甜宠文里能感受到幸福，感受到甜蜜。如果这本书打动了你，可以去社交平台和连载平台留言，我会默默地读完每一条。

感谢支持正版的每位读者，你们在支持原创，创造希望，原创因为有认真阅读的你们而璀璨。

愿原创盛大。

吃糖快乐。

莲沐初光

2017 年 9 月